KB063243

살을
섞다

살을

2019환상문학웹진거울대표중단편선

섞다

아작

서문

    소설을 쓰고 있지만 주위 사람이 봐주지 않거나 이미 너무 많이 봐주어서 부탁하기 미안하고, 어딘가에서 도움이 될 만한 평을 듣고 싶은데 어디가 좋을까? 〈환상문학웹진 거울〉의 독자단 편란이 오랫동안 그 역할을 해왔습니다. 매달 〈거울〉의 필진에서 선발된 심사단이 소설에서 좋았던 점을 짚어주고, 보완했으면 하는 부분, 또는 작가의 의도가 이해되지 않는 부분을 짚어줍니다.

    예전에도 이곳을 통해서 좋은 작가분들이 합류했고 그분들이 다시 〈거울〉의 기둥이 되었습니다. 몇 년 전부터는 아예 분기별 우수작과 연간 최우수작을 정해, 분기별 우수작에 두 번 이상 선정되거나, 연간 최우수작으로 선정된 작가분에게 〈거울〉에 합류하지 않겠느냐고 제안을 합니다. 제도가 바뀌었다고 해서 더 좋은 작가들이 오는 것은 아니겠지만, 좀 더 눈에 보이는 절차로 쉽게 합류를 제안할 수 있게 되어서 그런지 목표의식을 갖고 독자단편란에 도전하시는 분들도 많이 생긴 것 같습니다. 조금 더 귀엽게는 '야망'을 품고 계신 예비 작가분들입니다. 이분들의 기세가 대단하고 계속해서 멋진 작품들을 들고 오시니, 기존 〈거울〉 필진 분들 중에는 요새 〈거울〉에 들어오려고 했으면 못 들어왔을 거다, 일찍 들어와서 다행이라고 자조적인 농담을 하는 분들도 계십니다. 그러면서도, 독자우수단편으로 이미 팬이 된 새 작가들을 누구보다 더 반기고 환영합니다. 가장 훈훈한 만남의 현장이 아닐 수 없습니다.

2019 대표단편선에도 독자우수단편 우수작과 최우수작으로 〈거울〉에 합류하신 분들이 계십니다. 남세오(노말시티), 심너울 작가입니다. 각각 그때 뽑힌 단편 〈살을 섞다〉와 〈감정을 감정하기〉를 실었습니다. 온연두(온연두콩) 작가도 계십니다. 온연두 작가는 아직 〈거울〉 필진은 아닙니다만, 〈거울〉의 연간 대표단편선에 독자우수단편 한두 편을 골라 함께 실으며 출간의 경험을 나누던 전통에 따라 함께했습니다. 지난해 출간한 《아직은 끝이 아니야》에서는 아쉽게도 싣지 못했습니다만, 이번에는 꼭 함께하고 싶었습니다. 온연두 작가의 작품 〈삐거덕 낡은 의자〉는 남세오 작가의 작품과 함께 2018년 4분기 우수작이었습니다. 심너울 작가의 〈감정을 감정하기〉가 연말 최우수작이었고요.

이미 책을 내신 분들도 특별 가입 절차를 통해 〈거울〉 필진으로 등록하실 수 있습니다. 〈거울〉의 장르와 방향성에 맞고,

몇 가지 부탁을 들어주시면 가능합니다(뭔지는 직접 문의하세요! editor@mirrorzine.kr). 이 특별 가입 절차를 통해 들어오신 분들이 엄길윤, 지현상 작가입니다. 각각 〈스마트 귀신〉과 〈문 뒤에 지옥이 있다〉를 이 책에 실었습니다.

곽재식, 이로빈(암리타), 엄정진(필자2), 유이립, 전혜진(해망재) 작가는 〈거울〉을 계속 보아오신 분들이라면, 많이들 아실 만한 이름이리라고 생각합니다. 소재, 주제, 문체 등 여러 면에서 자기만의 영역을 구축한 작가들로, 〈거울〉을 건축물로 비교할 때 탄탄한 기반석 같은 역할을 하는 분들입니다. 〈고양이 그림 그리기 유토피아〉, 〈라벤더의 고요한 하루〉, 〈어머니의 씨앗눈〉, 〈하트 투 하트〉, 〈교환 및 반품은 7일간 가능합니다〉에서 그 찬란하고 독보적인 세계들을 엿보실 수 있습니다.

예전에 〈거울〉이 거의 유일한 게재처일 때가 있었습니다. 단편, 장르문학, 또는 어느 장르에도 꼭 맞지 않는 작품들을 선보일 데가 없었던 작가들이 〈거울〉에서 글을 발표하고, 자신과 비슷한 입장 또는 처지였던 사람들과 만나면서 외롭지 않을 수 있었던 곳이었습니다. 지금은 그렇지 않습니다. 장르소설을 쓸 수 있는 공간이 많아졌습니다. (심지어 돈도 줍니다!) 〈거울〉은 작가들의 모임만도 아니고, 어느 한 장르만 모인 곳도 아니고, 월간 문학 웹진이지만(심지어 매달 정해진 때에 꼬박꼬박 글이 올라오지만!) 얼마 전까지만 해도 문예지 기금을 받을 수 있는 자격 요건도 안 되었습니다. 그런데도 〈거울〉이 존재하고 계속되어야 할 의미가 있다면 무엇일까? 2019년은 그런 질문을 내부에서 많이 했던 시기라고 생각합니다.

2019 대표단편선을 작업하고 마무리하면서, 이 안에 실은 이름을 호명하고 설명하면서 불완전하게나마 답을 얻습니다. 〈거울〉은 작가가 만나는 곳입니다. 〈거울〉은 작가에게 글을 쓸 동기와 계기를 주고, 동료와 만나 서로를 지지하는 곳입니다. 이 작품집과 같은 작업으로 뒤를 돌아볼 수 있게 하고, 새로운 기획들로 앞으로 나아갈 수 있게 하며, 잠시 쉬거나 정체한다고 느낄 때에도 언제든 기다리고 뒤를 받치는 곳입니다. 그리고 이 모든 과정을 거쳐 독자와 만나는 곳입니다. 이런 곳이 필요하지 않을 날이 오기 전까지는 〈거울〉이 존재할 의미가 있습니다.

이 작품집에는 2017년 10월부터 2018년 12월까지 〈거울〉에 게재되었던 작품들 중 작가와 편집위원이 논의하여 결정한 작품들이 수록되었습니다. 한정된 기간에 〈거울〉에서 어떤 변화가 있었고, 어떤 면에서 변함없는지를 볼 수 있는 축제로서 마련된 자리이니 부디 즐겨주시고, 답해주시고, 다음을 기대해주시길 바랍니다.

— 최지혜, 〈환상문학웹진 거울〉 편집위원

차례

고양이
그림 그리기 유토피아

곽재식

아침에 일어나자마자 나는 도대체 무엇을 그릴지 고민했다. 사실 꿈속에서도 고민하고 있었을지 몰랐다. 어제 잘 때도 "뭐 그리지?"라고 고민하면서 잠들었으니, 만약 그 생각이 그대로 이어져서 꿈을 꾸었다면 무엇을 그릴지에 대한 꿈을 꾸었을 것이다. 심지어 나는 자기 전에 꿈에 기대하던 바가 있기도 했다. 혹시 황당한 내용이 이것저것 펼쳐지는 꿈속에서 뭔가 색다른 것을 보거나 들으면, 그 때문에 뭘 그려야 할지에 대해 혹시 무슨 생각이든 하게 될 수도 있지 않을까 생각했기 때문이다.

그러나 별 특이한 꿈도 꾸지 않고 그냥 밤이 지나가버렸다. 잠은 잘 잤다. 원래 사람은 잠을 자야 건강하게 살 수 있고, 잠을 자는 동안에는 다른 일은 할 수 없다. 그러니 잠자는 동안에 뭘 그릴지 고민하지 않은 것에 양심의 가책은 없었다. 그런 의무와 괴로움 없이 잠자는 시간은 편안한 시간이었다. 잠자는 시간, 일을 안 하고 있어도 되는 시간을 보내는 것은 아주 아늑했다. 그러다 보니 꿈속에서도 그저 "잠자는 거 너무 즐거워. 편안해." 이런 생각을 주로 했던 것 같다. 잠에서 깨면 뭔가 그려야 할 텐데 하는 걱정과 고민이 조금 지나갔을 뿐, 정작 뭘 그릴지에 대한 신선한 생각은 떠오르지 않았다.

어쩔 수 없는 일일 것이다. 꿈속에서는 원래 꿈 같은 일을 꿈꾸게 되지 않는가? 신기하고 새로운 곳으로 놀러 가는 꿈, 사랑하던 사람을 오래간만에 만나 진실한 고백을 듣는 꿈, 기대하던 시험에 합격해서 기뻐하고 자랑스러워 하는 꿈. 이번 경우에는 다른 생각할 필요 없이 그냥 자도 되는 시간을 보내는 것, 그 자체가 내 꿈이었던 것 같다.

"뭐 그리지? 뭐 그리지?" 계속 생각하면서 나는 자리에서 일어나서 세수도 했고, 아침도 먹고 이도 닦았다. 시에서 마련해준 1인 사업자 공동 사무실로 가는 출근길에도 계속 생각했다. 오늘 출근하면 뭐라도, 아무리 이상한 내용이라도 나는 그리기로 결심한 상태였다. 더 이상 미룰 수는 없었다.

지금까지 나는 스스로에게 많은 핑계를 대면서 그림 그리는 것을 미루고 또 미루었다. 감기 걸린 것 같아서 며칠 미루기도 했고, 갑자기 고향에서 어머니가 전화해서 이상한 말씀을 잔뜩 하시기에 "도저히 그림 그리는 것 같은 일을 할 마음이 아닌 상태"가 되었다는 이유로 이틀 동안 미루기도 했다. 꼭 가야 하는 모임에 갔다가 술을 너무 많이 마셔서 숙취 때문에 하루 미룬 적도 있었다.

그런 식으로 미루고 미룬 끝에, 절대 무슨 일이 생겨도 더 이상은 미룰 수 없다고 정해놓은 마지막 날이 오늘이었다. 오늘은 무슨 병에 걸렸더라도, 어제 술을 아무리 많이 마셨더라도, 설령 어머니께서 전화하셔서 무슨 황당한 일, 예를 들어 노인들로 구성된 특수부대에 입대하기로 했다고 하시더라도, 뭐든 간에 무조건 그림을 그리기로 해놓은 날이었다.

그렇게 비장하게 정해놓은 날이었는데도, 출근이 끝나고 사무실에 도착해 자리에 앉을 때까지도 뭘 그려야 할지 떠오르는 것이 없었다. "큰일 났네. 뭘 그릴지 정해야 하는데." 하는 생각만 계속 계속 이어질 뿐이었다. 아무리 비장하고 심각하게 각오한다고 해도, 그것만으로 저절로 재밌거리가 될 만한 것이 떠오르는 것은 아니었으니까.

나는 컴퓨터 화면을 책상 위에 끌어다놓았다. 태블릿 형태로 되어 있는 화면은 오늘도 하얗게 보이기만 했다.

나는 괜히 화면의 밝기나 화면이 놓인 각도, 전자펜의 감도 등을 조금씩 조절하면서 그림을 그리기에 가장 편한 상태로 조절해보았다. 그렇지만 그 조절하는 도중에 나 자신도 잘 알고 있었다. 뭘 그릴지 모르니까, 괜히 시간 보내면서 조금이라도 미뤄보려고 이러는 것뿐이다. 전자펜 감도가 0.85면 그림을 멋지게 그릴 수 있고 0.84면 그림을 못 그리게 되는 것이 아니다. 그런 것은 크게 중요하지 않다. 그저 이렇게 미루면서 아무것도 안 그리면, 그 때문에 못 그리게 되는 것이다.

일단 뭐든 그리자. 아무거나 그리자. 아무리 개떡 같고 못 그린 것 같고 재미없어 보이더라도, 하여튼 그리자. 일단 아무 형체나 그리자. 그려보고 거기서 뭐가 되었든 출발하자. 이번 편은 그냥 망했다고 치고, 버리는 셈 치고, 뭐든 일단 그리자. 오늘은 반드시 그려야 한다. 오늘 안 그리면 정말 안 된다. 마음속으로 중얼중얼 한 끝에, 마침내 용기를 냈다.

나는 일단 무슨 형체가 될지도 모르는 점을 하나 찍었고, 그점에 이어 선을 하나 그었다.

선을 그려서 일단 컴퓨터 화면에 뭔가 인간의 입력을 해내는 데는 성공했다. 그렇지만 그것만으로 진짜 뭔가 작업이 시작된 것은 아니었다. 저것이 무슨 형체가 되어야 했다. 그리고 뭔가 재미를 담은 장면이 되어야 했다. 재미를 담은 장면이 아니라면 하여간 무슨 의미라도 있는 장면의 그림이 되어야 했다. 뭐가 되어야 하나. 뭘 그리지?

결국, 나는 마지막 수단으로 일단 고양이를 그려보기로 했다. 결심을 하고보니 그려놓은 선 하나가 무슨 동물 털처럼 보였다.

어디선가 고양이 이야기에 대한 격언 같은 것을 읽은 기억이 그때 떠올랐다. 정 무슨 이야기를 해야 할지 모르겠으면 일단 고양이 이야기로 시작해보라고. 그러면 어떻든 좋아할 사람이 있을 테니 최악 중의 최악은 피할 수 있다고. 크게 믿는 이야기는 아니었지만 마지막 대목, 그러니까 최악을 피할 수 있다는 이야기는 사실이라는 생각이 들었다. 원고를 보내주어야 할 시각까지 아무것도 그리지 못한다면 그것은 말 그대로 최악이었다. 고양이 그림을 그린다면, 어쨌건 고양이 그림은 보내줄 수 있다. 그러면 최악은 아닌 게 된다.

나는 결국 거기에 매달리기로 했다. 처음 그려놓은 선 옆에 쓱쓱 고양이 그림을 그렸다. 대충 윤곽을 그려넣고 눈 코 입을 그린 것이 자리를 잡았을 때 즈음이 되자, 컴퓨터 화면 구석에 말이 나타났다.

"현재 그림은 '고양이'로 인식되었습니다."

나는 컴퓨터 화면에 나타난 말을 선택했다.

"3차원 인식을 적용하시겠습니까?"

적용하지 않을 생각이라면 내가 왜 애초에 그 말을 선택했겠는가? 나는 무심코 입 밖으로 그 말을 중얼거렸다. 그러자 컴퓨터 소프트웨어가 내 말소리를 인식해서, 3차원 인식 기능을 실행했다.

3차원 인식 기능이 작동되자, 내가 대강 그린 고양이 그림을 토대로 내가 그린 그림체의 고양이 모습과 아주 닮은 모습을 보여줄 수 있는 3차원 컴퓨터 그래픽 모형이 계산되어 나왔다. 이제 나는 컴퓨터로 이 3차원 그래픽 모형을 마음대로 움직일 수 있다. 내가 그린 것은 고양이의 앞모습뿐이지만, 고양이의 뒷모습이나 옆 모습, 걷는 모습이나 기어오르려는 모습, 우유를 핥는 모습의 그림도 컴퓨터로 만들어낼 수 있다.

그러고 보니 고양이로 시작하기를 잘했다는 생각이 새삼 들었다. 슈퍼 듀오 42.0 소프트웨어에는 만화에 자주 등장하는 온갖 물체들의 3차원 그래픽 자료가 미리 저장되어 있었고, 사람이 그린 그림에 맞춰 그것을 변형해주는 기능도 자연스러운 편이었다. 그중에서도 슈퍼 듀오는 처음 1.0판이 나왔을 때부터 고양이 그림을 잘 만들어주는 것으로 유명했다는 것이 기억났다. 아마도 슈퍼 듀오 제작진 중에 고양이를 좋아하는 사람이 많아서 그랬던 것 아닌가 싶은데, 한편으로 그 때문에 슈퍼 듀오 소프트웨어가 고양이를 좋아하는 만화가들 사이에 인기를 끌기도 했다.

정작 내가 슈퍼 듀오 소프트웨어를 사기로 한 결정적인 원인과는 관계가 없는 일이긴 했다. 나는 슈퍼 듀오가 우직하게 42.0이라고 판 번호를 매기고 있는 것이 어쩐지 마음에 들었다. 보통 소프트웨어들이 7.0이나 8.0쯤 되면, 괜히 그다음부터는 번호를 똑바로 안 따라가고 괜히 슈퍼 듀오 X라든가 슈퍼 듀오 플러스라든가, 그게 아니면 슈퍼 듀오 2002 같은 식으로 햇수 이름을 붙인다든가 하지 않나? 그런데 슈퍼 듀오는 그딴 짓을 하지 않고, 8.0 다음에는 9.0 그다음에는 10.0 그다음에는 11.0 같은 식으로 성실히 42.0까지 번호를 붙이고 있었다. 나는 그게 좋았다.

"털 재질 변경."

나는 화면에 나온 고양이 그림의 털 재질을 바꾸기로 했다. 처음 그린 선 하나가 동물 털 같아서 고양이를 그리게 되었으니, 그것을 버리고 싶지는 않았다.

나는 그려놓은 회색 선 하나를 고양이 털이 되도록 메뉴를 선택했다. 컴퓨터는 내가 그린 그 선 하나를 읽어들여 그 선이 고양이의 털 역할을 하도록 계산해 고양이의 털을 바꿔 그렸다. 그러자 고양이는 약간 회색빛이 나는 모습으로 바뀌었다.

"표정 성향 조절 및 세련화 조정을 권장합니다. 실행하시겠습니까?"

아무렴. 나는 슈퍼 듀오가 권장하는 것은 항상 의사 선생님 말씀처럼 잘 따른다.

"선택한 인물의 모습을 다음 중 하나와 같이 변경하십시오."

만약 그림의 선이 지저분하거나, 비례가 좀 어긋나게 그려졌다거나 하면 그것을 약간 변형해서 더욱더 깔끔하거나 더 예쁜 모양으로 자동으로 변형해주는 기능의 메뉴가 나타났다.

이 기능을 이용하면 초등학생이 삐뚤빼뚤 크레파스 그림으로 그린 동물이라도 월트디즈니 애니메이션처럼 변형할 수 있다. 컴퓨터 소프트웨어는 내가 그린 그림이 뭘 그린 것인지 인식한다. 그리고 그것을 표현하는 미리 저장된 인기 있고 아름다운 그림과 내가 그린 그림의 중간 형태를 계산해내는 식으로 작동한다. 예를 들어 내가 쥐를 그리면, 여러 만화가가 그린 쥐 그림 중에 어떤 것과 가장 비슷한지 인식한 후에, 내가 그린 쥐 그림을 그런 비슷한 인기 있는 쥐 그림을 참고해서 좀 더 깔끔하고 보기 좋게 바꾸어준다. 너무 과하게 사용하면, 그저 요즘 인기 있다는 비슷비슷한 개성 없는 그림으로 변해버리지만, 적당히 사용하면 그림을 깨끗하게 가꾸는 용도로 아주 쓸 만했다.

나는 어떤 형태로 바꾸는 것이 적합한지 갈등했다. 그럴 수밖에 없었다. 나는 고양이 생각을 해본 적이 별로 없었다. 당연히 이 고양이가 나오는 만화가 앞으로 무슨 내용이 될지에 대해서도 아무 생각이 없었다. 오늘 마지막 수단으로 컴퓨터에 선 하나를 긋고 그게 고양이 털 같다고 느끼기 전까지만 해도 나는 단 한 번도 고양이가 주인공인 만화를 그릴 마음을 먹어본 적이 없었다.

일단 나는 세련화 조정에 대한 해설을 선택했다. 컴퓨터는 해설을 들려주었다.

"고양이의 독특한 인기는, 고양이가 오만하고 자신감 있어 보이는 태도를 갖고 있다는 점, 그리고 동시에 고양이가 짐승이기 때문에 저지를 수밖에 없는 멋모르고 바보 같은 행동을 한다는 점, 이 두 가지가 대조를 이루면서 재미를 주기 때문입니다."

"예시."

"배가 고프면 사람에게 생선 사료를 달라고 위엄 있는 표정으로 명령하듯이 하는데, 그것을 보고 사람이 사료를 주면 정말로 자신의 위엄 때문에 사료를 받았다고 믿는 듯이 행동하는 것입니다. 그리고 그에 대한 고마움의 표시로 보답하는 것이 죽은 쥐를 잡아다가 사람에게 돌려줍니다. 죽은 쥐는 사람에게는 아무 쓸모 없는 것이지만, 고양이는 좋은 것을 주었다고 뿌듯해 합니다. 이것은 한없이 멍청하지만, 멍청하면서도 기특해 보이는 것이 사람의 동정심을 자극합니다. 따라서 이런 복합적인 감정을 많이 줄 수 있는 그림을 그려야 사람들이 좋아할 것입니다."

컴퓨터의 해설을 들었지만 나는 그 말이 맞는지 어떤지 전혀 알 수 없었다. 그럴듯하게 들리기도 했지만, 또 정말 그럴까 의심스럽기도 했다.

슈퍼 듀오 소프트웨어에서 보기 좋은 그림으로 변형하는 기능은 기본 매력 엔진을 중심으로 작동되었다. 기본 매력 엔진은 어떤 그림, 어떤 표현이 인기가 있고 아름다워 보일지 평가하는 프로그램이었는데, 42.0판에서는 정확하지 않은 대목이 군데군데 있다고들 했다. 특히 해설은 별 쓸모 없다는 소문도 많이 돌았다. 더 정확한 성능을 가진 프로그램을 구하려면 프리미엄판 서비스를 구독해야 하는데, 나는 거기에는 아직 돈을 못 쓰고 있었다.

"그냥 많이 고치지 말고, 비례만 조금 고치는 거로."

나는 원래의 고양이 그림에서 눈은 조금 더 크고 몸집은 조금 더 작은 것으로 수정하도록 수치를 조절했다.

컴퓨터가 그에 맞춰 계산해서 새로 그려준 그림은 매력 수치가 85에서 88로 높아져 있었다. 나는 처음 나온 그림이 오히려 더 낫지 않나 하는 생각도 들었지만, 그냥 이대로 가기로 했다. 시간이 너무 부족했다. 오늘 내로 만화 한 회를 다 그려야 하는 상황이었는데, 아직 주인공 모습도 결정하지 못했으니, 이것저것 자꾸 고치고 더 좋게 해볼 겨를은 없다고 판단했다. 이것으로 결정하자.

결정했다.

그렇다면 일단 주인공 고양이 그림은 완성된 셈이었다. 이제 나는 이 고양이가 등장할 첫 장면을 그리고, 이야기를 이어나가야 했다. 이 고양이로 도대체 어디서 무슨 이야기를 해야 하는가?

"설정 마법사를 실행하시겠습니까?"

고양이 그림의 완성판에 대한 인식이 끝나자, 슈퍼 듀오 소프트웨어에서 내가 가장 싫어하는 말인 "마법사"가 나왔다. 20세기 말 마이크로소프트에서 만든 프로그램에 나오던 그 말. 뭔가 편리하면서도 기능은 좋을 것 같은 느낌을 주기 위해서 쓰던 말. 마법사. 마법사라면 구름을 타고 손 위에 불덩어리를 나타나게 하고 악당을 돌로 변하게 할 수 있어야 하는 것 아닌가. 마법사라는 단어가 고작 컴퓨터 소프트웨어의 조정값 숫자 몇 가지를 자동으로 높였다 낮췄다 해주는 역할에 쓰이게 되다니. 이렇게 좋은 말을 이렇게 따분한 곳에 쓰다니.

그렇지만, 나는 그런 마법사의 도움을 받아야 하는 입장이었다. 마법사가, 그러니까 자기 이름을 "설정 마법사"라고 부르는 컴퓨터 프로그램의 메시지가 이어서 화면에 나왔다.

"고양이 부류의 인물에서 인기 및 관심 수치 80 이상을 차지하는 상황은 다음과 같습니다. 1. 고양이가 종이 상자 안에 들어가는 것을 좋아한다. 2. 고양이가 고작 두루마리 휴지 같은 것에 호기심과 재미를 느껴서 그것을 풀며 찢는 것에 매달린다. 3. 고양이가 따뜻한 곳에 앉아 있으면 그것만으로 편안하고 행복해한다."

인기 및 관심 수치가 높은 수치의 소재로 만화를 만들어나가면, 사람들이 좋아할 법한 내용이 될 수 있다. 하지만 반대로 그만큼 남들도 많이 그리는 내용이라 여기저기서 워낙 많이 보던 흔하디흔한 내용이 될 가능성도 커진다. 내가 보기에, 세 가지 모두 너무 흔하고 많이 보던 상황 같았다. 뭔가 다른 새로운 것 없을까?

그렇지만, 시계를 보고 나는 포기하기로 했다. 새로운 것을 떠올리고 고민하며 보낼 시간이 없었다.

벌써 아침 시간이 한참 흘러간 상황이었다. 슈퍼 듀오가 제시하는 온갖 선택지들을 이리저리 검색하면서 이걸 요렇게 조정해보고 저걸 요렇게 조정해보고 하나하나 바꿔가면서 조금 더 좋은 것, 조금 더 새로워 보이는 것을 찾기 시작하면 시간 가는 것은 한도 끝도 없다. 그냥 많이 보던 것 같고 따분해 보이는 내용이라도 질끈 눈 감고 고르고 빨리빨리 넘어가야 한다. 그래야 오늘 내에 만화를 완성할 수 있다.

나는 그나마 내가 생각하기에 색다른 이야기로 풀어갈 가능성이 조금이라도 있어 보였던 "3. 고양이가 따뜻한 곳에 앉아 있으면 그것만으로 편안하고 행복해한다."를 선택했다. 그다음 선택도 비슷하게 이루어졌다. 그림을 빨리 그리고 생각을 편하게 하기 위해, 나는 배경을 평범한 아파트 건물 실내로 정했다.

아파트 건물 안에서 볼 수 있는 풍경은 거의 모든 것이 이미 슈퍼 듀오 소프트웨어의 기본 데이터베이스 안에 다 자료로 들어 있었다. 적당히 몇 가지 골라주면, 식탁이 하나 있고, 빨간 주전자가 있고, 커피잔이 많이 있는 부엌 같은 것을 만들 수 있다. 그렇게 골라주기만 하면 어떤 배경인지 컴퓨터가 계산해서 그대로 그림을 만들어준다. 내가 지금까지 그렸던 그림들을 입력해주고, 방금 만든 고양이 그림을 넣어주면, 내가 그릴 법한 그

립체로 그런 장면을 계산해서 그림으로 보여준다.

그러면, 나는 고양이는 어디쯤 있고, 그걸 어떤 각도에서 화면에 보여줄지만 선택하면 된다.

그래, 냄비 받침. 뜨거운 음식을 담은 냄비 밑에 받치는 냄비 받침이 "기본 식탁 모습" 자료에 있는 것이 보였다.

음식을 먹고 나면, 냄비 받침이 따뜻해지겠지. 그러면 따뜻한 곳에 앉아 있기를 좋아하는 고양이가 그 냄비 받침에 올라가서 앉아 있을 것이다. 그런 장면으로 하면 괜찮겠다는 생각이 들었다. 그러면 거기에서부터 더 생각해보자. 주인공이 무슨 요리를 했을까? 요리를 한 주인공이 어떤 상황에서 밥을 먹었을까? 밥을 다 먹고나서는 뭘 했는지, 그런 이야기들을 궁리해보고 그것과 고양이를 연결하면 무슨 사연이 나올 법하기도 했다.

나는 그런 장면을 그리기로 했다. 만화에서 자주 사용하는 그림 구도와 인물 배치를 선택할 수 있도록 객관식 선택지가 나왔다. 그중에 하나를 고르면 그것이 내 만화의 첫 장면이 되는 것이다. 역대 그림을 잘 그린 것으로 평가가 높은 만화들에서 가장 자주 쓰이던 첫 장면 구도부터 추천해주기 때문에, 첫 번째 선택지가 가장 인기 있는 것이다.

그런 만큼 내 만화의 첫 장면으로 완성된 모습은 평범해 보였다. 식탁 위가 살짝 보이도록 약간 위에서 내려다보는 각도, 그 너머로 요리를 하는 공간과 요리하는 사람의 뒷모습이 보인다. 따뜻한 냄비 받침에 앉은 고양이는 약간 올려다보는 각도로 중앙에서 약간 왼쪽 아래로 나온 위치에 있다. 괜찮네. 오늘은 뭐가 되었든 일단 완성하는 게 중요하니까. 그렇게 잘 그리지 않아도 되지. 나쁘지만 않으면 된다. 나는 그 첫 번째 선택지를 골랐다.

좋아. 이제 무슨 이야기로 이어나가야 하지? 우선 무슨 요리를 한 상황인지 생각해보자. 좀 화려하고 신기한 요리를 했다고 하자. 그런데 왜? 이 사람이 왜 화려한 요리를 했지? 중요한 날이니까. 나는 갑자기 확 떠오르는 기억이 있었다. 생각은 빠르게 그쪽으로 이어졌다. 왜 중요한 날이지? 좋아하는 사람을 집에 초대한 날이니까. 그러면 그 사람이 좋아하는 사람도 이 집 어딘가에 와 있겠네. 그 사람이 좋아하는 사람과 뭔가 따끈하고 달짝지근한 시간을 보내기를 꿈꾼다. 그런데 그게 그렇게 되지는 않는다. 왜? 고양이가 멋모르고 방해한다. 그래, 그렇게 해서 기대대로 안 되는 거지. 뭐, 이런 줄거리로 가야 하나?

그런 상상을 하고 있는데, 화면에 연락 메시지가 나타났다.

"좀 급한데요, 선배. 점심때 시간 나요?"

만화 웹사이트 홍보 일을 맡고 있는 사람이었다. 그는 나를 "선배"라고 불렀다. 나는 "선배"라고 불리고 있지만 그를 특별히 후배로 대하고 있지는 않았다.

"저 오늘까지 이번 화 다 그려서 보내야 하는데요."

"아직 다 안 해 놓으셨어요?"

"어. 아직 멀었어요."

"그래도 점심때 1시간 정도만 내주세요. 방송사에서 촬영하려고 하는 거거든요."

"촬영?"

"네. 원래 촬영하기로 했던 사람이 갑자기 촬영을 못 하게 되는 그런 상황이 됐어요. 급하게 때워야 되는데. 당장 제가 연락할 수 있는 분이 선배밖에 없더라고요."

"무슨 촬영인데요?"

"그 〈생생한 달인〉이라는 프로그램 아시죠? 여러 가지 직업 가진 사람들 중에 특이한 재주 가진 사람 보여주는 프로그램."

"알긴 알죠."

나는 소금을 한 번 집으면 정확하게 1.2그램씩 집을 수 있는 요리사나, 맛만 보고 어느 지역에서 생산한 사과인지 알아맞힐 수 있는 사과 연구 학자가 나오는 그 프로그램을 본 적이 있었다.

"원래 서예 로봇 만드시는 분이 출연해서, 자기가 세밀하게 조정한 서예 로봇을 쓰면, 하루에 3천 장씩 조선 시대 안평대군 글씨하고 동급인 글씨로 붓글씨 쓰게 할 수 있다는 사람이 나오기로 되어 있었거든요. 촬영도 다 했고요."

"그런데요?"

"그런데 시청자권리위원회에서 갑자기 지침이 내려와서 컴퓨터가 지나치게 사람이 잘할 수 있는 영역을 침범하는 것 같은 느낌을 주어서 좌절감을 불러일으키는 방송 프로그램은 가족 시간대에 방송하지 말라고 그러더라고요."

"안평대군 글씨 베낀 거 3천 장씩 찍어내는 게 사람의 영역이에요?"

"좀 애매하긴 한데. 하여간 위원회에서 그렇게 내려왔으니 어쩝니까. 일단 따라야죠. 그런데 방송을 안 할 수도 없고 그래서 뭐라도 찍어서 보내야 되는데, 정말 갑자기 촬영할 건수가 없어서요. 그래서 선배라도 촬영하려고요."

"내가 무슨 촬영거리가 된다고."

"아니에요. 선배, 왜 지난번에 컴퓨터 하나도 안 쓰고 연필하고 펜으로만 만화 그려서 수작업 그림이라고 올리신 적 있잖아요. 그거 하는 거 한번 촬영하죠."

"그거 지난번 아니고, 지지지난번이죠."

"하여튼요. 되시잖아요? 펜하고 연필만 갖고 만화 그리는 거 한번 보여주세요. 컴퓨터 안 쓰고요."

"나는 그냥 어쩌다가 그렇게 수제 만화 한번 해본 거고. 그런 거 정말 전문적으로 하는 사람들도 있다고요. 그런 사람들은 요즘처럼 컴퓨터가 거진 다 그려주는 만화는 진정한 그림이 아니라고 하고 자기들처럼 완전히 손으로 전부 다 작업하는 게 진짜 창의성이 살아 있는 그림이라고 하거든요. 그런 사람들이 보면 어떨 거 같아요? 나는 어쩌다가 한번 특별편으로 수제 만화 올린 것에 불과한데, 내가 달인이랍시고 나오면 얼마나 욕하겠어요? 내가 수제 만화를 그렸을 때 그 실력이 그런 수제 만화만 전문으로 그리는 사람들보다 더 잘 그리는 것도 아니고."

"아니에요. 괜찮아요. 어차피 욕은 섭외한 쪽에서 먹는 거죠. 그리고 그렇게 '그게 무슨 달인이야. 더 잘하는 사람도 얼마든지 있는데.' 이런 이야기가 시끌시끌하게 나와야 그만큼 더 화제가 되고 더 관심 갖는 사람들도 많아지고 조회수도 더 높아져요. 그러니까 걱정하지 마시고 촬영 좀 해주세요."

나는 고양이가 식탁 위에 올라와 있는 내 만화의 첫 장면을 보았다. 점심때 촬영 하느라 시간을 보내도 만화를 완성할 틈이 있을까.

"그런데 내일은 어때요? 오늘은 만화 그릴 게 있어서 정말 바쁜데."

"오늘 방송이 나가야 되니까 그러죠. 오늘 합시다. 제가 편집 팀에는 이야기 해놓을게요. 이번 편은 만화를 그냥 좀 대충 그리시고 여기에 시간 좀 내주세요."

이미 대충 그릴 생각이었다. 그런데도 시간이 부족한 것이었는데. 얼마나 더 대충 그리라고. 그는 계속해서 말했다.

"요즘 만화가 좀 많이 나옵니까. 슈퍼 듀오 소프트웨어 같은 것 쓰면 누구든지 쉽게 그럴듯한 만화를 몇 번 딱딱 마우스로 고르기만 하면 그릴 수 있으니까, 재밌어 보이는 만화, 그림 멋있어 보이는 만화만 해도 엄청나게 많잖아요. 그런 어마어마하게 많은 만화 중에서 눈에 뜨이고 화제가 돼야 조회수가 나오죠. 그러니까 이런 프로그램 출연하시는 게 선배님께는 정말 좋은 기회라니까요. 이런 걸 하셔야 만화가 많이 읽혀요."

"이런 걸로 주목을 받으면 그것 때문에 인기가 생길 거라고요?"

"그렇다니까요. 만화가 얼마나 많은데 무슨 만화가 재밌는지 어떻게 알겠어요? 그냥 남들이 좋다, 대단하다, 뛰어나다, 유행이다, 그러면 일단 거기부터 눈이 가는 것이고, 일단 재밌다더라하고 바람이 불면, 대충 중간 정도만 재밌으면 다들 재밌다고 하게 되는 거라고요."

나는 믿지 않는 이야기였다.

"그래도 만화 그리는 사람이, 만화 내용이 좋아서 인기가 좋아야죠."

"그게 안 그렇다니까요. 그림을 잘 그리고 내용이 참신하면 된다고는 하지만, 진득하니 앉아 읽기 전에 내용이 참신한지 어떤지 알 수가 있는 것도 아니고, 뭐 참신한 생각 맨날 하기는 또 쉽습니까? 그리고 참신하다고 혼자 생각하고 그려봐야 보는 사람들이 다 알아주는 것도 아니고요. 그림이야 힘들게 열심히 온 갖 고민해가면서 그리나, 슈퍼 듀오가 적당히 추천해주는 자동 그림으로 만들어 넣으나 사실 세밀하게 보기 전에는 큰 차이 안 나거든요. 그러니까 그냥 유명한 게 계속 유명해져서 더 유명해 지는 거예요. 선배님, 제발 프로그램 출연 좀 해주세요. 저희 프로그램 구독자수랑 조회수도 엄청 높은 거 아시죠? 출연료도 따로 드릴게요."

그래도 나는 내키지 않았다. 정작 내가 내보내야 하는 이번 화 만화는 컴퓨터로 날림으로 만들어보려고 온갖 애를 쓰고 있으면서, 많은 사람이 보는 동영상 프로그램에서 컴퓨터를 쓰지 않고 만화를 그리는 달인으로 나온다는 것은 꺼림칙한 일이라는 느낌이 강했다.

"아무래도 꺼림칙한데요."

"선배님, 그러면요. 이번에 촬영하시면 저희 회사에 있는 슈퍼 듀오 43.0 프리미엄판 확장 서버 접속권 드릴게요."

"43.0 프리미엄판 확장 서버요?"

"한 달 접속권 드리겠습니다."

"정말이죠?"

"정말이죠."

그렇게 해서, 나는 점심때가 되자 방송 프로그램 제작진들을
만나 카메라 앞에 앉아 있게 되었다.

"연필로 그림을 그리고 계시면 저희가 발견하고 나타나는 그
런 식으로 연출할게요."

"네. 알겠습니다."

나는 컴퓨터 화면이 있던 자리에 종이를 놓고 연필을 잡고 앉
았다. 뭘 그리지? 같은 질문이었다. 고민해봤지만 같은 답밖에
없었다. 나는 아까 컴퓨터로 만들어낸 그 고양이의 모습을 머릿
속으로 기억하며 그 그림을 다시 연필로 종이 위에 그렸다.

곧이어 미리 만들어둔 대본에 따라 음성 합성으로 성우의 설
명이 들려 왔다.

"뭔가 열심히 작업을 하고 있는 달인! 한번 옆으로 가서 살
펴봤더니."

카메라가 내 옆으로 다가왔다.

"이게 뭡니까? 연필로 그림을 그리고 있습니다. 그런데 한눈
에 봐도 범상치 않은 솜씨."

카메라와 함께 온 PD가 나에게 말을 걸었다.

"지금 뭐하고 계신지 여쭤봐도 될까요?"

"예, 만화 그리고 있는 중입니다."

자연스러우면서도 초연한 태도로 대답하려고 했는데, 방송이라는 사실을 의식해서 너무 과도하게 기뻐하고 필요 이상으로 친절한 듯한 목소리가 나와버렸다.

"연필로 만화를 그리신다고요?"

"네, 그렇습니다."

"이야…. 그런데, 연필로 그림 그리는 것은 어린이들이 정서 발달 수업 할 때나 하는 것 아닌가요? 우리가 흔히 보는 만화를 이렇게 연필, 펜 이런 거로 그리는 게 가능한가요?"

"네, 가능합니다."

그리고 제작진은 내가 고양이 앉아 있는 모습을 그리는 것을 촬영했다.

"인간 컴퓨터!"

"데이터베이스에 저장되어 있는 것이 그대로 뽑혀 나오는 것처럼 고양이의 얼굴과 몸, 발톱까지 그리는 달인의 솜씨."

"정말 대단합니다!"

그러더니 잠시 촬영을 중단하고, PD가 나에게 물었다.

"저희가 '미션 도전'이라는 걸 하는데요."

"미션요? 어떤 종교의 선교에 활용되는 그런 내용을 제가 해야 하는 건가요?"

"아니요. 그게 아니고요. 어떤 도전 과제나 문제 같은 걸 정해 놓고, 그걸 할 수 있는지 없는지 도전해보는 그런 걸 하거든요."

"그걸 미션이라고 해요?"

"네. 그런데 이번에 '미션 도전'으로 뭐 할 만한 것 없을까요?"

제작진과 나는 잠깐 이것저것 의논했다. 결국 나는 도전 과제에 도전하는 것 역시 고양이 그림으로 하기로 했다.

"지금 고양이 그림의 앞모습을 그렸는데요. 45도 각도로 고양이가 올려다보고 있는 모습도 상상해서 그리실 수 있으실까요?"

"글쎄요. 조금 어렵지만 가능할 것 같습니다."

"컴퓨터 안 쓰고, 3차원 모형으로 각도 계산 안 하고요. 순수하게 연필하고, 펜, 사람의 상상력으로만 하실 수 있겠어요?"

"한번 도전해 보겠습니다."

그리고 내가 그림을 그리려고 하자, PD는 나를 제지했다.

"아니요. 도전하기 전에는 '도전!'이라고 카메라를 보시면서 먼저 외치셔야 합니다."

"네?"

"이렇게요. '도전!'"

"아, 네. 그런데 그건 왜 하는 겁니까?"

"하하하. 저희 전통입니다. 전통."

나는 시키는 대로 카메라를 보고 "도전!"이라고 외친 뒤에, 고양이가 약간 고개를 들어 올려다보고 있는 모습을 연필로 그리고, 펜으로도 그려 넣었다.

"눈으로 봐서는 완벽해 보이는 그림입니다. 컴퓨터로 만든 그림과 비교해보면 어떨까요?"

제작진은 슈퍼 듀오 소프트웨어에 원래 그림을 입력하고 45도 올려다본 모습으로 바꾼 그림을 계산해서 만들게 했다. 44도도 아니고, 46도도 아니고 정확하게 45도 각도를 계산해서 만든 그림은 내 그림과 비슷하기는 했지만, 약간은 달랐다. 그럴 수밖에 없었다.

"컴퓨터로 만든 그림과 느낌이 아주 비슷하기는 한데, 또 조금씩은 다르네요."

"그렇죠. 아무래도 사람이 상상을 해서 손으로 그리면 약간씩은 다를 수밖에 없으니까요. 이런 게 또 완전 수제 만화의 특징이자 재미죠."

PD가 카메라 컴퓨터를 다루고 있는 사람에게 말했다.

"여기에서 그 전문가 인터뷰 결과 넣죠."

"네, 알겠습니다.'

그러자 카메라 컴퓨터의 화면에는 이다음에 나올 무슨 만화 평론가의 해설 장면을 녹화해놓은 것이 보였다.

"사람의 그림에서만 볼 수 있는 그 미묘한 차이, 그 작은 차이 속에 사람의 감성이 들어 있고, 무심코 사람이 생략하려고 하는 게 뭔지 들어 있는 것입니다. 사람이 그림을 그리면서 무심코 왜곡하고 싶은 게 뭔지, 그 세세한 차이가 표현되어 있는 것이죠. 어떻게 보면 이런 세세한 차이가 우리 정신세계의 깊은 면, 무의식적인 면을 끌어와서 드러내는 것인지도 모릅니다. 그리고 보는 사람 입장에서는 바로 이렇게 사람이 그린 약간은 정확하지 않은 그림을 보았을 때, 그 그림을 보는 사람도, 사람 심리를 안정시켜주는 알파 컴포넌트를 안정화시키는 파장이 증가할 개연성이 10퍼센트 정도 높아질 수 있다고 추정한다는 그런 연구 보고서가 있습니다. 물론 최신 컴퓨터 소프트웨어를 이용하면 이런 오차도 그대로 표현해 낼 수는 있습니다만, 정말 최신 소프트웨어가 필요하죠."

이어서 다시 대본에 있는 성우 목소리가 나왔다.

"사람의 심리까지 안정시켜주는 그림이라니, 정말 달인의 솜씨는 한계를 모르겠습니다."

"그러면 성공이네요."

내가 말하자, PD는 다시 잠시 녹화를 중단시켰다.

"아니요. 성공하셨을 때는 카메라를 보면서 '미션 성공!'이라고 말씀하셔야죠."

"미션 성공!"

나는 시키는 대로 했다.

뒤이어 내가 방금 그린 고양이 그림을 전송해서 받은 어느 대학 교수를 화상통화로 연결했다.

"이렇게 사람의 손으로 입체감이 있는 그림을 그리는 방법에는 원근법, 명암법 같은 그림이 사용되는데요. 보통 르네상스 시기 유럽 화가들이 이런 기법을 많이 발달시킨 것으로 알려져 있습니다."

PD는 다시 방금 내가 그린 고양이가 약간 올려다보고 있는 그림을 화면에 비추었다. 그리고 즉석에서 대본에 끼워 넣을 문장을 입력하자, 성우의 목소리가 다시 흘러나왔다.

"르네상스 시대 명화 화가의 기법까지 완벽히 체득하여 만화에 나타내고 있는 달인의 경지라니. 그저 놀라고 또 놀랄 뿐입니다."

PD와 제작진은 그 후에도 몇 가지를 더 시켰고, 내가 그린 만화들을 잠깐 소개하는 영상을 찍어 가기도 했다.

촬영하는 동안 나는 계속해서 돌아가는 시계를 살폈다. 점심때 잠깐 시간을 내는 것이라고 생각했는데, 1시를 넉넉히 넘겨서도 방송국 사람들의 작업은 끝을 마칠 줄 몰랐다.

원래 나는 1시 전에 촬영이 끝나면 1시부터는 다시 만화 그리는 일로 돌아갈 수 있을 거라고 생각하고 있었다. 정확히 1시가 되자마자 바로 의욕이 넘치는 모범적인 만화가로 돌아가 열심히 그림을 그리는 모습으로 돌변한다. 사실 그런 행동은 로봇이나 할 수 있는 것이었지만, 촬영을 수락할 때만 해도 나는 그런 가정으로 시간 계획을 세우고 있었다. 1시부터 6시까지면 5시간. 5시간 동안 부지런히 작업을 하면 될 것이다. 이렇게 그려서 분량을 다 채우려면 1시간에 몇 칸씩 그림을 그려야 한다. 그러면 저녁 전에 일을 마칠 수 있다. 그런 희망적인 추산을 했다.

그래서 나는 계속 시간을 끌며 머물고 있는 촬영팀을 계속 초조하게 보았다. 그런데 촬영팀이 머무는 동안 묘하게도 이상한 편안한 마음이 몰래 마음속에서 피어나고 있는 것도 나는 느낄 수 있었다. 촬영이 늘어지는 바람에 그림을 그릴 시간을 까먹고 있었는데, 나도 모르게 마음 한편으로 기분이 좋았다. 까뒤집어 놓은 주머니처럼 내 모든 마음을 다 뒤집어 보인다면, 그때 나는 마음 한편으로는 일정이 어찌 되거나 말거나 하여간 만화 그리지 않을 핑계가 있어 일을 미루고 있을 수 있다는 점 자체만으로도 좋아했던 듯하다.

촬영팀이 되돌아간 뒤에 시간을 보니 참으로 골치 아픈 곳에 시곗바늘이 머물고 있었다.

그때 시각은 일이 예정대로 돌아간다고 하기에는 한참 불량스러운 시각이었고, 그렇다고 이제 모든 것이 끝났다고 다 포기하고 만화고 뭐고 다 때려치우고 뭐라고 사죄할지나 궁리하자고 결심하기에는 아직 아까운 시각이었다. 지금부터라도 포기하지 않고 부지런히 전속력으로 달리기만 하면 시간 내에 만화를 끝낼 수 있다. 그렇지만 정말 바쁘고 말도 안 되게 서둘러야 할 것이고, 그렇게 후다닥 날림으로 그리는 것이 좋은 결과일 리도 없을 것이다. 그런데 그런 좋은 결과도 안 나올 것을 위해 과연 그렇게 애써서 몇 시간 동안 정신을 집중해 고생하는 것이 보람찬 짓인가?

고생고생해서 만화 그려서 올려봐야 별로 보는 사람도 없을 것이다. 본 사람이라고 해봐야, "이따위를 만화라고 올렸냐? 이 만화가도 한때는 좀 재밌더니, 요즘에는 배가 불렀는지 거지같이 성의 없게 올렸네." 뭐 이런 댓글이나 달리겠지. 뻔하다. 그런 댓글 얼마나 많이 봤던가.

차라리 이번에 아예 건너뛰면서, "요즘 심란한 일이 너무 많아 도저히 작업할 형편이 아니었습니다. 이번 편은 쉽니다."라고 써놓으면, 세상 많은 사람 중에 누구 하나는 "집안에 무슨 일 있으신 듯. 부디 잘 해결되시길." 이런 마음 품는 사람도 있지 않을까? 설마. 그 정도는 아니라고 해도 포기하는 게 낫지 않을까.

포기하고 때려치우면 고생도 안 하고 반응은 동정적이고 평가는 유지되고. 고생고생해서 겨우 마감 시간 맞춰 올렸다가 욕먹느니 그게 낫지 않은가?

"감사합니다. 선배님. 슈퍼 듀오 43.0 프리미엄판 확장 서버 접속 계정 열어 드렸어요."

그때 메시지 하나가 와서, 이번 편은 포기하고 만화 그리는 것을 때려치우라는 마귀들의 환상을 깨주었다.

나는 작업을 계속하기로 결심했다. 반년 전에 딱 한 번 써보았던 프리미엄판 확장 서버를 또 쓸 수 있게 되다니. 나는 그것을 다시 한 번 구경하고 써보고 싶은 마음이 확 끓어 올랐다. 보글보글보글. 프리미엄판 확장 서버! 이걸로 또 멋지게 만화 그려보고 싶다! 계속 컴퓨터 앞에 앉아 있을 수밖에 없었다.

나는 슈퍼 듀오 43.0 프리미엄판 확장 서버에 접속했다. 아름답게 반짝이는 슈퍼 듀오 프리미엄판이라는 표시가 나온 후, 프리미엄판만의 메뉴가 나왔다. 나는 거기서 확장 서버 접속을 선택하고, 내가 노리던 기능을 골랐다.

"줄거리 마법사."

역시 프리미엄판 확장 서버에는 그 메뉴가 있었다. 20세기 말 이후, 마법사라는 제목이 붙어 있던 하고 많은 프로그램들 중에 진정으로 마법사라는 이름이 붙을 가치가 있는 단 하나의 프로그램. 그것이 바로 줄거리 마법사였다. 한때 고작 USB로 연결하는 마우스를 어떻게 인식하게 해주느냐 따위의 기능을 가진 프로그램도 마법사라는 이름을 달고 있었는데, 그에 비하면 줄거리 마법사는 컴퓨터에 연결된 마우스를 살아 움직이는 햄스터로 바꾸어주는 마법을 실제로 부릴 수 있다고 할 만큼 막강한 프로그램이었다.

"등장인물 입력판."

나는 메뉴 한쪽을 선택해서 내가 생각한 인물에 대해 입력했다. 고양이 한 마리. 고양이를 키우는 사람 한 명. 그 사람이 소중하게 생각하는 사람 한 명. 그리고 등장인물의 관계를 정하며 이야기의 초반 흐름을 입력한다.

"고양이가 있는데 따뜻한 냄비 받침에 앉는 것을 좋아하는 등, 엉뚱한 행동을 많이 하는 바람에, 한 사람이 다른 사람을 초대해 좋은 요리를 해주면서 환심을 사보려는 계획이 자꾸 방해를 받는다."

나는 그런 내용을 입력하고 그에 맞춰서, 등장인물의 관계를 설명하는 선택지들을 골랐다. "호감 관계" "양육-교육 관계" "중립 관계" 등을 인물의 상태에 맞게 정했다.

이런 식으로 몇 가지 선택만 해주면 줄거리 마법사는 이 인물들 간에 벌어질 수 있는 일들을 목록으로 나열해서 표시해준다. 목록으로 나오는 사건들은 자연스럽게 벌어질 법한 일들도 있고, 오히려 일어나지 않을 법한 일이 일어나서 반전의 놀라움을 주는 것들도 있다. 한 가지 사건을 선택하면, 그 상황에서 다음에 일어날 법한 사건을 고를 수 있고, 그것을 선택하면 그다음 단계에서 일어날 법한 또 다른 사건을 고를 수도 있다.

그렇게 해서 결말까지 일어날 수 있는 일들을 모두 골라놓으면, 프로그램이 이것을 과거 회상 방식으로 연출할지, 약간 모호하게 연출하는 장면을 넣을지, 시점을 바꾸는 장면을 넣을지, 어떤 방법을 쓰는 것이 적합할지 계산해서 몇 가지를 추천해준다. 그중에 몇 가지를 선정하고 나면, 처음부터 끝까지의 줄거리가 완성되는 것이다.

거기까지만 하면, 그에 맞춰 그림만 배치하면 된다. 그것도 컴퓨터가 추천해주는 가장 많이 사용되는 배치만 빠르게 고르면 만화 한 편은 그냥 다 완성된다.

나는 그렇게 기대를 했는데, 왜인지 인물을 정하고 처음 몇 가지만 고르자 중간 단계 없이 바로 줄거리가 저절로 모두 완성되어 결말까지 제멋대로 만들어져버렸다.

나는 나에게 접속권한을 준 직원에게 연락했다.

"바쁜데 미안한데요. 이거 좀 이상한 것 같아요. 이게 프리미엄판 확장 서버 맞아요? 어떤 식으로 줄거리가 흘러갈지 내가 중간중간에 정해서 내가 만들고 싶은 이야기를 만들어가야 하는데, 그냥 처음 조금 쓰니까 자기 마음대로 이야기를 다 만들어버리는데요."

"아, 그게 기본 설정이에요."

"기본 설정이 컴퓨터가 무작위로 이야기를 만드는 거라고요?"

"완전 무작위는 아니고요. 원래 저희 팀 같은 데서 돌리는 이야기 흥행 가능성 분석 프로그램 있잖아요. 그런 프로그램이 이번 슈퍼 듀오에는 합쳐져 있거든요. 그래서 자기 나름대로 어떻게 흘러가는 이야기가 조회수가 많을지 예상하는 기능이 있어요. 그래서 여러 가지 줄거리 선택지 중에 조회수가 많을 법한 이야기로 추산되는 선택을 해서 이야기를 만들어내는 거예요."

"그런데 그렇게 하면 제가 원하는 이야기를 못 만들잖아요."

"요즘 만화 그리거나 소설 쓰는 사람들 다 일일이 이야기 안 만들어요. 그냥 대충 자기가 보고 싶은 거 정한 뒤에, 컴퓨터가 뒤에 갖다 붙여주는 이야기 만들어내는 거로 가는 거예요. 컴퓨터가 만들어주는 게 팔릴 만한 이야기로 평가 점수 높게 받을 수 있는 거거든요. '조선 시대 수양대군이 현대로 와서, 가족과 같은 대우를 해준다고 선전하지만 사실은 악덕 회사인 곳에 취업해서 고생하는 이야기 보고 싶다.' 이 정도 써주면 프로그램이 줄거리 쭉 뽑아줘요. 마음에 안 들면 다시 한 번 더 돌려보면, 조금 다른 줄거리로 또 뽑아주기도 하고. 그렇게 해서 여러 번 계속 돌리고 돌리다보면, 마음에 좀 드는 게 나오겠죠. 그러면 그게 그냥 내 만화 줄거리다, 내 소설 내용이다, 하는 거예요."

"그래도 줄거리는 자기가 직접, 자기가 좋아하는 쪽으로 짜야죠."

"아니라니까요. 올해 하반기부터 유행은 그게 아니에요. 작가들이 다 천재도 아니고, 그냥 사람 머리로 궁리하고 생각해봐야 어지간하면 고만고만한 줄거리밖에 안 나오잖아요. 아무래도 뻔히 생각할 수 있는 것 위주로 생각하게 되고. 그런데 컴퓨터가 무작위 선택을 많이 하게 해서 이런 식으로 계속 돌리다 보면, 가끔 진짜 기발한 게 걸리고 신기하고 재밌는 게 걸릴 때가 있다니까요. 그러니까 그런 재밌는 조합으로 줄거리가 나올 때까지 계속 줄거리 만들어주는 프로그램을 실행해보고 또 실행해보는 거죠. 그런 식으로 낚을 만한 것 나올 때까지 기다리는 거예요. 그렇게 컴퓨터가 이야기를 짜게 하고 그중에서 골라야 진짜 신선하고 창의적인 이야기가 걸려요. 올해 상반기 히트작 71퍼센트가 그런 방식으로 만든 겁니다."

"아무리 그래도 그건 아닌 거 같은데요. 슈퍼 듀오 같은 소프트웨어 쓰는 이유가, 사람은 창의적이고 자유롭게 예술적인 작업에만 집중하고 귀찮고 반복적이고 힘든 기술적인 작업은 다 컴퓨터랑 기계한테 시킨다는 건데, 아예 이야기 흘러가는 방향 자체를 다 컴퓨터가 마음대로 뽑아내게 하는 건 너무 이상한데요."

"그게 막상 해보면 안 그렇다니까요. 사람들이 어차피 사람인 이상 고정 관념이 있어서 생각하는 게 다 비슷하고, 발상에 한계가 있어요. 진짜 신기한 이야기를 쓰려면 그런 고정 관념을 자유롭게 초월할 수 있는 컴퓨터가 선택하게 하는 게 답이라니까요. 그러니까요… 선배, 선배가 지금 그리려고 하는 만화 주인공은 누군데요?"

갑작스러운 그의 질문에 나는 화면에 그려져 있는 고양이 그림을 잠시 쳐다보았다.

"고양이가 주인공인 만화 그리는 중인데요."

"그러면 버림받은 고양이가 불쌍하게 나오거나, 고양이가 엉뚱한 짓 해서 귀여운 장면 보여주거나, 아니면 뭔가 파격적인 이야기 그리겠답시고 괜히 고양이 학대하는 거, 그거 셋 중에 하나를 그리는 거로 구분되거든요. 제가 그걸 왜 아느냐면, 고양이가 주인공인 만화만 상반기에 1,020편인가 나와서 진짜 많이 나오던 소재예요. 그래서 고양이 주인공 만화가 집중 분석 대상이었거든요. 그런데 그 1,020편 중에, 제가 말씀드린 세 가지 분류에 안 속하는 게 몇 편이나 있을 것 같아요?"

"몇 편이나 되는데요?"

"0편이에요. 0편. 사람이 줄거리를 만든 고양이 만화는 그 세 가지 분류에서 벗어나는 게 한 편도 없었어요. 그런데 하반기에 컴퓨터 자동 생성 줄거리로 나오는 만화가 유행하면서부터 거기에서 벗어난 게 나오고 있다니까요. 요즘에는 아예 '골드 마이너'라고 해서 슈퍼 듀오로 만화를 제작하는 게 목적이 아니라, 컴퓨터가 뽑아주는 줄거리 계속 읽고 또 읽으면서 그냥 그런 이야기 계속 보는 재미로 그냥 즐기는 만화가들도 많아요. 그렇게 계속 컴퓨터가 만드는 이야기 보다가 정말 정말 재밌는 게 나오면, 그걸 올리는 거고."

"만화가들이 자기 만화를 그리는 게 아니라, 컴퓨터 소프트웨어가 자동으로 보여주는 만화를 보고 놀면서 그중에 재밌는 만화를 고르는 게 일이라고요?"

"그렇죠. 그런 게 정말 자기가 하는 일을 재밌어하고 즐거워하는 태도 아닙니까? 아, 선배님도 만화 중에 〈체 게바라 아이돌 되다〉 아시죠? 그게 요즘 최고 히트작인데, 그게 골드 마이닝 하는 만화가가 올린 거예요. '체 게바라가 21세기 초 한국에 와서 아이돌 그룹에 데뷔해야 하는 상황에 처해서 웃기는 만화'라는 것까지만 정해놓고, 컴퓨터가 만들어주는 만화들을 82편인가 그 만화가가 뽑아봤거든요. 그 만화가는 그런 내용을 너무 좋아해서, 그냥 그런 내용을 계속 뽑아주는 걸 보는 자체가 너무 즐거웠다고 해요. 그러다가 83편째에 나온 거는 다른 사람들에게도 공개할 만하다고 생각해서 웹사이트에 올린 거죠. 그런데 그게 히트를 친 거고."

"그런 걸 뭐라고 한다고요?"

"골드 마이너요. 컴퓨터가 만들어놓은 산처럼 쌓인 만화를 계속 보면서 그중에 금 캐듯이 좋은 만화를 캐는 사람들이라서, 금 캐는 거랑 비슷하다고 해서 그렇게 부르는 거예요. 그 〈체 게바라 아이돌 되다〉 이번 인터뷰 보셨어요?"

그는 인터뷰 뉴스를 화면으로 전송해 보여주었다.

"저는 제가 하는 일이 정말 즐겁고 좋거든요. 그러다보니까 성공한 것 같아요. 저는 그런 소재로 컴퓨터가 만들어주는 만화를 계속 보는 게 너무 즐거워서요."

골드 마이너. 말은 참 잘 만들었네 하고 생각했다. 나는 그에게 물었다.

"하여튼, 저는 완전 자동으로 만화 줄거리 뽑아주는 것 말고, 수동으로 하나하나 짜가면서 만들고 싶은데 그러려면 어떻게 바꿔줘야 하는 거예요?"

"그런 건 기술 지원팀에서 잘 알긴 할 텐데. 상담 컴퓨터 소프트웨어에 접속해보시든지. 아니면 저희 확장 서버 사용자 통신망 쪽으로 접속해보세요. 비슷한 것 고민하는 사람들이 있기는 있을 테니까, 사용자 통신망 쪽에 접속해보면 누가 이미 예전에 궁금해서 질문 올려놓은 것에 답변 달아놓은 것 있을 수도 있고요."

나는 시계를 보았다. 나고 그냥 그렇게 해버릴까? 그냥 컴퓨터가 줄거리를 다 만들게 하면 단숨에 일을 끝낼 수 있었다.

골드 마이너라는 사람들은 컴퓨터가 만들어주는 줄거리 수십 개를 읽으면서 그중에서 정말 재밌는 것을 고른다고 했는데, 나는 그것조차도 무의미한 일 아닌가 싶었다. 어차피 슈퍼 듀오 소프트웨어에는 흥행 가능성 분석 프로그램이 있었다. 컴퓨터가 만들어낸 많은 만화 중에, 컴퓨터 판정 프로그램으로 흥행 가능성을 분석해보았을 때 가장 신선하고, 재미있고, 인기 있을 확률이 높은 것으로 예측된 것을 고르면, 그런 만화가 실제로도 인기가 있을 것이다.

자기 취향으로 기울어질 수밖에 없는 사람이 "골드 마이너"랍시고 고르는 것보다는 아예 어떤 만화가 제일 재밌는 것이냐까지도 슈퍼 듀오에게 맡기는 편이 더 나을 것이다. 유전자 알고리즘 분석 모듈을 사용하면, 정말로 그렇게 컴퓨터가 만화 5백 편 정도를 그리도록 한 다음에, 그중에서 자동으로 "가장 훌륭한 만화"를 컴퓨터가 골라내게 할 수도 있을 것 같았다.

그렇지만, 아직까지는 시간이 있었다.

골드 마이닝 비슷한 방법을 쓰는 것은 시간이 마지막 30분 정도 남았을 때 허겁지겁해도 상관없다. 어떻게 하는지는 이미 알았으니, 컴퓨터로 만화 10편 정도를 만들고, 그중에 제일 괜찮아 보이는 것을 올리는 것은 쉬울 것이다. 만드는 데 15분, 읽는 데 15분. 30분이면 될 것이다. 그에 비해 오후 시간은 아직 넉넉하다. 벌써 골드 마이닝 수법까지 쓸 필요는 없다고 생각했다. 나는 마지막 순간으로 시간이 몰릴 때까지는 그래도 원래 하려고 했던 대로 한번 해보고 싶었다.

그래서 나는 들은 대로 확장 서버 사용자 통신망으로 접속했다.

"자동 줄거리 생성 중단시키는 법, 검색."

나는 컴퓨터가 만화 줄거리를 다 만들지 않고 한 단계 한 단계 진행할 때마다 내 선택에 따라 짤 수 있는 방법을 궁금해한 사용자가 또 없었는지 검색해보기로 했다. 그러나 검색 결과가 바로 나오지는 않았다.

오히려 그 정반대의 검색 결과는 더 먼저 튀어나왔다. 최대한 손을 대지 않고, 컴퓨터가 원하는 줄거리, 원하는 만화를 줄줄 튀어나오게 하는 방법을 궁금해하는 사람이 많았다.

예를 들면, "저는 별로 좋은 아이디어도 없고요. 제가 정확히 어떤 걸 보고 싶고 재밌다고 하는 건지 저 자신도 잘 모르겠어요." 이런 질문이 올라와 있었는데, 이 질문을 올리는 만화가는 "뭘 그리고 싶다"는 생각조차 하고 싶어 하지 않는 것이었다. 그 질문은 좀 더 자세하게 이어졌다.

"그냥 막연히 제가 좋아하던 만화를 몇 가지 골라서 입력해주면, 거기에서 컴퓨터가 자동으로 공통점을 찾아내서 제 취향에 맞는 만화를 저절로 분석해서 새로 만들어주는 그런 건 없을까요? 그런 것만 있다면 저도 골드 마이너로 좋은 만화를 많이 만들어내는 데 역할을 할 수 있을 것 같습니다. 그렇게 해야 저도 뭔가 진정한 제 창의성을 보여줄 수 있을 거 같거든요."

답변 항목을 보니, 그런 질문에 대해서는 답이 잘 나와 있는 듯 보였다.

그래도 여러 번의 검색으로 꾸준히 살펴본 끝에, 나는 컴퓨터의 자동 줄거리 생성을 멈출 방법을 조금씩 알아나갈 수 있었다. 그러던 중, "설정을 바꾸려면 리부팅을 해야 합니다."라는 말을 보았고 "리부팅을 하지 않고 설정을 바꿀 방법은 없을까? 리부팅 귀찮은데."라는 생각에 붙들려 있을 때였다.

그때 또 다른 곳에서 또 다른 연락 메시지가 나타났다.

"프리미엄판 확장 서버도 써요? 그 정도로 열심히 하는 일인 줄은 몰랐네."

보낸 사람 이름을 보니, 자경이었다. 나는 "어" 하고 소리를 냈다.

"오래간만이네요."

두 달인가, 석 달인가 아무 연락도 없었는데. 나는 내가 본 자경의 마지막 모습이 너무 분명하게 확 떠올랐다. 나 스스로 느끼기에도 굉장히 이상한 느낌이었다.

"자경 씨, 잘 지내시죠?"

"그래서 연락한 거예요."

"잘 지내서 연락한 거라고요?"

"아니요. 반대로, 반대로. 지금 안 바쁘시면 시간 좀 내주실 수 있어요? 여기로 좀 와주세요."

"제가 오늘까지 만화 다 그려서 올려야 하는 날이라서 약간 일정이 빡빡하긴 한데…."

"제가 지금 경찰서에 잡혀 와 있어요. 누가 직접 와서 신원보증을 해줘야 나갈 수 있대요."

"경찰서요?"

"제가 사이버 시냅스 컴퍼니에서 일하잖아요. 사이버 시냅스 컴퍼니 기술직 직원은 일단 경찰서에 들어오는 순간 바로 사회 기간 소프트웨어 해킹 위험 인물로 분류되더라고요. 그래서 전화기랑 뭐랑 다 빼앗기고 기본 통신 컴퓨터만 하나 받았어요. 그래서 제가 연락할 수 있는 데가 부모님 연락처 아니면, 이렇게 무슨 사용자 게시판같이 공공으로 열린 데밖에 없어요. 그런데 부모님께 연락하면 너무 놀라실 것 같고."

"자경 씨도 만화 그려요?"

"만화는 아니고요. 저는 작곡하려고 준비하고 있었거든요."

"회사를 그만두고 작곡을 준비한다고요? 회사를 왜 그만두는데요?"

"이제 진짜 그만두려고요. 하여튼, 여기 경찰서 와서 신원 보증 좀 해주세요. 누가 실제로 와서 확인 서약을 해줘야 제가 나갈 수 있대요."

"아무나 가도 돼요?"

"아무나는 아니고. 가족, 애인, 친지, 친구."

나는 잠깐 아무 말도 하지 않고 있었다.

자경이 이어서 말했다.

"우리가 친구 관계는 되잖아요. 그렇죠?"

결국, 나는 경찰서로 가게 되었다.

왔다 갔다, 빠르면 30분씩. 합계 1시간. 그렇게 많은 시간을 빼앗길 것 같지는 않았다. 더군다나 혹시나 일이 틀어져서 몇 시간을 더 보내게 된다고 해도, 이제는 프리미엄판 확장 서버로 뭘 할 수 있는지 이제 나는 확실히 알고 있었다. 정 시간이 부족하면 마지막으로 때울 방법은 있다고 생각했다. 한 30분. 30분만 남게 되면 그때는 다 포기하고 전부 다 자동으로 확확 다 만들어서 올리면 된다.

경찰서에 도착해서 나는 형사치고는 외경심을 불러일으킬 정도로 친절한 사람이 내미는 서류들에 모두 서명을 했다. 그러고 났더니 철창을 열고 그 안에서 자경이 걸어 나왔다. 전에 보았을 때와는 완전히 달라진 모습이었다. 예전 그 목소리, 그 말투로 나를 부르며 손을 흔들 때까지는 자경이 맞는지 아닌지 의심할 정도였다.

"이쪽이잖아요. 못 알아봤어요?"

"대충은 알아봤죠."

더 좋은 쪽으로 변해 있다고 생각했다. 경찰에 붙잡혔다가 풀려나는 사람에게 받는 인상치고는 이상한 것이었다.

경찰서 바깥으로 걸어 나오니 벌써 저녁놀이 지고 있었다. 아무 말 없이 같이 걸은 지 몇십 초는 지난 것 같았다. 내가 자경에게 물었다.

"도대체 경찰서에 왜 잡혀 온 거예요?"

"열 받아서 '재미재미' 통신망에 확 한마디 했다가 위험조사대 상자로 바로 찍혔어요."

"무슨 말을 했길래요?"

"아, 참. 자기는 아직도 하나도 안 변했네. 이게 문제라니까. 이런 상황에서는 내가 왜 열 받았는지부터 먼저 관심을 가져줘야죠."

자경은 웃었다. 나는 다시 물었다.

"왜 열 받았는데요?"

"누가 내 계정을 '재미재미' 통신망에 올렸는데, 그러니까 사람들이 나한테 막 욕을 하더라고요."

"무슨 욕을 했는데요?"

"뭐, 에라이 빌어먹을 사회를 좀먹을 것들아, 너 같은 놈들 때문에 우리나라가 발전이 안 된다…."

"그러니까, 그 사람들이 무슨 이유로 그런 욕을 한 건데요?"

"제가 사이버 시냅스 컴퍼니에서 일하잖아요. 그런데 사이버 시냅스에서 컴퓨터 작곡 프로그램을 기본판은 싼값에 팔지만, 프리미엄판은 요금을 좀 더 받거든요. 그러니까, 사람들이 돈 있는 사람들은 프리미엄판으로 좋은 작품을 만들 수 있고, 돈 없는 사람은 그걸 못 쓰니까 공정한 경쟁이 안 된다, 프리미엄판을 없애라, 뭐 그런 이야기를 하거든요. 뭐 거기까지는 그러려니 하겠는데요. 그게 문제라서 어떻게 그걸 해결할지 시민단체에서 지적 들어 오면 개선 방안도 여러 가지로 고민하고 개발하고 있고요. 그런데 제가 사이버 시냅스 컴퍼니 기술직 직원이라는 걸 아니까, 갑자기 이상한 사람 몇몇이 그런 나쁜 회사의 나쁜 짓 하는 사람이라고 바로 막 욕을 하는 거예요."

"괜히 욕먹으면 열 받을 만도 하죠."

"보통은 그러다 마는데, 그중에 하나는 욕을 좀 심하게 하더라고요. 아니, 저는 제 계정을 누가 그런 데 공개해버린 것도 황당한데, 욕까지 먹으니까 갑자기 확 짜증 나죠. 그래서 도저히 못 참고 한마디 해줬죠."

"뭐라고 했는데요?"

"요즘 너도나도 다 창의적인 활동을 하며 인생을 살겠다고 나서는데, 팔리지도 않는 창의적인 걸 만드는 동안 먹고 살 수 있도록 복지 비용 대주는 세금은 누가 내주는데? 다 자동화 기술 회사가 돈을 어마어마하게 많이 버니까 거기서 떼는 세금으로 그 창의적인 삶 살겠다고 하면서 돈 한 푼 못 버는 사람들 다 먹여 살리는 거 아니냐. 복지 제도가 생기고 그 복지 제도를 지탱하는 기둥이 다 돈 잘 버는 기술 회사들인데, 누가 누구를 욕하느냐. 복지 사회에서 인간적인 생활은 보장되어 있으니 남는 시간에 자기 적성에 걸맞은 자유로운 창의적인 활동을 한다는 사람들. 사실 인공지능 기술 회사 같은 데서 버는 돈에서 적선해주는 거로 사는 거 아니냐."

그냥 보통 사람이 떠들어도 심각한 문제가 될 만한 주장이었다. 사이버 시냅스 같은 회사의 직원이 그런 말을 한다면, 기술도덕위원회나 시민 감시 단체에서 바로 적발될 이야기였다.

"아이고. 어쩌자고 그런 말을 했어요. 그런 말 올릴 때, 자동 필터 작동 안 했어요? 흥분해서 심한 욕이나 위험한 말 쓰려고 하면 보통 컴퓨터에 있는 자동 필터 프로그램이 인식해서 그런 말 올리면 큰일 납니다, 심사숙고해보십시오, 2시간 동안 숙고한 후에 그때도 같은 기분이시면 올리십시오, 뭐 그런 거 화면에 나오잖아요."

"제가 사이버 시냅스 기술직 직원이잖아요. 그런 필터 꺼버리고 바로 확 올리는 방법도 알아요. 그래서 그냥 바로 올려버렸죠. 그래서 뭐 올리자마자 바로 걸렸고. 또 기술도덕위원회에서 바로 위험 인물로 지목 들어 왔고. 이번에는 1급 떴어요. '첨단 기술 기업의 독점이라는 위험한 방향으로 사회를 이끌 가능성이 있는 인물' 1급."

"위원회 사람들이랑, 정치인들이랑, 사회단체에서 자경 씨 회사에도 항의 많이 할 거 같은데요. 그러면 자경 씨한테도 다시 영향이 좀 갈 것 같지 않아요?"

"그래서 때려치운다니까요."

자경은 그렇게 말하고 택시 정류장에서 컴퓨터를 조작했다. 집으로 갈 차를 부르는 것 같았다.

"그 좋은 직장을 왜 관두는데요?"

"아니에요. 나도 그냥 남들처럼 살래요. 나 노래 부르는 거 좋아하잖아요. 나는 음악가 하려고요. 어차피 요즘 무슨 학교든지 간에 전공 막론하고 졸업생 20퍼센트는 만화가, 30퍼센트는 음악가, 40퍼센트는 레저, 스포츠 전문가가 된다고 하는데, 괜히 좀 좋은 직장이라고 이런 회사에 달라붙어서 머리 싸매고 있는 것도 피곤하고. 뭘 하든 복지비랑 공공주택은 나오니까, 딱히 먹고사는 데 큰 걱정은 없고. 그러니까 나도 이제부터 그냥 망할 때 망하더라도 음악가 해보려고요."

택시가 도착했다. 자경은 택시에 탔다. 떠나려는 것 같았다. 다시 만난 지 20분 만이었다.

그런데 자경이 택시에 타려다가 돌아보았다.

"그러고 보니까, 노래방 가고 싶네. 저녁 먹고 같이 노래방 갈래요?"

"네?"

나는 시계를 보았다. 이제 1시간 30분 내로 고양이가 나오는 만화를 완성해서 올려야 한다는 사실을 숙고했다. 나는 자경에게 대답했다.

"오오, 노래방. 오래간만에 재밌겠네요. 가죠. 야, 재밌겠다."

자경의 옆자리에 앉으니 자경이 내 얼굴을 쳐다보았다. 택시 안은 조금 어두웠다. 나는 얼굴이 마주치면 조금 어색할 것 같고, 그렇다고 반대로 창밖을 보면 자경에게서 고개를 돌리는 모양이 될 것 같아서 앞쪽만 보았다.

택시가 출발하고 밀려드는 차들 사이에 잠시 멈추었다. 그때 자경이 말했다.

"오늘까지 만화 다 그려야 한다고 그러지 않았어요?"

"아, 맞죠. 그랬죠."

"다 그렸어요?"

"아니요."

나는 한숨을 쉬었다. 한숨을 쉬려고는 생각도 안 하고 있었는데, 저절로 한숨이 나와서 나도 놀랐다.

"그러면 얼른 마무리 지어서 올려야죠. 무슨 이야기로 쓰려고 했는데요?"

"고양이가 주인공인 이야기인데요."

지금까지 앞부분만 만들어둔 내용을 나는 자경에게 보여주었다.

"이 고양이 그림 자체는 좋네요. 줄거리도 나쁠 것 같지는 않은데. 그래도 일단 시간 없으니까 그냥 지금 택시 안에서 후다닥다 슈퍼 듀오가 추천해주는 줄거리, 추천해주는 구도, 추천해주는 그림으로 파바박 골라서 바로 다 끝내버려요."

"그래도 제가 봐가면서 그리려고 했는데요."

"그러다가 그냥 아무것도 못 그리고 완성 못 하면 못 올리잖아요?"

"못 올리죠."

"못 올리죠'가 아니죠. 시간 맞춰 올려야죠. 그림 그리고 줄거리 만들고 하는 거는 요즘 컴퓨터가 엄청 많이 도와주잖아요. 진짜 마음만 먹고 쉽게만 하려면 끝도 없이 쉬워졌죠. 그런데 기술이 아무리 발전해도 시간을 거스르는 기술을 개발하는 거는 쉽지 않을 거라고요."

"그게 무슨 말인데요?"

"아무리 컴퓨터가 만화를 거진 다 그려주는 세상이라고 해도,

시간을 넘기고 나면 그걸 되돌릴 수는 없다고요. 그런 기술은 아직 개발 안 되었잖아요. 자꾸 미루거나, 완성하고 시간 맞춰 작업하는 걸 못하게 되면 그걸 해결해주는 방법은 없어요. 컴퓨터가 거진 다 해줘도, 마감만은 어떻게 할 수가 없다고요. 그러니까, 일단 대충이라도 뭐가 됐든 시간 안에 끝내라는 거지요."

나는 결국 전화기로 소프트웨어를 연결해서 슈퍼 듀오 소프트웨어의 추천대로 이야기를 만들기로 했다. 그 이야기도 상당히 고양이에 관한 것이기는 했지만, 내가 생각한 것과는 확실히 다른 이야기였고, 배경도 다른 시대의 이야기였고, 사건이 연결되는 방식도 달랐다.

나는 자경을 쳐다보았다. 빌딩의 불빛이 차창으로 들어 와 목에 어린 것이 보였다.

"그런데 이렇게 해도 될까요?"

"돼요, 돼. 소설 쓰는 사람들 중에는 아예 해킹해서 100퍼센트 컴퓨터가 소설 쓰게 해서 만들어낸 뒤에 그냥 올리는 사람도 있어요. 100퍼센트 컴퓨터 자동 출력으로 결과가 나오는 소설은 사람의 창의성을 너무 심하게 가로막는다고 해서 위원회에서 금지하고 있거든요. 그런데 그걸 해킹해서 쓰는 사람들이 있어요. 그럴 수밖에 없지. 사람이 아무리 참신하고 예술적이고 창조적인 표현으로 글을 쓴다고 해도, 보통 사람이 생활에서 쓰는 단어가 3천 개밖에 안 된다는데. 자기 생각, 자기 말버릇, 무심코 자주 쓰는 말, 자기 자신의 고루한 점, 이런 데 붙잡혀 있을 수밖에 없잖아요. 수십만 가지 단어를 마음대로 조합할 수 있는 컴퓨터가 꾸미는 문장의 색다른 맛을 어떻게 따라가겠어요. 그나마 완전 100퍼센트 자동으로 하는 게 아니라, 조금 검토도 하고, 그 와중에 뭔가 새롭게 참신한 걸 해보려고 조금이라도 신경 쓰는 정도에서 의미를 찾는 건데."

그렇게 해서, 고양이 그림이 중요한 소재로 등장하는 나의 만화는 완성되었고, 올리기로 1시간 내에 올릴 수 있었다.

나는 올린 만화를 다시 살펴보고는 말했다.

"약간 우리가 일한 것도 없이 사람에게 참치 내놓으라고 떼쓰는 고양이가 된 것 같은데요."

"괜찮아요. 고양이처럼 되고 싶어 하는 사람들 많아요."

자경이 대답했다. 틀린 말은 아니었다.

기술 기업의 발전, 복지 사회의 유지, 열심히 작업하는 예술가들에 대한 제대로 된 대우 방법에 대해서 온갖 사람들이 같이 고민하면서 다들 조금씩 조금씩 바꾸고 개선하려고 하는 세상이었다.

어떤 사회가 되어야 완전한 세상이 되니까 그쪽으로 무조건 다 나아가야 한다는 분위기가 아니었다. 그게 아니라 끊임없이 돌아보고 궁금해하면서 계속 사회를 고쳐 나가자는 것이 요즘 분위기였다. 그러다 보면 가끔 심각하게 대립하는 사람들이 나타나기도 했다. 하지만 그 역시 비밀경찰과 테러리스트의 싸움이라는 느낌보다는, 인기 연속극을 연장 방영해야 하느냐 예정대로 종영해야 하느냐를 두고 시청자 게시판에서 토론하는 느낌 정도였다. 결국은 여유롭고 잘 풀려나가는 사회에서 하는 여유로운 고민인 셈이다.

나 역시 이번 회 원고를 보냈으니, 이제 다른 고민을 해야 했
다. 자경과 함께 간 노래방에서 무슨 노래를 부르고 그다음에 무
슨 말을 해야 할 것인가 하는 문제가 내 고민거리였다. 그것이
굉장히 중요하다는 사실은 온몸으로 직감할 수 있었다.

그러니까, 이것도 뭔가 이번에는 잘 풀려나가는 상황에서 하
는 고민 같았다는 이야기다.

(이 소설은 소재에 대한 연관 검색어 분석과 줄거리 연결에 대한 데
이터베이스 처리를 근거로 작성되었습니다.)

— 2018년, 역삼동에서

곽재식

공학 박사로 화학 회사에 다니면서 한편으로는 작가로도 꾸준히 활동해 오고
있다. 2006년 단편 〈토끼의 아리아〉가 MBC에서 영상화된 후, 본격적으로 작
가로 일하게 되었으며 SF를 중심으로 여러 장르에 걸쳐 다수의 단편소설집과
장편소설집을 출간했다.《로봇공화국에서 살아남는 법》등의 과학 교양서를 집
필하기도 했고, KBS 제1 라디오 〈곽재식의 과학 수다〉를 비롯해 대중 매체에
서도 활발히 활동하고 있다.

스마트 귀신

엄길윤

민우는 잠에서 깼다. 어둠 속에서 침대맡을 더듬어 스마트폰의 행방을 찾았다. 얼굴을 문대던 베개를 들추자 딱딱하고 네모난 물건이 손에 잡혔다. 바로 액정을 어루만졌다. 경쾌한 알림음과 함께 스마트폰 화면이 켜지며 주위가 밝아졌다. 눈이 부셔 얼굴을 찌푸린 민우는 스마트폰으로 시간을 확인했다. 아직 새벽 1시밖에 안 됐다.

민우는 스마트폰을 끈 후 베개 옆으로 던졌다. 내일은 학교 끝나고 학원 수업이 세 개나 있는 날이었다. 졸지 않으려면 푹 자야 한다. 눈을 감은 민우는 새 스마트폰을 샀다고 자랑하던 상혁이의 얼굴이 떠올랐다. 공부 잘해서 사준 거라고 거들먹거리던 녀석이 몹시 얄미웠다.

민우는 뒤척이며 자신의 스마트폰을 떠올렸다. 엄마가 공부하는 데 좋은 스마트폰은 필요 없다며 최저가로 사준 것이었다. 더구나 최신 게임은 아예 지원도 되지 않는 구식 기기였다. 민우는 불만이 가득한 얼굴로 다시 반대편으로 돌아누웠다.

"민우야."

깜빡 잠이 들었던 민우가 잠에서 깼다. 슬며시 한쪽 눈을 떠 침대 맞은편에 있는 창문을 살폈다. 방금 창문 쪽에서 자신의 이름을 부르는 소리가 들렸다. 민우는 잘못 들었다고 생각하고 다시 눈을 감았다. 가끔 스트레스를 많이 받은 날에는 자려고 누웠다가 머릿속에서 계속 선생님들의 목소리가 울려 무척 곤란했었다.

"민우야."

민우가 화들짝 놀랐다. 머릿속에서 들리는 목소리가 아니었다. 이번에는 분명히 창문 밖에서 들렸다. 민우는 누구일지 생각했다. 우리 반 회장 엄정인? 아니면 옆 반 까불이 김민재? 아무리 생각해도 둘 다 아니었다. 어디서 많이 듣던 익숙한 목소리긴 한데 정확히 누구인지 알 수가 없었다.

민우는 대체 누구일지 고민하다가 인터넷 어딘가에서 봤던 내용을 떠올렸다. 늦은 밤에 누군가가 창문 밖에서 자신의 이름을 부르면 세 번 부를 때까지 절대 대답하지 말라고. 그건 바로 당신을 데려가려고 찾아온 귀신이라는 식의 괴담이었다.

소름이 돋은 민우는 덮은 이불을 코까지 끌어올렸다. 창문 쪽을 힐끔힐끔 살피며 애써 아닐 거라고 생각했다. 민우가 들었던 괴담은 말 그대로 옛날식 괴담이었다. 더구나 민우네 집은

3층 빌라였다. 밖에서 부르면 충분히 들릴 수도 있는 높이였다.

"민우야."

민우가 머릿속으로 이리저리 따지는 와중에 창밖에서 민우를 세 번째로 부르는 소리가 들렸다. 긴장한 민우가 이불을 머리 끝까지 뒤집어썼다. 숨죽이고 기다렸다. 정말 귀신일까? 아니면 단순히 친구인데 기억을 못 한 것일까?

민우의 방 안은 쥐죽은 듯 조용했다. 종종 늦은 밤 엄마 아빠 방에서 들리던 마우스 클릭하던 소리도 지금 이 순간에는 들리지 않았다. 이불 안에서 몸을 움츠린 민우가 침을 꿀꺽 삼켰다. 부엌에서 나던 냉장고 팬 돌아가는 소리도 멈췄다. 사방이 고요했다. 마치 민우의 방만 따로 떨어져 나와 세상에서 고립된 것 같았다. 아무리 기다려도 창문 밖에서 더는 민우를 부르는 소리가 들리지 않았다.

민우는 오싹해져서 뒤집어쓴 이불을 꽉 부여잡았다. 진짜 귀신이었나? 어찌해야 할지 몰라 이불 속에서 몸을 벌벌 떨었다. 창밖에 귀신 아니면 그 비슷한 게 있다. 엄마를 부르러 엄마 아빠 방으로 뛰어갈까 고민하다가 이불 밖으로 나오면 귀신이 공격할 것 같다는 생각에 다시 내밀었던 머리를 이불 속으로 숨겼다. 민우는 이불 안에서 이러지도 못하고 저러지도 못한 채 몸을 배배 꼬았다. 민우의 온몸이 땀으로 흠뻑 젖었다.

"민우야."

확실했다. 네 번째로 민우를 부르는 소리였다. 민우는 안도했다. 어쨌든 귀신은 아니라는 이야기였다. 다행이라고 생각하며 이불을 걷어낸 민우가 반갑게 대답했다.

"응. 내가 민운데. 누구야?"

창문에 하얗게 김이 서렸다. 차가운 바람이 민우의 얼굴에 확와 닿았다. 이상하다고 느낀 민우가 고개를 갸웃거렸다. 방 안이 마치 한겨울 산속에 들어앉은 것처럼 추웠다. 창문 밑에서 가느다란 손 하나가 쑥 올라오더니 창문틀을 부여잡았다. 곧바로 산발을 한 긴 머리의 여자가 창문을 기어올랐다. 분홍색 티와 면바지를 입은 평상복 차림이었다. 입에서 피를 뚝뚝 흘리며 창문밖에 섰다. 그 광경을 본 민우가 비명을 질렀다. 그 여자는 아무런 받침대도 없는 창문 밖에서 공중에 둥둥 뜬 상태였다. 핏기하나 없는 새하얀 얼굴은 그녀가 살아 있는 사람이 아니라는 걸말해주고 있었다.

민우가 앉은 채로 뒷걸음질 치다가 침대 헤드보드에 머리를 부딪쳤다. 뒤를 돌아봤다. 달아나야 한다. 침대에서 구르듯 뛰쳐나와 비틀거리며 방문으로 뛰었다. 헐떡이며 방문 손잡이를 잡고 늘어졌다. 아무리 손잡이를 잡아당겨도 방문은 열리지 않았다.

귀신은 창문 유리창 앞으로 얼굴을 들이밀더니 씩 웃으며 말했다.

"민우야. 어디 가려고 그러니? 내가 세 번 부르는 말에 대답했으니 이제 나와 같이 가야 해. 거기는 말이야, 아주 좋은 곳이야. 엄마 아빠도 없고, 학교도 안 가도 돼. 온종일 놀아도 누구 하나 뭐라 하지 않는 아주 즐거운 곳이란 말이야."

민우는 방문 손잡이를 잡고 온몸을 들썩거리다가 귀신의 말에 뒤를 돌아봤다. 마치 롯데월드타워 꼭대기에서 밑을 내려다보는 아찔한 느낌이 들었다. 귀신이 말하는 좋은 곳이란 바로 저승이나 사후세계가 틀림없었다. 따라가면 그대로 죽는다.

"어서 가자. 좋은 곳에 가자."

귀신이 닫힌 창문을 두드리며 말했다. 음침한 목소리가 방 안을 이리저리 맴돌았다. 민우는 하얗게 질린 얼굴로 방문 손잡이에 매달리다가 이건 뭔가 억울하다는 생각이 들었다. 분명 괴담에서는 세 번 부르는 소리에만 대답하지 않으면 된다고 했었다. 하지만 이 귀신은 민우를 네 번이나 불렀다. 그래서 민우가 대답한 거였다. 귀신은 은근슬쩍 민우를 세 번 불렀다고 거짓말을 하고선 창문 밖을 서성였다. 민우는 억울해서라도 이대로 따라갈수 없었다. 창문 밖의 귀신에게 악을 쓰며 소리쳤다.

"난 분명히 세 번 부를 때까지 대답 안 했어요! 이건 완전히 치사한 거 아닌가요? 거짓말이잖아요! 네 번 불러 놓고서."

귀신이 유리창 너머에서 고개를 끄덕이며 말했다.

"근데 어쩌니? 난 분명 세 번 말했는데."

귀신이 어느새 한쪽 손에 든 스마트폰을 흔들었다.

"단지 내가 말한 걸 녹음해서 다시 튼 것뿐이거든. 그러니까 세 번 부른 거 맞지?"

민우가 어이가 없어 방문 손잡이를 놓고 소리 질렀다.

"귀신이 그런 걸 쓰는 게 어딨어요?"

귀신이 혀를 차며 말했다.

"대체 언제적 귀신을 말하는 거니? 옛날 소복 입은 귀신을 말하는 거면 그들은 진작 사라졌어. 이승에서도 그렇듯 저승에서도 세대교체가 이루어지는 법이니까. 나도 얼마 전까지 사람이었거든? 원래 이승과 저승은 다른 것 같아도 결국 하나로 이어진 세상이야. 그러니까 스마트폰을 쓰는 게 당연하지."

창문을 두드리던 귀신이 말을 끝내자마자 두 손으로 닫힌 창문을 잡고 흔들었다. 당장에라도 창문을 잡아 뜯을 기세였다. 창문틀이 지진이라도 난 듯 앞뒤로 거세게 흔들렸다.

"안 나와? 얼른 안 나와? 네가 안 나오면 직접 들어가는 수밖에 없어."

금방이라도 깨질 듯 덜컹거리는 창문을 보며 민우는 공포를 느꼈다. 이대로 가만히 있다가는 억울하게 끌려가게 생겼다. 민우는 입술을 깨물다 엄지손톱을 이로 잘근잘근 씹었다. 귀신이 한 짓이 몹시 비겁하다고 느껴졌다. 예전에 같은 반 친구 영민이가 가위바위보를 해서 졌는데도 이겼다고 우기던 기억이 떠올랐다. 그때 반 아이들 전체가 나섰는데도 영민이를 설득하지 못했다.

눈알을 이리저리 굴리던 민우는 방문 손잡이에서 떨어져 나와 침대로 뛰었다. 좋은 생각이 떠올랐다. 그때 영민이의 말을 막은 건 바로 단짝 친구 준현이의 대응이었다. 준현이는 두 손으로 자기 귀를 틀어막으며 영민이가 계속 졌다고 큰 소리로 우겼다. 영민이가 아니라고 소리를 지를수록 준현이도 똑같이 교실이 떠나가도록 고함을 질렀다. 결국 영민이는 말을 잇지 못하고 울음을 터뜨렸다. 지금도 똑같은 방법으로 대응하면 된다.

민우는 침대 위로 올라와 베개 옆에 놓인 스마트폰을 집었다. 얼른 잠금 화면을 풀고는 동영상 촬영 버튼을 눌렀다. 촬영 모드를 셀카로 바꾼 민우가 화면을 바라보며 말했다.

"응. 내가 민운데. 누구야?"

자신의 셀카 동영상을 촬영한 민우는 휘청거리는 다리를 부여잡고 한 걸음 한 걸음 귀신에게 다가갔다. 무서워 팔다리가 부들부들 떨렸다. 민우는 침을 삼키며 말을 더듬었다. 끌려가지 않기 위해서는 공부하는 도중에 졸음을 참는 것처럼 필사적으로 힘을 내야 했다.

"어, 어서 이 스마트폰을 데, 데려가요."

민우가 창문 너머의 귀신에게 방금 촬영한 자신의 셀카 동영상을 보여줬다. 처음부터 민우의 행동을 지켜본 귀신이 코웃음치며 말했다.

"아까 대답한 건 분명히 너야. 그리고 이건 사람이 아니라 스마트폰이라는 거고."

민우가 심호흡을 한 후 되물었다.

"그, 그건 귀신님도 마찬가지 아닌가요? 아까 날 부른 목소리도 스마트폰에 녹음된 목소리였잖아요. 그, 그러니까 네 번째로 날 부른 건 스, 스마트폰이 되는 거죠. 제 말이 틀렸나요? 스마트폰이 불렀으니 대답한 스마트폰을 데려가는 게 이치에 맞잖아요."

말문이 막힌 귀신이 민우를 노려봤다. 찔끔 겁이 난 민우가 뒤로 물러섰다. 너무 무서워 소변이 마려웠다. 귀신은 잠시 생각하다가 물었다.

"그래. 그렇다고 치자. 그럼 녹음된 음성이 없다면 스마트폰이 부른 것도 아니라는 거지?"

"무, 물론이에요."

민우가 내심 기뻐하며 대답했다. 자신의 이름을 부르던 음성이 없다면 민우는 귀신의 부름에 대답하지 않았다는 게 확실해진다. 귀신은 창문 너머에서 자신의 스마트폰을 들어 화면을 보여줬다. 깡마른 손가락으로 고음질 녹음이라는 앱을 누른 귀신은 곧바로 음성 파일을 삭제했다.

"이렇게 되면 처음으로 되돌아가는 거네. 맞지?"

귀신의 스마트폰을 들여다본 민우가 얼른 대답했다.

"맞아요."

귀신이 민우의 스마트폰을 가리키며 히죽 웃었다.

"근데 민우야. 네 말대로 하면 부른 스마트폰이 사라졌으니까 대답한 스마트폰도 없어지는 거야. 결국 대답한 너만 남았다는 뜻이지. 스마트폰이 아니라 바로 너 자신 말이지."

민우가 황당한 얼굴로 귀신에게 따졌다.

"억, 억지 부리지 마세요. 이건 단순히 스마트폰에 저장된 내 셀카 동영상일 뿐이에요. 아까 말했잖아요."

귀신이 가만히 고개를 끄덕였다.

"그래?"

귀신이 스마트폰을 들어 민우의 모습을 카메라로 찍었다. 찰칵! 귀신이 자신의 스마트폰 화면을 창문에 바짝 붙이며 민우에게 말했다.

"잘 봐. 민우야. 여기에도 네가 있는데 어떤 게 진짜 너일까? 내가 찍은 너의 모습일까? 아니면 네가 직접 찍은 너의 모습일까? 누가 봐도 직접 찍은 네 동영상이 진짜 너이지 않겠어?"

민우는 발끈해 소리쳤다.

"당연히 둘 다 아니죠! 무, 무슨 소리를 하는 거예요?"

귀신이 되물었다.

"진짜? 진짜로? 민우야 다시 물을게. 진짜 둘 다 네가 아니라는 거지?"

민우는 뭔가 찜찜했지만, 그렇다고 순순히 인정할 수도 없었다.

"그래요! 우겨도 소용없다고요."

귀신이 탄성을 지르며 박수를 쳤다. 머리를 흔들며 낄낄 웃어댔다.

"대답 한번 잘했다! 네가 분명 둘 다 아니라고 했으니까, 진짜인 너를 데려가는 게 맞겠네. 그렇지? 어서 이 문 열어."

귀신이 두 손으로 닫힌 창문을 잡고 다시 앞뒤로 흔들어댔다. 플라스틱으로 된 하얀 창문틀이 빠드득 소리를 내며 먼지를 날렸다. 놀란 민우가 뒤로 물러서다가 다시 창문 앞으로 와 따졌다.

"왜 데려간다는 건데요? 네 번째로 부른 음성 파일은 삭제했잖아요. 그건 이제 없다고요. 애초에 아까 있었던 일은 다 없던 일이 된다면서요?"

귀신이 민우를 비웃으며 말했다.

"그러니까 내 말이. 잘 생각해봐. 말했잖아. 음성 파일을 삭제하면서 처음부터 다시라고. 그 후에 어떤 일이 벌어졌지? 대놓고 네 이름을 세 번씩이나 불렀던 거 기억 안 나? 그때마다 꼬박꼬박 대답해놓고선 뭘 잘했다고 큰소리야."

민우가 아차 싶어 입을 다물었다. 귀신의 말은 틀린 게 하나도 없었다. 함정을 파놓고 기다린 셈이었다. 괜히 민우의 사진을 찍어 누가 진짜인지 묻는 쓸데없는 짓을 함으로써 주위를 돌려 진짜 하고자 한 일을 한 것이다.

급해진 민우는 눈앞의 귀신이 무섭든 말든 일단 창문에 달라붙었다. 두 팔과 두 다리를 쫙 펴 창문을 막아서다 아예 온몸으로 창문을 잡고 늘어졌다. 귀신이 안으로 들어오게 해서는 안 된다. 아마도 귀신은 창문이 닫혀 있으면 안으로 들어오지 못하는 것 같았다. 귀신이 피식 웃었다.

"뭐하니?"

귀신이 창문을 잡고 흔들었다. 그때마다 창문에 달라붙은 민우의 몸이 요란하게 들썩거렸다. 한 번 흔들릴 때마다 팔다리가 끊어질 듯 아팠다. 민우는 오래 버티지 못한다는 걸 깨달았다. 아이의 힘으로 귀신의 힘을 감당하기에는 벅찼다. 더구나 세 번 부름에 대답한 게 됐으니 귀신이 들어와 민우를 데려가는 건 어찌 보면 당연한 일이었다.

거세게 흔들리는 창문에서 더 버티지 못한 민우가 떨어져 나갔다. 창문 너머에서 귀신이 입에서 피를 흘리며 웃었다.

"좋은 곳에 가자. 좋은 곳에 가자."

허우적거리며 다시 창문에 달라붙은 민우는 어떻게든 시간을 벌어야겠다고 생각했다. 한 손으로 창문 손잡이를 쥐고 온몸으로 창문을 막아선 민우는 다른 손으로 스마트폰을 들었다. 낑낑대며 창문 너머의 귀신을 동영상 촬영하고, 그걸 재생해 귀신에게 보여줬다.

"아니에요! 아니라고요! 아까는 이 동영상의 귀신에게 대답한 거라고요!"

귀신이 창문을 흔들다 말고 혀를 찼다.

"대답한 건 아까잖아? 아예 시간대가 다른데. 이젠 댈 핑계가 없어서 그런 핑계를 대니. 그 스마트폰에 촬영된 것과 나는 완전히 다른 존재라고. 안타깝네. 정말."

귀신이 실실 웃으며 말했다.

"그러니까 포기하고 이 문 열어. 어차피 넌 나와 같이 가야 해. 힘들잖아? 서로서로 편하게, 오케이?"

민우는 귀신의 말이 귀에 들어오지 않았다. 순순히 끌려갈 수는 없었다. 민우는 생각했다. 확실히 동영상으로 찍은 귀신과 창문 밖에 있는 귀신은 다른 존재였다. 같지만 다르다? 민우의 머릿속에서 새로운 실마리가 잡혔다. 바꿔 말하면, 다르지만 같다는 말도 된다. 민우가 여러 명일 수도 있다는 뜻이었다.

민우는 얼른 스마트폰을 들어 영어사전 앱을 눌렀다. 민우는 엄마 몰래 트위터 활동을 하는 중이었다. 공부에 방해된다고 하도 닦달을 해서 트위터 앱을 영어사전 앱으로 바꿔놓았다. 그것도 모자라 아예 나중에는 스마트폰 제일 첫 화면에 옮겨놓기까지 했다. 그 정도로 민우는 트위터 활동을 열심히 하는 중이었다.

민우는 트위터에 접속해 트위터 검색하기 기능으로 민우를 검색했다. 예상대로 민우란 이름을 가진 사람이 수십 명이나 화면에 떴다. 민우는 스마트폰 화면을 귀신에게 보여주며 말했다.

"잠깐만요. 보여요? 나랑 똑같은 이름이 이렇게나 많잖아요. 아까 불렀던 이름이 나라는 걸 증명하세요."

귀신이 콧방귀를 끼며 되물었다.

"지금 여기 있는 건 누굴까? 이 자리에 있는 건 너뿐이야."

민우가 그제야 환하게 웃었다. 걸렸어! 손뼉을 치며 말했다.

"왜 나뿐이에요? 여기 이 스마트폰을 보세요. 언제 어디서나 우린 함께라고요. 귀신님도 스마트폰을 쓰니 잘 알 것 아니에요? 수십 명, 많게는 수백 명이 하나로 연결된다는 걸요."

"아니, 그건."

말문이 막힌 귀신이 이를 갈았다. 창문을 흔드는 걸 멈추고 민우를 노려봤다. 아무리 생각해도 이 상태로는 아까 부른 민우란 이름이 바로 앞의 아이였다는 걸 증명할 마땅한 방법이 없었다. 또 한 방 먹었다고 생각한 귀신이 신음을 흘렸다. 보통 꼬맹이가 아니었다. 민우를 노려보다가 창문을 마구 긁어댔다. 이대로 물러설 수 없었다. 창문에서 나는 날카로운 소음이 민우의 귓가를 때렸지만, 민우는 아무렇지도 않았다. 귀신과의 싸움에서 이겼다는 생각에 날아갈 듯 기뻤다.

귀신은 창문을 부여잡고 악을 쓰며 소리치다가 뭔가가 번뜩 떠올랐다. 꼭 트위터에 얽매일 필요는 없다. 중요한 건 수많은 사람이 연결되고 소통할 수 있다는 것 그 자체였다. 꼬맹이가 깔아놓은 판에 놀아날 필요는 없었다. 살짝 비틀기만 하면 된다.

귀신이 두 손을 내려놓고 슬며시 민우에게 물었다.

"아까 부른 게 너라는 걸 증명하면 되는 거지?"

민우가 스마트폰을 흔들어 보이며 자신 있게 말했다.

"몇 번을 말해요? 이 트위터 안의 수많은 민우 중에 누가 나인지 어서 증명해봐요."

귀신은 건방진 꼬맹이를 혼내줘야겠다고 생각하며 되받아쳤다.

"굳이 그럴 필요도 없어."

귀신은 자신의 스마트폰으로 크롬에 접속했다. 곧바로 대형 커뮤니티 사이트로 들어가 익명 게시판에 글을 남겼다. 지금 민우가 사는 곳의 주소와 빌라 이름, 몇 호실에 사는 것까지 정확히 기재한 후 저장 버튼을 눌렀다.

귀신이 익명 게시판에 올라온 글을 민우에게 보여주며 따져 물었다.

"자, 이제 남들 보는 게시판에 너의 신상명세를 남겼으니까, 지금 내 앞에 있는 게 너라는 게 증명된 거야. 내 말이 틀려? 맞잖아."

민우도 지지 않고 대들었다.

"무슨 소리예요? 트위터에 나와 같은 이름이 수십 명이나 있는데 왜 딴 데서 억지를 부려요? 트위터에서 증명해야죠."

귀신이 웃으며 말했다.

"착각하지 마. 본질은 네가 누군지 찾는 게 아니야. 너라는 걸 증명하는 거지. 이 주소에 사는 민우란 이름을 가진 사람은 너밖에 없거든."

민우는 귀신의 말을 인정할 수 없었다.

"아뇨. 절대 아니에요. 트위터랑 익명 게시판이 무슨 상관인데요?"

귀신이 고개를 끄덕였다.

"너 말 한번 잘했다. 수십 수백 명의 사람이 하나로 연결되어 있다는 거 누가 말했어? 너잖아. 그 말대로라면 익명 게시판도 마찬가지야. 스마트폰만 있으면 게시판을 통해 수십 명, 아니, 수백 수천 명이 함께할 수 있어. 트위터랑 다를 게 뭔데? 난 분명히 너라는 걸 증명하면 되냐고 물어보기까지 했다? 어디서 우겨, 우기긴."

할 말이 없어진 민우는 귀신의 시선을 피했다. 그건 귀신 말이 맞았다. 귀신이 다시 창문을 잡고 흔들기 시작했다. 창문틀에 균열이 가면서 부서진 플라스틱 조각이 하나둘씩 밑으로 떨어졌다. 민우가 기겁한 채 창문에 달라붙었다. 귀신이 창문 밖에서 소리쳤다.

"소용없어! 이제 같이 가야 할 시간이야!"

민우는 두 눈을 질끈 감은 채 외쳤다.

"아뇨! 난 안 따라가요! 절대 안 간다고요! 어디 해볼 테면 해 봐요!"

귀신은 악착같이 버티는 민우를 보자 기분이 확 나빠졌다. 쉽게 데려갈 거라고 생각했던 꼬맹이에게 이 정도로 당할 줄은 몰랐다. 더 기분이 나쁜 건 결과적으로 세 번 부름에 대답을 했는데도 아직도 안 따라온다고 우기는 거였다. 귀신이 이를 바드득 바드득 갈았다. 얼마나 만만하게 봤으면 저럴까? 귀신은 자신이 얕잡아 보였다는 생각이 들자 이제는 그냥 놔둘 수 없다고 생각했다.

"이제 안 돼. 그냥은 못 데려가. 무서운 꼴을 당해야 정신 차리지. 다 네가 자초한 거야."

민우는 들은 척도 않고 창문에 매달렸다. 온몸에서 땀을 흘리며 창문이 흔들리지 않도록 안간힘을 썼다. 자존심이 상한 귀신이 눈에서 피를 쏟으며 창문을 쾅쾅 두드렸다. 얼마나 약이 올랐는지 말을 더듬기까지 했다.

"너, 너, 너, 어차피 나와 마주친 이상. 그냥은 못 넘어가! 알아? 넌 무조건 날 따라올 수밖에 없어!"

민우가 찡그린 한쪽 눈을 뜬 후 귀신에게 되받아쳤다.

"그건 두고 봐야죠! 이대로 아침까지 버티면 그만이에요! 아니, 그럴 필요도 없겠네요. 곧 있으면 엄마 아빠가 요란한 소리를 듣고 달려올 테니까!"

귀신이 창문을 부술 듯 두드리다가 고개를 젖혀 웃었다.

"모르는구나? 네가 날 인식한 순간, 딱 그때부터 말이야. 이

방은 이승도 저승도 아닌 중간 세상으로 떨어져 나온 거야. 잘 생각해봐. 너희 부모님이 올 거면 진작에 왔어야지. 어쩌나? 바보같긴. 방문이 안 열릴 때부터 눈치챘어야지."

민우가 당황한 얼굴로 주위를 살폈다. 귀신이 키득키득 웃으며 자신의 스마트폰을 가리켰다.

"시간 좀 봐봐. 얼른. 지금 몇 시? 여기에서는 시간이 아주 아주 느리게 흐르거든. 아직 5분밖에 안 지났어. 넌 나한테 끌려가게 되어 있다니까."

민우가 얼른 스마트폰으로 시간을 확인했다. 새벽 1시 5분이었다. 귀신 말이 맞았다. 시간을 끄는 거로는 아무것도 할 수 없었다. 창문 밖의 귀신이 눈과 입에서 피를 쏟으며 위협했다.

"이대로 계속 버텼다가 뒷감당 어떻게 하려고 그러니? 순순히 따라오는 게 신상에 좋을 텐데."

민우가 붉게 달아오른 얼굴로 코웃음 쳤다.

"어린애 취급하지 마요. 어차피 따라가면 그걸로 끝이잖아요. 속을 줄 알아요?"

귀신이 고개를 절레절레 내저었다.

"하여튼 요즘 애들은 애다운 맛이 없어. 이게 다 스마트폰 때문이라니까."

민우는 어떻게든 정신을 차리려고 애썼다. 왜 이런 일이 생긴 걸까? 바로 귀신이 부른 말에 대답했다는 거였다. 애초에 그걸 해결하지 않는 한 결국은 귀신에게 끌려가게 되어 있었다.

"이제 마지막이야."

귀신이 창문을 붙잡고 온몸을 마구 뒤틀었다. 거세게 흔들리는 창문을 버티지 못한 민우가 뒤로 나가떨어졌다. 유리창이 와장창 깨졌다. 날카로운 유리조각이 우수수 방바닥으로 떨어지고, 귀신이 깨진 창문 사이로 얼굴을 쑥 들이밀었다.

　"이제 끝났네?"

　귀신이 히죽 웃으며 고개를 빼더니 아예 창문 전체를 뜯어냈다. 휘어진 창문틀을 밖으로 내던진 귀신은 창문이 사라진 빈 공간을 넘어 방 안으로 들어왔다.

　"너 가만히 안 돼."

　귀신이 민우를 노려보며 성큼성큼 걸어왔다. 방바닥이 귀신의 눈과 입에서 떨어진 피로 얼룩졌다. 민우가 방바닥을 기며 뒷걸음질 쳤다. 이대로 죽고 싶지 않았다. 민우는 손에 든 스마트폰을 꽉 쥐다가 뭔가를 깨달았다. 자신의 스마트폰을 살폈다. 다시 생각해보니 귀신이 세 번 부르고 답했다는 게 문제가 아니었다. 진짜 문제의 시작은 스마트폰이었다. 스마트폰 때문에 귀신이 민우를 속였던 거고, 스마트폰 때문에 계속 되받아칠 수 있었다.

　민우는 결심했다. 지금 스마트폰이 문제가 아니었다. 아무리 소중해도 목숨에 비할 수는 없었다. 스마트폰이 없어지면 귀신도 사라질 것이다. 분명히 귀신이 말했다. 소복 입은 귀신들은 진작 사라졌다고. 저승에서도 세대교체가 이루어진다고. 말하자면 저 귀신은 요즘 귀신, 즉 스마트 귀신이었다. 귀신은 늘 그 시대와 밀접한 연관이 있었다.

민우가 스마트폰을 높이 들어 올렸다. 귀신은 이를 악문 민우를 보자 당황했다. 팔을 휘저으며 소리쳤다.

"너 뭐하려는 거야? 안 돼! 그러지 마!"

귀신의 반응을 본 민우가 확신했다. 이게 바로 귀신의 약점이었다. 민우가 온 힘을 다해 스마트폰을 방바닥에 내던졌다. 바닥에 부딪힌 스마트폰이 배터리가 분리되면서 구석으로 나가떨어졌다. 귀신이 허우적거리며 민우를 향해 달려왔다. 날카로운 괴성을 질러댔다.

"나와 함께 가자! 나와 함께 가자!"

민우가 벌떡 일어나 구석에 처박힌 스마트폰을 향해 달렸다. 귀신이 피투성이가 된 얼굴로 민우를 쫓았다. 책상과 침대 모서리 사이에서 스마트폰을 발견한 민우가 맨발로 스마트폰을 밟아댔다. 연신 뒤를 돌아보면서도 발길질을 멈추지 않았다. 어느새 귀신이 바로 앞까지 달려들었다. 나뭇가지처럼 마른 손이 민우를 향해 쭉 뻗어왔다. 귀신이 깔깔대며 웃었다.

"이제 잡았다!"

민우가 화들짝 놀라 뒤를 돌아봤다. 바로 앞까지 달려들던 귀신이 갑자기 허리가 뒤로 꺾였다. 눈과 입에서 검은 액체를 내뿜으며 비명을 질렀다. 민우가 황급히 바닥을 뒹구는 스마트폰을 살폈다. 스마트폰의 액정이 산산이 부서진 상태였다. 귀신이 머리를 부여잡고 온몸을 뒤틀었다. 어느새 귀신의 몸이 마치 유리가 깨지듯 균열이 생겼다. 자신의 몸을 더듬은 귀신은 머리를 흔들며 울더니 창문이 있던 자리로 달려가 밑으로 뛰어내렸다. 밖에서 귀신의 악에 받친 외침이 들리다가 점점 사그라졌다.

"난 돌아올 거야! 다시 돌아온다고!"

민우가 창문 너머로 사라진 귀신을 보며 털썩 주저앉았다. 침대 모서리에 기댄 채 액정이 부서진 스마트폰을 꽉 쥐었다. 헐떡이며 이마에 흐르는 땀을 닦았다. 어느새 부엌에서 냉장고 팬 돌아가는 소리가 들렸다. 민우가 고개를 들어 방 안을 살폈다. 알고 보니 방문은 활짝 열린 상태였다. 다시 고개를 돌려 창문을 바라봤다. 창문은 언제 부서졌느냐는 듯 멀쩡했다. 인근 도로에서 자동차 지나가는 소리가 들렸다. 민우가 긴 한숨을 내쉬었다. 이제야 중간 세상에서 현실로 되돌아온 것이었다.

민우는 자신의 스마트폰을 가만히 내려다봤다. 어쨌든 귀신을 물리쳤다. 그 과정에서 스마트폰이 부서졌지만, 하나도 아깝지 않았다. 민우는 침대 옆에서 천천히 일어나 방문 옆의 쓰레기통으로 향했다. 부서진 스마트폰을 버린 민우는 환한 얼굴로 말했다.

"다시 새 걸로 사면 되니까."

엄길윤

공포 소설로 작품 활동을 시작했으며 현재는 다양한 장르의 글을 쓰고 있다. 재미있다고 생각하는 글은 늘 새로운 이야기를 하는 글이고, 쓰고자 하는 글은 언제나 재미있는 이야기를 하는 글이다. 《한국공포문학단편선 5》《한국공포문학단편선 6》《괴이, 서울》《아직은 끝이 아니야》《괴이, 도시》 등 여러 앤솔로지에 작품을 수록했다.

살을 섞다

————

남세오

'합격을 축하드립니다.'

취업에 성공했다. 드디어.

"아. 축하해. 근데 거기… 글쎄, 어떨지 모르겠네. 나쁜 회사
라는 뜻은 아니야. 오히려 그런 걸 좋아하는 사람도 있고. 그냥
너와는 좀 안 맞지 않을까 싶어서. 네가 좀 민감해하는 부분이
있잖아. 근데 거기는 완전 반대거든."

선배의 말이 무슨 뜻인지는 대충 짐작이 갔다. 선배가 나를
어떤 사람으로 보고 있는지는 분명하니까. 선배는 내게 살을 나
눠 먹자는 제안을 했었고 나는 그걸 단호하게 거절했다.

자신의 살을 남에게 주지 않을 권리. 다른 사람의 살을 거부
할 수 있는 권리. 이게 지극히 당연하게 지켜야 할 인간의 권리
라는 걸 이제 사람들은 머리로는 알았다. 아니 입으로는 말했다.

하지만 사람들은 동의를 구한다는 명목으로 내가 그어놓은 선을 수시로 넘으려 했고 난 결국 피곤함에 못 이겨 연필로 그어놓은 그 선을 시커먼 유성 매직으로 벅벅 덧칠해야 했다. 그 어떤 경우에도 저는 살을 나눠 먹지 않습니다. 절대로요.

그건 적당히 효과적이었다. 선배는 나의 선언에 깔끔하게 후퇴했고 그 뒤로도 좋은 관계를 유지하고 있다. 선배는 나와 다른 사람이지만 선만 넘지 않으면 상관없다.

하지만 세상은 선을 넘으려는 사람들로 가득하다. 다른 사람을 덧칠하려는 사람들. 물감이 흠뻑 묻은 붓을 아무렇게나 휘두르는 사람들. 제 영역에 질펀하게 부어놓은 물감이 번져나가 다른 사람의 영역을 침범하는 데 무심한 사람들. 나는 때로는 적극적으로 막고 때로는 수동적으로 도망 다니며 내 삶을, 내 살을 지켜왔지만 발목에 매인 현실의 무게에 나는 더 이상 한 걸음도 뗄 수 없었다.

선배의 경고에도 불구하고 나는 그 회사에 들어가야 했다. 나는 돈이 필요했다.

＊

첫 출근 날. 나는 내 주변에 그어진 경계를 다시 한 번 확인하며 마음을 다잡았다. 명확하게 말하면 돼. 저는 살을 나눠 먹지 않습니다. 절대로요. 요즘이 어떤 세상인데.

팀장의 첫인상은 나쁘지 않았다. 만나자마자 육질을 보자며 내 팔뚝이나 허벅지, 심지어 엉덩이를 확인하려고 덤비는 사람은 아니었다. 어떤 팀원들은 인사를 하면서 몸에 밴 듯 내 몸을 힐끗거리기도 했지만, 팀장이 있는 자리라 그런지 선을 넘지는 않았다. 소개를 끝내고 팀장이 안내해준 자리는 조금 당황스러 웠다.

"자리는 여기예요. 좀 불편해보일 수도 있지만 수습 기간만 참아줘요. 조만간 다른 직원들하고 똑같은 정식 사무 공간을 배 정받을 테니까. 뭐 필요한 게 있으면 언제든지 얘기하고."

책상은 깔끔했고 다른 사람들과 똑같은 컴퓨터와 모니터 한 세트가 놓여 있었다. 기본적인 사무용품들이 들어 있는 서랍장 과 서류철도 있었다. 다만 책상에는 칸막이가 없었고 네 개의 책 상이 붙어 있었다. 내가 배정받은 곳 바로 옆은 이미 누가 쓰고 있는지 서류들이 쌓여 있고 의자에는 가방이 놓인 게 보였다. 볼 펜 하나가 촉이 튀어나온 채 서류 위를 뒹굴고 있었다.

"옆자리도 같은 수습 직원분이에요. 어제 처음 출근했으니까, 뭐 거의 동기죠. 수습이 맡는 일들은 뻔하니까 너무 잘하려고 하 지 말고 큰 실수 없이, 무난하게 처리하시면 돼요. 무엇보다, 우 리 회사는 팀플레이를 중시하니까 서로 잘 도와가면서 일하는 게 중요하다는 거 잊지 마시고요."

칸막이가 없는 게 신경 쓰였다. 볼펜을 다 쓰고 나서 촉을 집 어넣지 않는 사람이 옆자리라는 것도 별로 느낌이 좋지 않았 다. 맨살이 다 보이도록 팔뚝을 걷어붙이고 일하는 모습이 떠올 랐다. 누군가 와서 부탁할 때 거리낌 없이 팔뚝에서 살을 한 조 각 저며내어 건네줄 것 같았다. 피가 뚝뚝 떨어지는 팔을 내밀어 내가 쓰던 책상 위에서 스테이플러를 집어 갈 것 같았다. 그게 뭐 그렇게 대수냐며, 내가 너무 민감한 거 아니냐고 타박할 것 같았다.

미리 확실히 선언해야 할까. 저는 다른 사람과 살을 나누어 먹지 않습니다. 그 어떤 사람과도요.

아니다. 너무 미리 선을 그을 필요는 없겠지. 그보다는 내 영역으로 확실히 손이 넘어왔을 때, 잘려나갈 정도로 매몰차게 확그어버리는 게 더 효과적이었다. 경험적으로 그랬다.

"오늘 점심은 회식입니다. 요새 젊은 사람들 저녁에 회식하는 거 싫어하잖아요. 그렇죠? 부장님도 참석하시니까 이번 기회에 눈도장도 좀 찍어놓으시고요."

"네. 알겠습니다."

나는 숨을 한 번 크게 들이쉬고는, 대답했다.

✳

나는 맨살이 보이지 않도록 옷매무새를 꼼꼼하게 다듬고 팀장이 건네준 업무 분장을 살펴보았다. 팀원들의 업무를 파악하고 사내 전산 시스템을 익히는 게 내가 오전에 해야 할 일이었다.

팀원들은 내 책상 옆을 스쳐 지나가면서도 특별히 말을 걸거나 하지는 않았다. 오히려 내가 먼저 한 명을 붙잡고 사내 메신저 사용법을 물어봐야 했다. 김 대리라고 했던, 아침에 인사를 나눌 때 가장 안심해도 되겠다는 느낌을 받은 사람이었다. 예상대로 그 사람은 내가 물어본 것만 간단하게 가르쳐주고는 자신의 자리로 돌아갔다.

내 옆자리의 동기는 오전 내내 볼 수 없었다. 다른 직원과 함께 외근을 나갔다가 점심 회식 자리로 바로 합류한다고 했다.

회식 장소를 미리 알려주는 사람도 없었고 나도 괜히 물어보지 않았다. 어떤 분위기일지 걱정이 되긴 했지만, 저녁 회식이 아닌 것만으로도 다행이었다. 팀원들과 함께 나가려는 나를 팀장이 불러 세웠다.

"아까 내가 말했던 것 기억나요? 오늘 회식에 부장님도 참석하신다고."

"네. 기억하고 있습니다."

"음… 길게 말하지 않을게요. 이번 채용 건, 제가 밀어붙인 겁니다. 우리 회사 분위기와 맞지 않는다며 반대가 심했지만 능력하나 보고 제가 뽑자고 했어요. 솔직히 회사에서 일만 잘하면 되는 거 아닙니까. 안 그래요?"

나는 쉽게 대답하지 못했다. 냉큼 네라고 대답할 정도로 순진하지는 않았다. 팀장은 잠시 내 표정을 살피고는 말을 이었다.

"무슨 생각하는지 다 압니다. 우리 회사, 어떤 회사인지 모르고 들어온 건 아닐 거예요. 어느 정도 각오도 하고 있으리라 믿습니다. 제가 할 수 있는 데까지 도와줄 생각입니다. 오늘 팀원들 분위기 보고 대충 눈치채셨을 거예요. 팀원까지는 제가 단속할 수 있습니다."

팀장이 무슨 말을 할지는 뻔했다. 이제 선을 그어야 할 때일까. 살짝 망설이는 사이 팀장이 먼저 말했다.

"강요는 안 합니다. 하지만 솔직히 능력이 아까워요. 최선을 다해 도와줄 테니까 그 점만 알아주세요."

＊

불안한 느낌은 역시나 틀리지 않았다. 부장이라는 사람은 선배가 경고했던, 내가 우려했던 바로 그런 사람이었다. 팀장은 나를 김 대리와 함께 구석 테이블에 앉히고는 자신의 옆자리를 비워놓았다. 느지막하게 나타난 부장은 사람들을 한번 휙 훑어보더니 자리에 앉으며 팀장의 어깨를 툭 쳤다.

"좀 늦었지? 먼저 먹고 있지 그랬어?"

"부장님 안 계시는데 어떻게 먼저 먹습니까. 얼른 앉으시죠."

"오늘 신입들 환영회지? 어딨어?"

"이쪽입니다."

나는 자리에서 일어나 부장에게 꾸벅 인사를 했다. 부장은 내 옷차림을 보더니 살짝 눈살을 찌푸렸다. 부장은 내 앞에서 보란 듯이 팔뚝을 걷어붙이고는 내게 손을 내밀었다. 손바닥에는 축축하게 땀이 배어 있는 채였다. 팀장의 얼굴이 살짝 굳었다. 나는 조금 망설이다가 손을 내밀었다. 옷은 여전히 꽁꽁 싸매고 있었다.

부장이 내 손을 우악스럽게 마주 잡았다. 미끌한 부장의 땀이 내 손바닥에 들러붙는 느낌에 주룩 소름이 돋았지만, 꾹 참고 부장이 흔드는 대로 손을 맡겼다. 한참을 흔들고 나서 부장은 내팽개치듯 내 손을 던졌다. 나는 그저 풀려났다는 데 안도하며 조심스럽게 자리에 앉아 테이블 밑에서 물티슈로 손을 닦아냈다.

"두 명이라고 하지 않았나?"

"한 명은 지금 외근 따라 나갔는데 조금 늦는답니다. 여기로 바로 오기로 했습니다."

"신입을 벌써 외근을 돌리나? 박 팀장 은근히 빡세단 말이야. 아무리 그래도 밥은 먹이면서 일을 해야지. 얼른 오라고 해."

"네. 알겠습니다."

팀장이 외근 나간 팀원에게 메시지를 보내는 사이 부장이 외쳤다.

"자, 시작하지!"

테이블 위에 놓인 불판에 불이 들어왔다. 제일 먼저 팔을 걷어붙인 부장은 나이프를 집어 들고는 얇게 팔 안쪽 살을 저며내기 시작했다. 팀원들도 저마다 팔을 걷고 자신의 살을 잘라냈다. 불판 위에 올라간 살들은 치지직 소리와 함께 구수한 냄새를 풍기며 익어갔다. 갈색으로 변해가는 살들 위로 붉은 육즙이 배어 올라왔다.

"정 대리는 다이어트 좀 해야겠어. 저 기름 나오는 것 좀 봐. 완전 삼겹이네, 삼겹. 핫핫."

"어유. 무슨 말씀이십니까. 이렇게 좀 비계가 있어야 맛있죠. 살만 있으면 퍽퍽해서 맛없어요. 부장님 어디, 한 점 드셔보시겠습니까?"

정 대리가 잘 구워진 자신의 살을 가위로 잘라 부장 앞으로 밀어 놓았다. 부장은 혀를 날름거리며 기름이 뚝뚝 떨어지는 살을 집어 입안으로 밀어 넣었다.

"역시, 정 대리 살이야. 풍미가 아주 좋아. 눈 감고 먹어도 맞힐 수 있다니까. 우리가 살 나눠 먹은 지 한 3년 됐나? 그렇지? 아, 내가 지난번에 임원 회식 때 정 대리 살 이야기를 했더니 다들 어찌나 부러워하던지. 언제 한번 시간 좀 내줘. 맛이라도 한 번씩들 보여주게."

"항상 대기하고 있겠습니다! 언제든지 불러만 주십쇼!"

"하하! 좋아! 아주 좋아!"

부장은 잘 구워진 자신의 살을 한 조각 잘라 정 대리에게 건넸다.

"아이구, 아닙니다. 제가 어떻게 부장님 살을 감히…."

"괜찮아. 먹어. 우리 사이가 어디 보통 사이인가?"

정 대리는 두 손으로 부장의 살을 집어 입속에 넣고는 조심스럽게 꼭꼭 씹었다. 몇 번이나 맛을 칭찬하는 것도 빼먹지 않았다.

불판 하나는 네 명이 함께 쓰게 되어 있었다. 팀장은 자신과 부장, 정 대리와 다른 팀원 하나를 같은 불판으로 묶고 나와 김 대리, 그리고 김 대리만큼이나 점잖아 보이는 팀원 둘이 같은 불판을 쓰도록 자리를 배치했다. 배려였다. 내가 앉은 테이블의 사람들은 각자 자신의 살을 잘라내 자신이 구워 먹었다. 슬쩍 다른 테이블을 둘러보았더니 저마다 살들을 나누어 먹느라 바빴다. 살을 섞어 먹지 않는 테이블은 내가 앉은 테이블뿐이었다.

내키지 않았지만, 나는 옷을 조금 걷어 손목을 드러낸 뒤 작게 살을 저며냈다. 팀장에게 무슨 당부를 들었는지 김 대리를 비롯한 내 테이블 사람들은 내 손목에 눈길을 주지 않으려 애썼다. 하지만 부장은 내가 옷을 걷자마자 눈을 부릅뜨면서 내 살을 관찰했다. 베어져 나간 안쪽으로 보이는 속살을 놓칠세라 쳐다보더니 내가 금세 옷을 내리덮자 아쉬운 듯 입맛을 다시며 고개를 돌렸다. 그러고는 내게 관심을 두지 않는 팀장을 타박했다.

"자네는 이게 문제야. 이렇게 팀원한테 관심이 없어서 쓰나? 그러니 자네 팀이 콩가루라는 소리를 듣는 거 아니야. 내 참."

"요즘 젊은 사람들 아시잖습니까. 너무 몰아붙이면 부담스러워합니다. 제가 잘 챙길 테니 걱정하지 마시고, 자, 제 살 한 점 드셔보시죠. 요즘 너무 정 대리만 챙기시는 것 같아서 제가 좀 서운합니다. 하하."

"이 사람, 자네가 팀원들에게 소홀하니 내가 나서서 챙기는 거 아닌가. 아랫사람 질투하는 것처럼 못난 게 없는 법이야. 일만 잘해서 되는 세상이 아니야. 사람 마음을 얻어야지. 서로 살도 섞고 말이야. 그렇게 한 가족처럼 똘똘 뭉쳐야 회사도 잘 되고, 이 나라도 발전하는 거 아닌가? 자, 말 나온 김에 한 잔씩들 하지. 소주 두 병만 시켜."

"아직 근무 중인데…."

"괜찮아! 내가 다 책임질 테니까. 우리 부서가 단합 좀 하겠다는데, 응? 누가 뭐라고 하기만 해봐. 내가 아주 다 들이받을 테니까. 자, 어서 소주 시키고 잔 돌리게."

"네! 알겠습니다!"

정대리가 재빨리 일어나더니 소주와 잔을 직접 쟁반에 받쳐 들고 왔다. 사람 수대로 준비한 잔에 절반씩 소주를 따르자 부장이 살을 잘라낸 팔을 들이댔다. 팀장이 재차 부장을 만류했다.

"어유, 부장님 오늘 너무 무리하십니다. 이렇게까지 안 하셔도 됩니다. 차라리 제가 돌리겠습니다."

"어허. 박 팀장 가만히 있어. 내가 오늘 신입들도 들어왔고 해서 기분 좋아서 그러는 거니까."

부장이 아까 베어냈던 자리 주변을 쥐어짜자 주르륵하고 피가 흘러내렸다. 투명한 소주잔 위로 떨어진 핏방울이 거미줄처럼 소주 안으로 번져 나갔다. 부장은 열 몇 개의 소주잔에 전부 자신의 피를 흘려 넣고 나서야 수건으로 슥 팔을 닦았다.

"자, 한 잔씩들 돌려. 신입! 이리 와. 한 잔 줄게. 내 살도 아주 잘 구워놨으니까. 안주해서 한잔해!"

"와, 부장님 너무 하십니다! 신입한테 벌써 살을 주세요? 저한테는 1년 넘게 맛도 안 보여주시고 제 살만 드시더니!"

정 대리가 부럽다는 듯이 소리쳤다. 부장은 으쓱하며 말했다.

"세상이 바뀌었잖아. 요새 부하 직원 살 함부로 뺏어 먹으면 법에 걸려. 상사가 자기 살 잘라주는 건 괜찮잖아. 그렇지, 박 팀장?"

"아, 네⋯ 법적으로는 그렇습니다만. 요새 젊은 사람 중엔 고기를 싫어하는 사람도 있고⋯."

"뭘, 아까 자기 살 잘 구워 먹더구만. 신입! 자, 이리 와서 얼른 한 잔 받아!"

어느새 사람들 앞에 부장의 붉은 피가 섞인 소주잔이 하나씩 돌아가 있었다. 부장은 한 손에는 소주잔을, 다른 한 손에는 잘 구워진 자신의 살을 들고 나를 노려보았다. 지금 말해야 한다. 저는 다른 사람과 살을 나누어 먹지 않습니다. 피도 마찬가지입니다. 부장님의 살과 피라서 그런 게 아니라, 저는 제 살만 먹고 제 피만 마십니다. 그냥 제가 그런 사람입니다. 죄송합니다.

모든 팀원의 시선이 내게 꽂혀 있었다. 팀장이 내 눈치를 살폈다. 사실 그랬다. 부장이 내 살을 먹고 내 피를 마시겠다고 덤비는 것도 아니었다. 자신의 살과 피를 내어주는 건 어찌 보면 호의였다. 원치 않는 호의를 거부하는 것 역시 권리였지만 이 자리에서 그런 걸 주장하기엔 무리였다. 무엇보다 팀원들의 눈이 내게 외치고 있었다. 이 정도는 할 수 있잖아. 우리라고 좋아서 이러는 줄 알아. 왜 이렇게 이기적이야.

그랬다. 당장 이 자리를 박차고 나가서 회사를 그만둔다고 해도 나를 막을 사람은 없었다. 내가 옳다고 생각하는 걸 주장하려면 차라리 그렇게 해야 했다. 하지만 난 일자리가 필요했다. 그럴 순 없었다. 난 정말 이 많은 사람을 불편하게 하면서 내 욕심만 차리는 이기적인 사람인 걸까.

"아이고! 늦었습니다! 어? 부장님이 피 돌리셨어요? 와, 오늘 무슨 날입니까!"

"안녕하십니까! 어제부터 근무 시작한 신입입니다!"

입구가 금세 시끄러워졌다. 외근 나갔던 팀원과 신입이 도착했다. 신입은 부장 앞으로 달려가 허리를 90도로 숙이며 인사하고는 크게 자기 이름을 외쳤다. 부장의 얼굴이 활짝 펴졌다.

"이야, 아주 군기가 바짝 들어 있구만! 요즘 젊은 사람들 같지 않아. 박 팀장 이제 보니 인복이 있어. 핫핫."

"부장님, 팀장님. 실례가 안 된다면 제가 살 한 점씩 돌리고 싶습니다."

"에이, 그만둬. 요즘 그러다 큰일 나."

"제가 좋아서 하겠다는데 무슨 문제입니까! 개인의 취향과 자유를 존중하는 게 진짜 민주주의 아닌가요. 저는 이런 가족 같은 분위기가 좋아서 이 회사에 지원했습니다. 아, 물론 싫은 분께 억지로 권하진 않겠습니다. 부장님, 혹시 제 살이 맘에 안 드시는 거면 말씀해주세요."

"아냐, 아니야. 아주 좋아. 우리가 서로 좋아서 살을 나눠 먹는다는데 누가 뭐라고 하나. 잡아가려면 잡아가라고 해! 나도 안 무서워. 자, 어디 한 점 구워보게!"

"예! 영광입니다!"

싸늘한 긴장감이 맴돌던 회식 자리는 금방 와자지껄해졌다. 나는 슬그머니 내 자리로 돌아와 앉았다. 신입은 나를 슬쩍 보더니 눈을 한 번 끔벅하고는 살을 권하지도 않고 다음 자리로 넘어갔다. 나는 불판 위에서 익고 있던 내 살을 집어 입속에 욱여넣고는 아주 오랫동안 씹고 또 씹었다.

＊

"아까 제가 너무 나댔죠?"

회식이 끝나고 돌아와 팀원들과 커피를 한 잔씩 마신 뒤에 나와 다른 신입, 그러니까 내 동기는 다른 사람들과 헤어져 칸막이 없는 책상으로 돌아왔다. 동기는 그제야 내게 조용히 말을 걸었다.

"아니에요. 곤란한 상황이었는데 오히려 덕분에 살았어요."

"이런 거… 물어봐도 될지 모르겠지만, 왜 여기에 왔어요? 유명하잖아요. 이 회사. 가족 같은 회사로. 이런 분위기 안 좋아하시는 모양이던데."

"찬밥 더운밥 가릴 처지가 아니었어요."

동기는 크게 고개를 한 번 끄덕였다.

"백 번 동감해요. 세상이 바뀌었는데 이 회사도 바뀌어야죠. 싫다는 걸 억지로 강요하면 안 되잖아요? 혹시라도 그런 경우가 있다면 알려주세요. 저도 적극 도울 게요."

"하지만…."

"아, 저는 이런 분위기 좋아하니까요. 싫어하는 것도 취향이지만 좋아하는 것도 취향이에요. 안 그래요?"

나는 고개를 끄덕일 수밖에 없었다.

＊

"나랑 비슷하다고?"

"응. 다른 사람하고 살을 나눠 먹는 걸 아주 즐기는 것 같더라고. 그걸 강요하지 않는 것도 선배하고 비슷하고."

"바보. 그 사람 아주 고단수야. 너보고 계속 그 회사 분위기에 안 맞게 따로 놀라는 거잖아. 자기는 회사 분위기에 계속 맞춘다는 얘기고. 동기 하나 거저 제치겠다는 거지. 그 사람, 실력은 어때?"

"뭐… 그럭저럭?"

"물러 터졌어. 보나 마나 너와는 상대가 안 되겠지. 그 사람이 널 이기려면 사람들에게 잘 보이는 방법밖에는 없겠지. 그 사람, 정말 살을 나눠 먹는 걸 좋아할까?"

"나야 이해가 안 되지. 하지만 선배는 좋아하잖아?"

"그게 어떻게 같아? 구질구질한 직장 상사들하고 내가 만나는 멋진 사람들이 같아?"

"선배처럼 서로 살을 뜯어 먹진 않아. 팔뚝 살을 잘라 구워 주는 정도니까. 직장 동료 사이에 그 정도는 좋아서 할 수도 있지 않나?"

의자에 비스듬하게 기대 책을 읽고 있던 선배는 그 말을 듣고는 책을 덮으며 정색을 하고 일어났다.

"전혀 다르지. 완전히 달라. 이건 정도의 문제가 아니야. 서로 완전히 동의하지 않는다면 정도에 상관없이 그건 폭력이야. 너도 명심해. 네가 진심으로 동의하지 않는다면 절대로 네 살을 내줘서는 안 돼. 알았지?"

"…동의하면?"

선배는 대답 없이 다시 책을 펴들었다.

*

회사 생활은 생각보다는 무난했다. 팀장은 내가 불편한 상황을 겪지 않도록 최대한 배려해주었고, 첫날의 회식 이후로 부장을 다시 볼 일도 없었다. 간혹 선을 넘어오는 팀원들은 동기가 받아주었다. 누구도 내 살을 요구하지 않았고 내게 살을 권하지 않았다.

그렇다고 회사 생활이 만족스럽진 않았다. 나는 적어도 이 직장의 사람들에게는 환영받지 못한다는 걸 알았고 그렇기에 더더욱 일에서 성과를 보여주려 했다. 다른 팀원의 일을 떠맡는 것도 마다치 않았다. 온화하고 겸손해지려 애썼다.

하지만 그럴수록 나는 점점 겉돌았고, 공허했다. 내가 내는 성과와 내가 건네주는 호의에도 팀원들의 눈길은 누그러지지 않았다. 시간이 지나면서 나는 그 이유를 알 수 있었다.

나는 완고하게 살을 나눠 먹기를 거부했으며, 그걸 성공하고 있었다. 나라는 증거로 인해 사람들은 둘 중 하나를 인정해야 했다. 자신들이 이 불합리를 거부할 노력을 충분히 하지 않았거나, 아니면 살을 나눠 먹는 걸 진심으로 좋아했거나. 어느 쪽도 마음에 들 리가 없었다.

마지막 한 가지 길이 더 있었다. 내가 워낙에 특이한 케이스고 그래서 예외 취급받는다는 결론. 이 회사에 어울리지 않는 문제아지만 너그럽게 받아주고 있다는 합리화. 그런 측면에서 내가 일을 잘 해내는 건 그들의 마지막 퇴로까지 불태워버리는 잔인한 일이었다. 그럴수록 그들은 자신들과 잘 융화하는 동기를 추켜세우며 내 성과를 애써 폄하고 외면했다.

내 성과를 제대로 인정하는 건 팀장뿐이었지만 오히려 회사에는 팀장과 내가 그렇고 그런 사이라는 소문이 돌았다. 서로 살을 섞는 사이라는 소문, 심지어 회사 내에서 그런 광경을 봤다는 어이없는 말까지 돈다고 했다.

"물론 말도 안 되죠. 저는 절대로 그런 말 안 믿어요. 근데 뒤에서 그런 소문이 도니까… 제가 먼저 나서서 아니라고 하고 다닐 입장도 아니고. 여하튼 조금 조심하는 게 좋겠어요. 괜히 말 만들 필요 없잖아요."

"신경 써줘서 고마워요."

나는 옷을 걷어 올려 훤히 드러난, 여기저기 베어져 나간 자국이 선명한 동기의 팔에서 애써 시선을 돌리며 그렇게 말했다.

그래. 신경 쓰지 말자. 누가 믿겠어. 회사 안에서 그런 짓을, 정말 말도 안 되는 소문이잖아. 그렇게 생각했다. 하지만 아니었다.

"동기, 어디 갔어요? 어제 요청한 시장 현황 조사 지금 바로 필요한데."

팀장이 다급한 얼굴로 달려와 동기를 찾았다. 바로 시작될 회의에 자료가 필요한 모양이었다.

"아, 아까 분명히 다 끝냈다고 한 것 같은데요. 지금 잠시 부장님 호출받고 갔어요."

"부장님? 부장님이 왜? 연락 좀 해봐요."

"네. 아… 휴대폰을 두고 갔네요."

"뭐? 아, 이 사람 진짜… 나 지금 바로 회의 들어가야 하니까, 빨리 찾아서 회의실로 전달 좀 해줘요. 부탁해요!"

팀장은 그렇게 외치고 회의실로 달려갔다. 나는 전화기를 들고 부장의 내선 번호를 누르려다가 손을 멈췄다. 부장실에 간 게 아닐 수도 있었다. 전에도 몇 번 다른 핑계를 대고 팀원들과 살 조각을 나눠 씹으러 옥상에 올라가는 걸 본 적이 있었다. 나는 자리에서 일어나 부장실로 찾아갔다.

부장실 문은 굳게 닫혀 있었다. 창문에는 단단히 블라인드가 내려져 있었다. 노크하려는 순간 안에서 희미한 신음이 들려왔다.

나는 나도 모르게 복도를 둘러보았다. 아무도 없었다. 다급하게 내게 부탁하던 팀장의 얼굴이 떠올랐다. 그냥 돌아갈 수는 없었다. 나는 문에 조용히 귀를 가져다 댔다.

"아, 부장님… 아…."

동기의 목소리였다. 항상 활기차고 자신감 있던 모습과 달리 심하게 떨리고 있었다. 등골이 서늘해졌다. 하지만 차마 문을 열 용기가 나지 않았다. 자세히 보니 창문을 가린 블라인드 한쪽 끝이 조금 말려 올라가 있었다. 조심스럽게 안을 들여다본 나는 그만 비명을 지를 뻔했다.

동기는 바지가 무릎까지 내려간 채 책상 위에 엎드려 있었다. 책상 모서리를 힘껏 쥔 손가락은 너무 힘이 들어가서 그대로 꺾여버릴 것 같았다. 이를 악문 채 서류 더미에 얼굴을 묻고 있었다. 그리고 부장은 탐욕스러운 입을 동기의 하얀 엉덩이에 가져다 대고는 살점을 뜯어내고 있었다.

나는 손으로 입을 틀어막은 채 덜덜 떨리는 다리를 겨우 추스르며 내 자리로 돌아왔다. 물속에 빠진 듯 온몸의 감각이 마비되고 머릿속이 하얘졌다. 어서 팀장에게 자료를 전해줘야 한다는 생각으로 나는 겨우 현실의 끈을 잡았다. 팀장에게 무슨 자료가 필요한지는 대충 알고 있었다. 나는 서둘러 자료들을 최대한 그러모아 회의실로 들고 갔다. 자료를 들춰본 팀장은 황당해하다가 혼이 빠져나간 내 눈을 보고는 어서 나가라고 눈짓했다.

동기가 돌아온 건 1시간 정도 지난 뒤였다. 동기는 전과 다름없는 밝은 표정으로 나를 보며 웃었지만, 눈가에 미처 지워내지 못한 눈물 자국이 보였다. 나는 팀장이 자료를 찾았으며 어쩔 수 없어서 내가 대충 만들어 가져다주었다고 설명했다. 그때 동기의 눈에 스친 자괴감과 열등감, 그리고 분노를 나는 잊을 수 없었다.

*

"이건 범죄잖아! 취향의 문제가 아니라고!"

"그 동기의 의사에 반해서 그런 건지 확실하지 않잖아. 만일 동의한 거면 범죄라고 할 수는 없지. 사규에는 위반되겠지만…."

"어떻게 선배가 그런 말을 할 수 있어? 응? 구질구질한 직장 상사라며? 동의했다는 게 말이 돼?"

주량을 초과해 술을 마신 나는 손까지 부르르 떨며 선배에게 소리쳤다. 선배는 당황하며 빈 잔에 술을 채우려던 나를 말렸다.

"미안 미안. 그게 아니라. 아, 그냥 내버려 두라고. 너까지 엮이지 말고. 신고해도 그 사람이 하겠지. 그래 뭐, 그 사람이 먼저 나서면 넌 증언 정도는 해줄 수 있겠지. 근데 그 사람이 가만히 있는데 네가 할 수 있는 게 없잖아. 막말로 네가 문제 제기했는데 그 사람이 발뺌하면 넌 뭐가 돼?"

"다들 가만히 있는데 어떻게 그 사람 혼자 나서겠어? 심지어 나도, 그 회식 자리에서 부장이 주는 살을 받아먹을 뻔했어. 그 사람이 나타나지 않았으면."

"뭐? 넌 다른 사람과 살을 나눠 먹지 않는다며. 어떤 경우에도 절대로 안 그런다며?"

"그건…."

"그건 뭐야? 내가 싫어서 그랬던 거야? 그걸 그냥 돌려서 말한 거였어?"

"지금 그 얘기가 왜 나와? 지금 내가 여기서 그런 얘기 하고 싶겠어? 선배는 어떻게 그렇게 선배 생각만 해?"

"아니, 그러니까… 내가 걱정돼서 그런 거잖아. 왜 딱 잘라서 싫다고 말을 못 해? 너처럼 딱 부러지는 애가 왜 그걸 받아먹을 뻔하냐고?"

"선배는 몰라. 선배처럼 태어날 때부터 잘나고 강하게 키워진 사람은 모른다고!"

나는 비척대며 자리에서 일어났다. 부축하는 선배의 손을 뿌리쳤다. 술집 문을 열고 나오자 찬바람이 싸늘하게 머리를 식혔다. 잔뜩 취기가 올라 있었지만, 몸을 못 가눌 정도는 아니었다. 집까지는 걸어갈 수 있었다. 하지만 그러다 누군가에게 습격을 받아 살을 뜯어 먹히면. 제 살점을 내 입속에 틀어넣는 변태를 만나면. 다행인지, 아직 나에게는 그걸 두려워할 이성은 남아 있었다. 나는 못 이기는 척 선배의 부축을 허락할 수밖에 없었다. 자괴감과 열등감과 분노와 함께.

✳

깨질 듯한 머리를 부여잡고 나는 침대에서 뒹굴었다. 문득 알람 소리를 듣지 못했다는 생각이 들었다. 방 안은 벌써 환한 대낮이었다. 화들짝 놀라 몸을 일으켰다가 오늘이 토요일이라는 걸 깨닫고 다시 침대 위로 풀썩 쓰러졌다. 어제의 기억을 되짚다가 선배가 집 앞까지 부축해준 장면을 떠올리고는 나도 모르게 벌떡 일어났다.

목덜미와 팔다리 여기저기를 더듬어 보았지만 잘린 흔적은 없었다. 안도인지 모를 한숨을 내쉬며 주위를 둘러보다 문에 붙어 있는 포스트잇 하나가 눈에 들어왔다.

'어제 심한 말 해서 미안. 일어나면 전화해. 같이 해장이라도 하자.'

나는 포스트잇을 떼어 들고 다시 침대로 쓰러졌다. 그냥 이 옆에 선배가 있었다면. 주방에서 날 위해 해장국을 끓여주고 있다면. 아니, 침대에서 서로의 살을 뜯어 먹으며 뒹굴고 있다면.

난 정말 그게 싫은 걸까.

하지만 내가 그렇게 명확히 선을 긋지 않았다면. 유난해 보일 정도로, 절대로 살을 나눠 먹지 않는다고 선언하지 않았다면. 부장에게 엉덩이 살을 뜯어 먹히는 게 내가 아니라고 장담할 수 있을까.

갑자기 고기가 먹고 싶었다. 가스레인지에 불을 켜고 물을 올렸다. 팔을 걷고 펄펄 끓는 물에 내 살을 성둥성둥 썰어 넣었다. 스프를 넣고 면을 넣었다. 보글보글 끓은 라면을 그릇에 담아 식탁으로 들고 왔다. 빨간 국물과 야들야들하게 익은 고기를 한 숟가락 떠서 후후 불며 입에 넣었다. 그리고 꼭꼭 씹어 삼켰다. 면발을 집어 올려 조금 식힌 뒤 후루룩 빨아들였다. 라면 한 그릇을 국물까지 싹싹 비웠다. 기름기가 번들거리는 입술을 씹으며 멍하니 앉아 있던 나는 화장실로 달려가 먹었던 라면과, 내 살을 하나도 남김없이 토해냈다.

나는 휴대폰을 들고 전화를 걸었다.

＊

거의 다 도착했다는 메시지가 왔다. 나는 가스레인지에 불판을 올리고 불을 켰다. 적당히 달궈진 불판에 팔뚝에서 잘라낸 살 한 점을 올렸다. 치지직 소리를 내며 고기가 익어갔다. 딱 맞게 초인종이 울렸다.

"어서 와요. 점심 아직 안 먹었죠?"

"네. 사실… 아침도 안 먹었어요. 입맛이 없어서. 그런데 웬일이에요? 절 집으로 부르고…."

"배고프겠다. 일단 우리 먹죠."

동기는 어리둥절해 하면서도 내가 꺼내준 의자에 앉았다. 그러고는 식탁 위에 제과점 상자 하나를 올려놓았다.

"빈손으로 오기 그래서요."

"잘됐네. 디저트로 먹으면 딱이겠어요. 자, 한 점 드세요."

나는 적당히 익은 내 살 한 점을 동기에게 내밀었다. 동기는 깜짝 놀라며 내 눈을 바라보았다.

"네? 살… 안 섞어 드시잖아요! 왜 그래요? 무슨 일 있어요? 설마…."

"아뇨. 아니에요. 아무 일 없어요. 정말로. 그냥 오늘은 이러고 싶었어요. 아, 미안해요. 먼저 괜찮은지 물어봤어야 하는데. 같이… 먹어도 좋아요?"

"아, 저는… 네. 좋아요. 고마워요."

동기는 내 살 한 점을 집어 들고는 조심스럽게 입에 넣었다. 그러고는 꼭꼭 씹어 먹었다.

"…맛있어요."

동기는 살짝 촉촉해진 눈가를 문지르고는 작게 헛기침을 해 목을 골랐다. 그러고는 활짝 웃으며 나를 바라봤다.

"저도 한 점 드려도 될까요? 싫으시면…."

내가 고개를 끄덕이자 동기는 팔을 걷고 날카로운 칼을 가져다 댔다. 보드라운 살결 곳곳에 아직 덜 아문 상처들이 보였다. 나는 벌떡 일어나 동기의 손목을 잡아끌었다.

식탁 옆에 뒤엉켜 쓰러진 나는 동기의 팔뚝을 부드럽게 깨물어 살점을 잡아 뜯었다. 동기는 낮은 신음과 함께 살짝 떨었다. 그러고는 내 가슴에 얼굴을 묻고 허리를 단단히 감아쥐었다. 나는 동기의 살점을 씹으며 배어 나온 피를 남김없이 핥았다. 나는 단추를 풀러 내면서 동기의 목덜미를, 옆구리를, 허벅지를 깨물었다. 동기가 내 가슴에 입술을 가져다 댔다. 내가 머리를 감싸 안자 동기는 조심스럽게 살점을 깨물었다. 나는 그동안 참아왔던 긴 신음을 내뱉었다.

엉망으로 뒤엉켜 서로의 살을 나눠 먹던 우리는 온몸이 얼얼해질 정도로 녹초가 되고 나서야 서로의 몸을 탐하는 걸 멈췄다. 아직 배어 나오고 있는 피를 강아지처럼 깨끗하게 핥아내고 동기의 눈에서 흘러내리는 눈물 한 방울도 핥아냈다.

나는 동기의 귀에 입술을 가져다 대고 나지막이 속삭였다.

"우리, 강해져요."

＊

우리가 드디어 수습 딱지를 떼던 날, 회식이 잡혔다. 역시 부장이 참가하는 회식이었고 이번에는 저녁 회식이었다. 내가 그 회식에 가기로 한 건 순전히 동기 때문이었다. 나와 살을 섞고 믿음을 나눈 이후로도 동기는 다른 사람들과 내키지 않는 살을 나누는 일을 좀처럼 끊어내지 못했다. 그건 나에 대한 경쟁의식이 아닌 두려움이었다. 동기 역시 나처럼 사회의 일원으로 버텨내기 위해 버둥대고 있었다. 다만 손에 쥔 무기가 적을 뿐.

"미안해요. 무리하지 않아도 되는데…."

"괜찮아요. 꼭 내 옆에 앉아요."

내가 함께 간다는 말을 들은 팀원들은 의아한 표정이었고 일부는 노골적으로 인상을 찌푸렸다. 팀장은 생각이 많은 표정이었지만 뭐라고 토를 달지는 않았다.

하지만 2차로 찾아간 회식 장소에 들어선 나는 그게 정말 잘한 일이었는지, 멱살을 잡아서라도 동기를 회식 장소에서 끌어내야 했던 것 아닌지 고민해야 했다. 음침한 조명이 켜진 회식 장소에는 중앙에 커다란 테이블이 하나 있었고 그 위에는 업소 직원 하나가 벌거벗겨진 채 묶여 있었다. 그렇게 묶이고도 환하게 웃으며 우리에게 인사하는 광경에서는 소름까지 끼쳤다.

"자, 우리 오늘 한번 코가 삐뚤어지게 마셔보자고! 핫핫핫!"

오늘따라 부장은 들떠 보였다. 1차부터 술을 들이켠 부장은 이미 만취 상태였다. 나와 동기를 잡아끌려는 부장을 팀장이 겨우 만류하며 자기 옆에 앉혔다.

"야. 이거 놔. 어, 박 팀장. 이거 뭐 하는 거야?"

"아이, 부장님. 오늘 같은 날, 놀 줄 아는 사람들끼리 놀아야죠. 괜히 신입들 끼워봤자 분위기만 깹니다. 경험 좀 더 쌓으라고 하고 오늘은 저희하고 노시죠."

"그럼요! 부장님! 제가 오늘 제대로 모시겠습니다!"

정 대리가 거들었다. 부장은 못마땅한 표정으로 동기 옆에 꼭 붙어 있는 나를 노려보며 자리에 앉았다.

그 뒤에 벌어진 일은 차라리 눈을 감고 싶을 정도였다. 사람들은 테이블 위에 비참하게 묶여 있는 직원의 팔과 다리에서 저마다 살 조각을 베어내 생으로 씹어 댔다. 부장은 몇 번이나 동기에게 같이 살을 베어 먹으라고 강요했지만, 그때마다 나는 동기의 손을 꼭 잡았다.

"야! 너 그렇게 자꾸 분위기 깰 거면 당장 꺼져! 좋다 좋다 하니까 정말 좋은 줄 알아! 봐주는 것도 정도껏이지, 너 같은 것들 때문에 대한민국이 발전을 못 하는 거야! 알아? 우리가 어떻게 여기까지 키워놨는데…."

"부장님, 참으십쇼. 그래도 이제 이렇게 따라는 오지 않습니까. 자꾸 겪다 보면 또 깨닫는 게 있겠죠."

팀장의 만류가 오히려 더 나를 아프게 찔렀지만 나는 참았다. 걸림돌이라도 되고 싶었다. 여기까지 따라온 이상 누가 무슨 짓을 어떻게 하는지 이 자리에서 똑똑히 보고 싶었다.

"내 참. 맘대로 하라 그래! 야! 오늘 아주 끝까지 간다! 각오들 해!"

정 대리를 비롯한 팀원들의 절반 정도가 환호성을 질렀다. 부장은 웃통을 벗어젖히더니 칼로 자기 살점을 한 조각 도려내 테이블에 묶여 있는 직원의 입에 쑤셔 넣었다.

"감사합니다, 사장님! 입에서 아주 살살 녹습니다!"

직원은 힘겹게 살점을 씹어 대며 억지웃음을 보였다. 그게 부장의 눈에 어떻게 보였는지 부장은 껄껄 웃으며 소리쳤다.

"나 같은 손님 없지? 자, 단두대살 준비해!"

부장의 외침에 직원의 표정이 살짝 굳었다. 하지만 지폐 다발을 꺼내는 부장을 보며 이내 표정을 걷어내고 소리쳤다.

"역시 사장님 최곱니다! 당장 준비하겠습니다!"

나는 입을 틀어막아야 했다. 직원들 몇이 더 들어와 벌거벗은 직원을 테이블 위에 단단히 묶고 천장에 날카로운 칼날을 매달았다. 네모난 중국식 식칼처럼 생긴 칼날은 시퍼렇게 날이 서 있었다.

"자, 간다!"

부장이 테이블 옆에 있는 레버를 당기자 매달려 있던 칼날이 무서운 속도로 떨어져 내렸다. 직원은 이를 악물며 눈을 감았다. 칼날은 직원의 오른팔을 스치며 얇게 살점을 베어냈다.

"와!"

아까보다는 적었지만, 여전히 몇몇이 환호성을 질렀다. 꼭 잡고 있는 동기의 손이 부들부들 떨렸다. 나는 더는 참을 수 없었다.

"그만해! 이 미친 자식들아!"

순식간에 회식 장소가 조용해지고 모든 시선이 나에게 쏠렸다. 부장이 슬쩍 미소를 지으며 나를 노려보았다. 당황하거나 놀란 눈빛이 아니었다. 덫에 걸린 사냥감을 보는 뱀 같은 눈빛이었다.

"미친 자식? 자네 방금 나한테 미친 자식이라고 했나?"

"그럼 이게 미친 짓이 아니고 뭡니까? 이걸 정말 즐겁다고 하고 있는 겁니까? 직원분 표정 안 보여요? 저게 정말 좋아서 하는 거로 보여요?"

"아니지. 누가 이런 일을 좋아서 하겠나? 돈을 받으니까 하는 거지. 자넨 왜 우리 회사에 다니고 있는 건가. 돈이 필요해서 그런 거 아닌가? 그게 아니면 왜 맞지도 않는 회사에 버티고 있나? 조직 분위기 다 해치면서."

"돈이면 다 됩니까? 아무리 그래도…."

반박하려던 나는 누워 있던 직원의 표정을 보고는 더 말을 잇지 못했다. 짜증이 가득 담긴 직원의 눈은 전혀 나를 응원하고 있지 않았다. 현실은 너무나 공고했으며 벽을 무너뜨리지 않고 썩은 조각 하나만 빼낼 방법은 없었다. 평생 나를 감싸고 있던 끈적한 패배감이 다시 나를 바닥으로 끌어당겼다. 나는 여기서 왜 이러고 있는 거지. 나 하나의 고집이고 나 하나의 이기심 아닐까. 내가 머뭇거리는 걸 본 부장은 입꼬리를 끌어 올린 채 눈을 가느다랗게 뜨며 말했다.

"여기 앉아 있는 사람들 누구 하나 자네에게 뭘 강요한 적이 있나? 자기가 한 선택 하나도 책임지지 못하면서 대체 무슨 일을 하겠단 건가? 세상이 그렇게 만만해 보여? 회사가 자선 사업 하는 곳인가? 자네 알량한 신념 지켜주려고 우리가 고생하면서 이 회사를 여기까지 끌어 올린 건 줄 알아? 어? 긴말 필요 없네. 자네 정규직 전환 건은 없던 거로 하겠네. 당장 여기서 나가."

부장의 시선이 동기에게 옮겨갔다.

"자네는 어쩔 건가. 자네도 같이 나갈 건가?"

동기가 고개를 푹 숙였다. 꼭 잡고 있던 손에서 힘이 빠져나갔다. 나는 절박하게 소리쳤다.

"안 돼요! 다시 저 사람들에게 살을 뺏기고 살 거예요? 좋아하지도 않는 살을 억지로 씹을 거예요? 또 저 짐승 같은 부장에게 살을 뜯어 먹힐 거냐고요!"

팀원들이 술렁댔다. 부장이 시뻘게진 얼굴로 소리쳤다.

"저게 대체 무슨 소릴 하는 거야! 누가 누구 살을 뜯어 먹어? 엉? 오, 그래. 네가 팀장하고 그렇고 그런 사이라더니, 다른 사람들도 다 그렇게 보이나 보지?"

"부장님, 무슨 말씀이십니까! 신입과 제가… 사실이 아닌 거 아시잖습니까. 오늘 너무 흥분하셨습니다. 저 신입 건은 제가 알아서 처리할 테니…."

침묵을 지키던 팀장이 허둥대며 끼어들었다. 부장이 팀장을 노려보며 말했다.

"알아서 처리해야지. 방금 저 자식이 한 말 다 들었지? 법무팀 통해서 명예훼손으로 고소 준비해!"

팀장은 아무 말도 못 하고 나를 바라봤다. 어서 무릎이라도 꿇으라는 눈빛이었다. 나는 이를 악물었다.

"내가 봤어요! 내가 이 두 눈으로, 직접 봤다고요!"

"직접 봤다고? 그 말을 어떻게 믿지? 설령 봤다 쳐. 내가 저 신입 살을 강제로 뜯어 먹었다는 증거는 있나? 이게 어디서 협박이야? 직접 봤다고? 자네가 팀장하고 회사에서 무슨 짓을 했는지는 본 사람이 없을 것 같아?"

"무슨 말도 안 되는…."

부장이 팀원들을 한 번 획 돌아본 뒤 팀장에게 시선을 멈췄다. 모두 묵묵히 고개를 숙이고 있었다. 팀장 역시 부장의 말에 반박하지 않았다. 부장은 의기양양하게 나를 노려보았다.

"…녹음 파일이 있어요."

동기였다. 어느새 내 손을 다시 단단하게 그러쥔 상태였다. 모든 사람이 깜짝 놀라 동기를 바라보았다. 부장은 터져나갈 듯한 얼굴로 눈동자를 부들부들 떨며 외쳤다.

"뭐? 너 지금 뭐라고 했어?"

"파일이 있다고요. 부장님이 그날 절 강제로…."

"이 새끼들이 진짜!"

부장이 벌떡 일어나며 테이블 위에 있던 칼을 집어 들었다. 화들짝 놀라며 뒤로 물러날 뿐 아무도 말리는 사람이 없었다.

"이제 보니까 아주, 응? 다 계획적이었어. 그치? 살살 꼬드겨서 녹음까지 해놓고 말이야. 응? 돈이야? 돈이지? 둘이서 짜고? 내가 아주 오늘 이 자식들 다 씹어 먹어 버리겠어!"

부장이 칼을 든 채 테이블 위로 올라섰다. 묶인 사슬을 풀고 일어난 직원이 말리려 했지만, 칼을 휘두르는 부장에게 섣불리 다가가지 못했다. 동기의 손목을 붙잡고 도망치려던 내 다리가 무거운 의자에 걸렸다. 술이 덜 깬 부장이 다리를 휘청대며 무서운 속도로 테이블 위를 달려왔다. 나는 동기를 감싸 안으며 품 안에 넣었다.

휘청.

테이블 위에 흥건히 고여 있던 직원의 피를 밟은 부장의 몸이 공중으로 붕 떠올랐다. 날카로운 칼을 휘젓는 부장을 보며 사람들이 비명을 질렀다. 테이블 위에 있던 직원이 황급히 옆으로 몸을 굴렸다. 부장은 쿵 소리를 내며 테이블 위로 등부터 떨어졌다. 손에 든 날카로운 칼이 테이블 위에 콱 박혔다. 테이블이 기괴한 소리를 내며 삐걱거리더니 잠금장치가 풀린 레버가 툭 하고 내려갔다.

동시에 천장에 매달려 있던 시퍼런 단두대날이 아래로 떨어졌다. 칼날은 정확하게 부장의 목을 향하고 있었다. 단말마의 비명이 회식 장소를 가득 채우고 기겁한 사람들이 서로를 밀치며 입구를 향해 밀려 나갔다.

✳

"괜찮아요? 안 다쳤어요?"

"네. 전 괜찮아요."

나와 동기는 한동안 말이 없었다. 내가 물었다.

"녹음 파일, 정말 있어요?"

"…아뇨. 그런 걸 할 정신이 있었겠어요. 그냥, 그 인간이 적어도 자기 입으로 인정하는 거라도 듣고 싶었어요."

"아쉽네요. 파일이 있었으면…."

"…있었어도, 별 소용 있겠어요?"

"그건 그래요."

우리는 또 잠시 말이 없었다. 이번에는 동기가 말했다.

"천벌을 받은 걸까요. 그 새끼, 인과응보겠죠?"

"아뇨. 인과응보라니, 세상은 그렇게 정의롭지 않아요. 그냥 재수가 없었던 거죠. 그 새끼."

"…이제 앞으로 어쩌죠? 이렇게 계속 버티면서, 재수 없는 새끼들이 재수가 없기를 바라야 하는 걸까요?"

나는 동기를 바라보았다. 강해져야죠. 그렇게 말하려 했지만, 그 말이 예전처럼 쉽게 나오지는 않았다.

나는 그저 동기의 손을 꼭 쥐었다. 서로의 살이 경계를 잃고 섞일 때까지.

남세오

서울대 원자핵공학과를 졸업하고 평범한 연구원으로 살아가다 문득 글을 쓰게 되었다. 여전히 내 것 같지 않은 다른 차원의 주머니가 언제 다시 닫힐지 모른다는 조바심에 허겁지겁 이야기들을 끄집어내고 서툴게 다듬고 있다. 브릿G에서 '노말시티'라는 필명으로 활동을 시작하여 다수의 작품이 편집부 추천을 받았으며 환상문학웹진 거울의 독자우수단편 심사에서 〈살을 섞다〉가 2018년 4분기 우수작, 〈만우절의 초광속 성간 여행〉이 2019년 최우수작에 선정되어 필진에 합류했다.

감정을 감정하기

———

심너울

내가 이예슬을 인터뷰한 장소는 마포구 대흥동의 언덕길에 있는 작은 카페였다. 갈색 목재로 마감된 인테리어를 보며 기다리고 있으니, 자동문이 열리고 이예슬이 천천히 굴러왔다. 그러니까, 휠체어 말이다. 이예슬은 로봇팔이 네 개 달린 커다란 휠체어에 편안하게 앉은 채였다. 미동도 않는 이예슬의 몸은 푹신한 천으로 둘둘 감겨 있었다.

휠체어 위의 360도 카메라를 보아하니 자율주행 휠체어였다. 내가 팔을 흔들거나 하지 않았는데도, 휠체어는 나를 감지하고 내 앞으로 스르륵 미끄러져왔다. 이예슬과 눈이 마주쳤다. 이예슬이 몸을 아예 움직일 수 없으니, 내가 이예슬을 바라본 탓이다. 그때 알람 소리가 나고, 휠체어에 달린 스피커에서 합성된 여성의 목소리가 흘러나왔다.

"안녕하세요?"

"아, 네, 안녕하세요. 누리경제 김동연입니다."

나는 일단 일어나서 인사를 꾸벅 했다가, 이예슬이 악수를 하거나 할 형편이 아님을 깨닫고 그냥 주저앉았다. 다시 스피커가 울렸다.

"메일은 잘 읽었어요. 제가 이런 길을 택한 사연이 궁금하시다고요."

"아, 네. 취재 허가해주셔서서 정말 고맙습니다. 이게 예슬 씨가 언론 상대 인터뷰로 사연을 공개하시는 게 처음이시죠. 제 요청을 받아주셔서 정말 감사합니다. 그런데 또 왜 그런지 궁금하기도 하네요."

휠체어의 스피커에서 가벼운 웃음소리가 흘러나왔다.

"다른 언론에서는 다 스스로 뇌를 잘라낸 여자라면서, 엄청 자극적인 뉴스만 뽑더라고요. 그래도 제 생애랑 의도를 알아주려고 하는 기자분은 처음이라서요."

기사 할당량도 할당량이지만 나는 정말 궁금했다. 왜 이 여자가 쌩쌩 돌아가고 있는 뇌를 절개해냈는지. 왜 눈을 뜨는 것 말고는 아무것도 할 수 없는 상태를 스스로 택했는지. 왜 정신을 몸 안에 가뒀는지. 그 전에, 나는 물었다.

"아, 그런데, 녹취록 작성이 필요해서요. 녹음 동의를 받을 수 있을까요?"

"그렇게 하세요."

나는 오른쪽에 비스듬하게 놓인 노트북을 잠시 흘겨보면서 말했다.

"녹취록 작성 시작해."

"네, 알겠습니다."

상당히 중성적이지만 전혀 어색하지는 않은 첨단 전자뇌 인공지능 특유의 목소리가 들리고, 워드프로세서에 나와 이예슬이 한 말이 하나하나 글자로 타이핑되기 시작했다. 진짜 전자뇌 만세다. 몇 달 전만 해도 퇴근하고 녹취록 몇 시간씩 치고 했는데. 그때 앞에서 이예슬의 목소리, 그러니까 합성된 목소리가 들려왔다.

"이것도 전자뇌인가요. 안드로이드에 쓰는?"

"네. 얼마 전에 중고로 구형 하나 샀어요."

이예슬의 스피커에 짧은 비탄, 혹은 코웃음 같은 소리가 흘렀다가, 다시 헛기침 소리가 들렸다. 저 헛기침 소리는 이예슬이 필요하다고 생각해서 낸 소리일까, 아니면 의례적인 것일까, 것도 아니면 자기 의도와는 전혀 상관 없이 음성 합성기에 프로그래밍된 것일까 살짝 고민하기 시작했을 때, 이예슬이 이야기를 시작했다.

✳

구체적인 시간과 장소는 기억나지 않는다. 한국에 수십만 개는 족히 있을 거리, 태양이 뜨거운 시간이었다는 것만 희미하게 남아 있을 뿐이다.

햇빛, 햇빛이 내 머리를 따갑게 때렸다. 지독하게 어지러웠다. 나는 앞쪽으로 넘어지면서 무릎을 꿇었다가, 쓰러졌다. 이게 뭐지, 왜 이러지, 몸이 움직이지 않았다. 옆에 있던 애인이 다급하게 어딘가로 전화하는 소리가 들렸다. 그리고 모든 것이 일순간 깜깜해졌다.

다채롭고 우아하고 기이하고 희미한 이미지들이 순간순간 나를 스쳐 지나갔다. 많은 것을 보고 듣고 맡고 느꼈다. 건물이 나한테 돌진하고, 들은 적 없는 음계가 귓바퀴 바깥에서 요동쳤다. 감각들이 서로 자리를 바꾸기도 했다. 소리를 맡았고 냄새를 보았다. 나는 애써 이것이 꿈일 거라고 짐작할 뿐이었다.

벗어날 수가 없었다. 수많은 기억과 느낌들이 머릿속을 터질 것같이 채웠다가, 이제 엄청나게 어지러웠다. 색채의 소용돌이를 마주 보는 시야가 좁았다가 넓어졌다가, 이리 돌았다 저리 돌았다 했다. 현기증만이 유일하게 익숙한 감각이었다. 머리를 짚고 바닥에 주저앉고 싶었다.

그런데 어떻게 하면 머리를 짚더라? 머리를 짚는다는 게 뭐지? 주저앉는 게 뭐지? 근데 지금 이게 무슨 꿈이지? 왜 이런 일이 일어나지?

그리고 눈을 떴다. 혼란스럽지 않았다. 그냥 눈이 뜨였다. 평일에 출근하려고 억지로 눈꺼풀을 들어 올리는 것과는 너무 다른 느낌이었다. 잠을 15시간씩 자다가 더 이상 억지로라도 잠을 잘 수가 없는 주말처럼, 나는 평온히 눈을 떴다.

푹신한 매트리스가 온몸을 감싸고 있었고 병원의 냄새가 났다. 편안했다. 인기척을 느꼈다. 나는 고개를 오른편으로 돌리려고 했다.

그런데 몸이 움직이지 않았다.

가위에 눌렸나? 나를 감싸는 이불, 바람, 창을 뚫고 들어오는 도시의 소음, 인기척, 모든 것이 느껴졌다. 그런데 고개를 돌릴 수가 없었다. 나는 내가 몸에 힘을 주는 법을 까먹은 것 같다는 느낌을 받았다. 나는 잠시 눈을 감았다가 떴다. 세상이 깜깜해졌다가, 다시 하얀 천장이 드러났다. 그러고 보니 눈을 옆으로 돌릴 수도 없었다. 눈꺼풀 빼고는 아무것도 움직이지가 않았다.

궁금했다. 왜 몸이 움직이지 않을까? 이것도 꿈이 아닐까 하고 생각했다. 그런데 꿈 같지가 않았다. 모든 감각들은 날 서 있었다. 잠시 눈을 감고 귀를 기울이니 내 심장이 규칙적으로 쿵쿵 뛰는 소리가 들렸다.

가위가 아닌가 싶었지만, 마음이 이상할 정도로 평온했다. 이게 분명히 이상한 일이라는 생각을 하면서도. 몸을 전혀 움직이지 못하고, 어떤 근육에도 힘을 줄 수 없는 상태인데, 왜 안 무섭지? 그때 부스럭거리는 소리가 들렸다.

익숙한 얼굴이 내 시야를 꽉 채웠다. 눈 밑으로 다크서클이 진하게 내려오고, 머리가 부스스하고, 피부가 말라붙어 상당히 피곤해 보였다. 소리를 지르고 싶었는데 소리가 나지 않았다.

"깼네, 들리니?"

나는 눈을 계속 깜박였다. 내 애인 소정이었다. 피곤함과 상관없이 그 얼굴에는 내가 항상 사랑하던 본질이 여전했다. 나는 소정의 얼굴을 들여다보았다. 사실 그것 말고는 할 수 있는 게 없었다. 들린다는 게 무슨 뜻인지 곰곰이 생각했다. 내가 눈을 깜박이자, 소정이 말을 이었다.

"아, 눈을 깜박이는 걸 보니 깼구나. 뇌경색 때문에 쓰러진 거래. 걱정하지 마. 긴급한 건 다 끝나서 괜찮다고 하니까… 의사 선생님 불러야겠다."

그러고는 띠 하는 소리가 들리더니, 곧 문이 벌컥 열렸다. 이런저런 사람들이 많이도 걸어들어오는 것이 느껴졌다. 고개를 돌릴 수가 없으니 환장할 노릇이고 답답해야 하는데, 그래도 또 별로 이상하게 화가 나지는 않았다. 소정이 의사한테 내가 방금 깼다고 말하자, 의사는 소정을 내보내고 난 다음 내 눈에 불빛을 비추었다. 나는 눈을 깜빡였다.

"혹시 제가 하는 말에 답이 예스면 눈을 꾹 길게 감아주시고, 노면 눈을 두 번 빠르게 감았다 떠주시겠어요?"

의사는 내 눈을 바라보면서 말했다. 달리 선택의 여지가 없었다. 나는 눈을 2초 정도 감았다 떴다.

"의식도 아주 또렷하신 것 같고. 차도가 좋네요. 수술은 부모님 동의받아서 했고요."

좀 어이가 없었다. 아니, 지금 내가 아예 움직이지 못하는데, 무슨 말 하는 거지? 차도가 좋긴 뭐가 좋아. 뇌경색이라고? 그럼 뇌가 망가져서 못 움직이는 거야? 생각이 생각을 부르고, 답답하고 우울한 생각이 머리를 지나갔다. 가슴 속이 무거워져야 하는데… 뇌경색이라잖아. 딱 봐도 그래서 못 움직이는 거 같은데… 그런데, 그 묵직하고 우울한 불안이 없었다. 그냥 그러려니 하는 생각이 머리 한쪽에서 자꾸 울렸다. 침대가 편안했다.

의사가 미소를 띠면서 말했다.

"지금 몸이 안 움직이시죠? 걱정하지 마시고 잠시만 기다려주세요. 여기 환자분한테 BCI 씌워드려요."

그러자 간호사 한 명이 내 목을 들어서 받쳤다. 또 다른 간호사 하나가 내 왼쪽으로 와서는 커다란 알루미늄 뚜껑 같은 걸 씌웠다. 약간 묵직한 무게감이 느껴졌다.

✳

"그러니까 머리에 씌운 그 철모가 휠체어에 장착된 음성 합성기랑 같은 거라고요?"

휠체어의 스피커에서 이예슬의 목소리가 다시 또렷하게 흘러나왔다.

"같다기보단, 이것의 조상님이라고 할 수 있겠죠. 지금은 원래 제 목소리인데, 그때는 엄청 크고 소리도 딱딱했어요. 그때가 4년 전이니까요. 기술이 그새 많이 발달했대요."

"그러니까 신경의 발화를 읽어서 원하는 말을 만들어내는 기본 원리는 같다는 거죠?"

"네, 신기하죠? 이제 뚜껑 같은 거 안 써도 되고 목소리도 제 목소리로 나오고 해요. 옛날에는 잡음도 엄청나게 심했는데⋯."

나는 정말 궁금한 질문을 하려고 이예슬의 눈치를 살폈다. 난감했다. 이예슬은 표정도 없었고, 자그마한 몸짓도 없었다. 그야말로 포커페이스의 궁극에 달한 모습이라고 할 만했다. 저 목소리도 합성되어서 나오는 목소리인데, 어떻게 눈치를 봐야 하지?

"뭐 묻고 싶으신 거 있으시죠?"

이예슬이 먼저 내 표정을 읽고 눈치를 챈 모양이었다.

"어… 어, 네. 어떻게….'"

내가 얼이 빠져서 이렇게 말하니까, 다시 휠체어에 달린 스피커에서 웃음소리가 흘렀다.

"에이 뭐, 하루 이틀 이렇게 있는 게 아닌데. 제가 이렇게 있으니, 제 눈치 보기 힘든 거 알아요. 하고 싶은 말씀 있으면 하세요."

나는 이예슬의 세심함에 감탄하면서 질문을 던졌다.

"보통 뇌경색이라고 하면, 깨어나면 아무 정신도 없을 것 같은데, 그때 상황을 너무 상세하게 기억하셔서."

"아, 그거는 정말 2010년대의 이야기고요. 제가 회복력이 좀 좋긴 했죠. 하지만 더 중요한 건….'"

나는 침을 꿀꺽 삼켰지만, 원하는 이야기가 곧바로 나오지는 않았다.

"하하, 아직 시작도 안 했어요."

＊

의사는 내 머리 앞과 정수리 사이의 혈관이 막혔다고, 운동을 담당하는 부분의 신경이 바싹 타버렸다고 말했다. 곧바로 내 머리에 달린 뚜껑에서 지지직거리고 굵고 두꺼운 남자 목소리가 흘러나오기 시작했다.

"아니, 그럼, 움직이지, 평생, 못하는, 내가, 아니, 근데, 이건, 목소리가, 왜, 남자 목소리야, 아니, 목소리, 아니, 그럼, 밥도, 내 손으로, 못 먹고, 걷지도, 못하고, 아무것도, 못하는, 눈만, 뜨고, 감을 수, 있으면, 내가, 뭘, 할 수, 아니, 근데, 이건, 왜, 목소리가, 무슨 테너로, 씨발, 쌍, 개좆같은…."

"잠시만, 잠시만 진정해보세요. 빠르게 적응하시네."

옆에서 키보드를 따닥따닥 치는 소리가 들려왔다.

"존나, 웃기네, 요즘, 의사질, 하려면, 컴퓨터도, 잘, 해야, 하나, 그럴 거면, 그냥, 안드로이드한테…."

어, 이거 생각보다 내 머릿속에 있는 걸 너무 잘 표현하는데. 키보드를 치는 소리가 더 긴박해졌다. 긴박한 키보드 소리와 대비되는 의사의 평온한 목소리가 들렸다.

"하하, 처음에는 다 이래요. 생각이야 뭔들… 너무 걱정하지 마시고."

뚜껑에서 흐르는 목소리가 조금씩 높은 톤으로 바뀌었다. 나는 어떻게든 다른 생각을 하려고 노력했다.

"동해물과 백두산이 마르고… 아니, 이게, 펭귄, 펭귄, 펭귄 귀엽다, 닳도록. 의사새끼는 안 고치고 뭘 하는 거야. 닳도록! 오늘도 사바나에서는 기린 떼가…."

"이게 반응 역치가 너무 낮은 거 같은데, 제가…."

의사가 그 말을 하고 또 무슨 조정을 가했다. 순간, 뚜껑에서 흘러나오던 목소리가 마법처럼 멈췄다. 의사는 가볍게 한숨을 쉬고는 말을 이었다.

"이제 어떤 말하고 싶은 텍스트를 머릿속에 그린 다음에, 어릴 때 국어책 읽었던 것처럼 읽는 상상을 해보세요."

나는 책을 읽는 상상을 죽어라 하기 시작했다. 하이톤의 목소리긴 한데 내 목소리와는 분명히 다른 소리가 뚜껑에서 조금씩 흘러나왔다. 목소리가 느리고 약해서, 물 절약을 강조하는 시즌에 공공기관 화장실 수도꼭지에서 물이 흘러나오는 것 같았다.

"그럼, 저는 평생, 움직일 수 없는, 건가요? 침대에, 누워 있어야, 하는 건가요?"

"아, 잘하시네. 아유, 걱정 안 하셔도 됩니다."

이제야 갑자기 뇌경색이라는 병명이 떠올랐다. 내가 초등학생일 적에 돌연사한 외할아버지가 생각났다. 외할아버지는 등산 중에 쓰러졌고, 다시는 의식을 회복하지 못했다. 나는 그냥 20대라 살아남은 건가? 이건 다 유전병인 건가?

"20년 전에, 외할아버지가, 뇌경색으로, 돌아가셨는데, 방법이 있다니요? 아니, 지금, 몸에, 힘이 전혀, 안 들어가거든요? 그럼 재활 같은 걸, 거쳐야 하는 건가요?"

"걱정하지 마세요. 요새 전자뇌 기술이 발전해서, 운동 기능 쪽은 전자뇌로 완벽하게 대체가 가능합니다. 아직 고등 인지 분야는 기술적… 그리고 윤리적 문제가 있는데, 환자분은 신체 운동을 담당하는 피질 세포만 죽은 독특한 경우라서… 죽은 세포 부분만 걷어내서 바꾸면 원래대로, 아니 훨씬 더 잘 움직일 수 있으실 거예요."

"전자뇌, 라고요?"

"예, 인공 간이나 안구 이식하듯이요. 뇌 쪽도 이제 이식이 잘 되는 부분이 꽤 많거든요."

나는 왠지 섬뜩한 기분이 들려고 했다. 너무나 무서운 질문이 떠올랐기 때문이다. 지금까지 무감정했던 것이 놀라울 정도로 끔찍한 공포가 몸을 잠식했다. 나는 (마음속으로) 숨을 가다듬고, 그 고통스러운 질문을 조심스레 던져봤다.

"그거, 보험, 처리, 되는, 거죠?"

"아, 예. 트랄레-포르피스 증후군 증상 보이시는 거거든요. 급여 지원 가능한 희귀 질환입니다."

"후우… 어, 이거, 한숨까지, 쉬어지네."

"하하, 한숨을 많이 쉬고 싶으셨나 보네요. 그럼 지금 바이탈 사인은 다 괜찮으니까, 보호자분이랑 쉬고 계시면 서류 준비해 오겠습니다."

당연하지 이 사람아. 하마터면 20대에 집안 기둥뿌리 고사시킬 뻔했는데, 한숨이 안 나오게 생겼나. 머리에 닿는 차가운 금속의 생경한 감각에 익숙해질 즈음에 내 옆에 서 있던 사람들이 또 우르르 빠져나갔다. 내 옆으로 누군가가 다가오는 느낌을 받았다.

"의사가 뭐래…?"

애인의 목소리였다. 소정은 내 시야의 초점이 맺히지 않는 곳에 서 있었다. 나는 다시 정신을 집중했다.

"나, 지금, 눈도, 못, 돌리거든. 너, 얼굴, 나한테, 보여줄래?"

소정은 내 뚜껑에서 흘러나오는 기계적인 목소리에 살짝 놀란 것 같았다. 그래도 곧 침대에 팔을 기댔다. 침대 한쪽에 쏠리는 무게감이 느껴졌다. 소정이 나를 바라다보았다. 익숙하지만 항상 새로운 그 얼굴이 나를 다시 한 번 바라본다. 처음 만났을 때부터 지금까지 나를 사로잡았던 그의 얼굴에 나는 가까스로 초점을 맞춘다. 자세히 그 얼굴을 살핀다. 가슴이 언제나처럼… 언제나처럼… 언제나처럼 가슴이 뛰지 않았다.

어, 왜 이러지? 사실 만난 지 몇 개월 안 돼서, 지금 막 꿀이 쏟아질 때인데. 내가 굉장히 빠르게 설레고 설렘을 오래 지속하는 편인데 왜 이러지. 나는 스스로의 의심이 새어나가지 않도록 생각을 돌리면서, 소정의 얼굴을 유심히 바라봤다.

"…아델리 펭귄."

"무슨 소리야?"

"아, 니야."

소정은 똑같이 아름다웠다. 내가 인간의 외모에서 중요하다고 생각하는 모든 기준을 전부 넉넉히 통과한 모습이었다. 그 넉넉한 아름다움은 고등학교 때 팽팽 놀면서도 전교 1등을 쓸어가던 특출난 영재가 보이는 재능처럼 여유롭게 느껴졌다. 그런데 그 아름다움이, 왠지 이탈리아에 여행 갔을 때 본 대리석 조각에서 느껴지는 아름다움 같았다.

왜 생생한 열정이 느껴지지 않을까? 왜 만지고 싶지 않지?

"괜찮아?"

소정이 다시 입을 열었다.

"응, 괜찮아. 하, 하, 하."

"야, 그 웃음 좀 무섭다."

"그러게, 처음이라, 나도, 다시, 나아지는, 수, 있대, 다친 부분을, 전자뇌로, 바꾼대. 옛날보다, 더, 잘, 움직일 수, 있을지도, 모른대."

"다행이다… 그럼 수술하고 재활 끝나면, 너도 나랑 같이 필라테스 다니자."

소정은 이불 안에 파묻혀 있던 내 오른손을 꽉 잡았다. 손에 힘이 들어가지 않았지만, 유독 따뜻한 체온이 찌르르 내 팔을 타고 올라왔다. 하지만 여전히, 나는 당황스러웠고, 그래서, 소정에게 말했다.

"그런데, 있잖아."

"응?"

"운동 쪽, 신경만, 망가졌다고, 했는데, 나, 있잖아."

소정은 내 오른손을 잡고 나를 지켜보고 있었다. 쨍한 빛 몇 줄기가 소정의 눈망울에서 퉁퉁 뛰었다. 음성 합성기에서 이제 슬슬 익숙해지는 목소리가 흘러나왔다. 내 마음을 알릴 때 느끼는 그 긴장감 또한 없었다.

"나, 원래, 이렇게, 못 움직이면, 되게, 무서워해야, 하는 것, 아닌가? 모르겠어, 나 지금, 너무, 이상할 정도로, 평온하다. 왜 그렇지? 나, 아무 기분이, 안 느껴져, 그래서, 그게 무서운데, 또 무서운 게, 가슴이 막, 가라앉고, 이러거나, 하지 않아. 그게, 너무, 그게 너무 나는, 지금, 당황스럽고, 황당하고, 근데 그게 또, 느껴지지 않고, 그래야 하는 것 같은데, 나, 감정이, 없어진 거 아니야? 진짜, 왜, 나는….”

내 머리에 쓴 뚜껑은 파도처럼 쏟아지는 내 생각의 흐름을 따라잡지 못했다. 아무 채널도 없는 라디오 주파수를 잡은 마냥 합성기가 지지직거리는 소리를 냈다. 소정은 잠시 내 손을 놓았다가, 내 뺨에 입을 맞췄다. 따뜻했다.

“괜찮아질 거야. 그건 좀 이따가 의사 선생님 오면 물어보자.”

＊

“그러니까 흔히 우리 뇌가 이성과 감정을 관장한다고들 말하잖아요.”

“그렇죠.”

내가 추임새를 하자 이예슬이 말을 이었다.

“근데 의사가 그러더라고요. 뇌에서 운동을 관장하는 부분이 망가지면서, 자율신경계에 운동 신호를 보내지 못하게 되었다고요.”

“네, 네? 잠시만요.”

나는 급히 노트북에다 ‘자율신경’이라는 키워드를 물어보았다. ‘자율신경은 호흡, 순환, 대사, 체온, 소화, 분비, 생식 등 생명 활동의 기본이 되는 기능의 항상성을 유지하는 데 중요한 역할을 한다…’ 뭔가 고등학교 때 들어본 것 같기도 했는데, 그러자니 또 그 어두컴컴한 속을 들여다보고 싶지는 않은 기분이었다. 누가 뭔가를 알고 있다면 초짜한테도 쉽게 설명할 수 있어야 한다고 말하지 않았나. 왜 이렇게 어려운 설명들뿐이야.

"히히, 고등학교 때 배우는 건 맞는데, 다들 잊어먹곤 하죠. 저도 그랬어요."

이예슬은 장난스러운 웃음소리를 내고는 설명을 이었다.

"기자님은 심장을 마음대로 뛰게 할 수 있어요? 그러니까, 자기 마음대로 맥박 수를 늘리거나 할 수 있을까요?"

"어, 아니요. 그게 됐으면 부정맥으로 군대를 안 갔겠죠."

나는 곧바로 이 어처구니없는 헛소리를 후회했다. 이예슬은 아무런 반응도 보이지 않아 내가 느끼는 회한을 더욱 크게 만들었다.

"자율신경계가 그런 걸 조절한다고 하거든요. 더울 때 땀 나고, 무서울 때 심장 뛰고, 먹을 때 침 흐르고, 삼키면 소화하고, 이런 건 우리가 의식적으로 어찌할 수 있는 게 아니잖아요. 그냥 그렇게 되는 거지."

그 이야기를 하고 이예슬은 잠시 말을 멈췄다. 어떤 질문을 기다리는 것 같아서, 나는 당장 떠오르는 의문 하나를 던졌다.

"저, 그런데, 지금 얘기하시는 거 보면 감정이 사라진 게 가장 중요한 문제인 거 같거든요. 그런데 그렇게 자율신경계가 감정이랑 관련이 있는 건가요?"

내가 그 말을 끝마치자마자 이예슬은 손가락을 튕기는 딱 소리를 내더니 말했다.

"바로 그거죠."

이예슬은 휠체어를 테이블 쪽으로 살짝 당겼다. 저 음성 합성기는 대체 어떻게 작동하는 것인지… 직접 커스터마이징한 건가? 이예슬은 그 질문을 기다리고 있었던 것 같았다.

"그거 아시잖아요. 무서우면 심장이 뛰고, 슬프면 눈물이 나고, 무서우면 소름이 돋고. 이런 거 의식적으로 할 수 있는 거 아니잖아요. 근데 그게 감정이랑 엄청 연결되어 있는 거 같지 않아요? 아무리 무서운 영화를 봐도 심장이 안 뛰면 공포를 느끼는 걸까요? 짝사랑하는 사람을 만날 때 그 가슴을 억누르는 답답하고 울고 싶은 느낌이 느껴지지 않으면 그게 사랑일까요?"

이예슬은 질문을 마구 던지기 시작했다. 바라는 답은 정해져 있는 것 같았다.

"아무래도… 안 그렇겠죠?"

"그러니까요. 의사 선생님이 그렇게 말씀하시더라고요. 감정은 진짜 머리만으로 느끼는 게 아니라고요."

휠체어에 달린 스피커에서 나오는 목소리가 갈수록 빨라졌다.

"그러니까 보통, 우리가 무서운 걸 보면, 그 무서운 걸 보면 무섭기 때문에 소름이 돋고 가슴이 철렁 내려앉는다고, 사랑하는 사람을 보면, 그 아름다운 얼굴을 보기 때문에 심장이 뛴다고, 그렇게 생각하잖아요. 근데 그게 아니라는 거예요."

"그렇다면…?"

"그러니까 신체의 반응이 먼저라는 거죠. 뇌가 무섭고 설렌다고 생각해서 심장이 뛰는 게 아니라, 어떤 상황에 놓이면 먼저 심장이 뛰고, 그걸 사람의 뇌가 해석하는 거라는 거예요. '어, 내 심장이 뛰네, 왜 뛰지? 아, 내 앞에 내 애인이 있구나. 그래서 설레는 거구나.' 하고 설레는 감정을 느끼는 거죠. 좋아하는 사람 있으면 같이 무서운 영화를 보라고 하잖아요? 심장이 쿵쿵 뛰는 걸 옆에 있는 사람을 좋아하는 거라고 착각하니까."

나는 몸을 바짝 앞으로 당기고 경청했다.

"그래서 자율신경계가 고장 나면…."

"그렇죠, 의사 선생님이 그러시더라고요. 갑자기 감정이 날아간 게, 다른 게 아니라 운동 피질이 타버리면서 자율신경계 신호까지 망가져서 생긴 문제라고요. 그것도 운동 피질을 전자뇌로 바꾸면 다 낫는다고. 저 같은 증상 겪는 사람이 몇몇 있었다더라고요. 하하, 그래도 극소수인지 의사 선생님이 제 케이스로 논문 좋은 데 쓰셨다는데."

"그럼, 지금 감정이…."

"전자뇌를 이식하면, 다 괜찮아진다고 했죠."

나는 내 노트북으로 눈길을 돌렸다. 내가 설치한 전자뇌는 알아서 일을 잘 처리하고 있었다. 의심 없이.

✳

나는 전신 마취를 하지 않고, 머리 쪽의 통증만 차단한 상태에서 전자뇌 이식 수술을 받았다. 전자뇌의 동기화 과정에서 내피드백이 꼭 필요하기 때문이었다.

두개골을 딸 때 고통은 없었지만, 소름 끼치는 진동이 느껴졌고 톱으로 해골을 가르는 끔찍한 소리를 들었다. 실제로 소름이 끼치지는 않았지만 말이다. 눈이 천으로 덮여서 아무것도 볼 수 없었지만, 소리는 들렸다. 뚜 뚜 뚜 하면서 내 심장 박동을 알리는 소리가 가장 크게 들렸고, 의사와 간호사들이 가끔 서로 알 수 없는 말을 주고받았다. 가끔 수술 중인 의사 한 명이 말을 걸기도 했다.

"다 잘 진행되고 있어요. 걱정하지 마세요."

나는 대답을 할 수도 없었고, 그렇다고 별로 걱정이 되지도 않는 상황이었다. 머릿속에 여러 생각이 스쳐 지나갔지만 아무것도 내 심장의 방아쇠를 당기지 않았으니까. 이 꼴이 된 이후로 나는 항상 평온하고 지루했다.

그 지루한 시간이 1시간쯤 지났을까, 어느 의사가 말을 걸었다.

"지금 전자뇌가 환자분 다치신 쪽에 설치됐거든요. 오른손에 힘 한번 줘보세요."

나는. 오른손을. 한 번. 꽉 쥐었다. 몸에 힘을 주는 느낌, 근육을 수축하고 이완하는 벌써 생경해진 감각이 온몸을 휩쓸고 지나갔다. 나는 나도 모르게 입을 벌렸다.

"읍, 에벨, 유블 브렐렙?"

이상한 소리밖에 낼 수 없었지만, 음성 합성기의 지지직거리는 소리만 듣다가 진짜 내 목소리를 들으니, 기뻤다. 정말 기뻤다. 나는 심장이 두근거리는 것을 느꼈다. 이렇게 빨리?

"아, 됐다. 신호도 다 제대로 나오네. 아직은 동기화가 완전하지는 않지만… 신기하죠? 며칠만 있으면 예전처럼 말도 잘하고 훨씬 다 좋아지실 겁니다."

나는 심장이 뛰고 몸에 힘이 돌아오는, 항상 나와 함께했지만 잠시 떠나 있었던 이 생경한 감각이 너무나 놀라워서 속박되지 않은 몸에다 자꾸 힘을 주었다 뺐다. 지금 당장에라도 일어나서 의사들 모두를 붙잡고 입이라도 맞추고 싶은 심정이었다.

수술 효과는 지나치게 극적이었다. 재활은 재활이라고 하기도 민망할 정도로 빠르게 진전되었다. 본래 안드로이드나 고급 인공지능에 사용되는 전자뇌는 단순히 내 뇌의 신호를 받아들이고 전달하는 허브 역할을 하는 것뿐만 아니라, 능동적으로 필요한 신경 세포를 선택하고 영양물질을 공급하여 그 성장과 회복을 비약적으로 가속한다고 했다.

수술이 끝나고 하루 뒤부터 나는 기계체조라도 할 수 있을 듯한 느낌이었다. 머리를 절개하는 수술을 했으니 당분간은 누워 있어야 했지만, 그래도 소정이 휴학계를 내고 계속 내 옆에 함께 있어주었기 때문에 심심할 일은 없었다.

소정의 얼굴과 그 맵시를 바라볼 때마다 느껴지는 흐뭇하고 두근거리는 기쁨이 다시 돌아온 것이 제일 기뻤다. 소정과 함께 내 증상과 바깥 이야기를 하면 시간이 가는 줄을 몰랐다.

"나는 지금까지 뇌가 모든 정신적 활동의 핵심이라고 생각했거든. 근데 심장이 안 뛰고 소름이 안 돋고 땀이 안 나면 감정도 비어버린다는 게 진짜 신기하다."

소정은 내 얼굴을 바라보다가, 그게 정말 인상적이었는지 틈만 나면 이 얘기를 하곤 했다. 나는 그럴 때마다 이런저런 대답을 하다가 어떤 말을 하면 소정의 반응이 제일 좋은지 깨달았다.

"그래도, 수술 전에도 네가 멋있는 건 확실하게 느껴지더라."

흐흐. 재밌는 때였다. 며칠 가지는 못 했지만.

쓰러진 후 몇 주 동안 또 2047년의 세상은 뭐가 그리 바쁜지 급히도 바뀌어 있었다. 내가 쓰러지기 전까지만 해도 분명히 서울의 마지막 남은 그린벨트 몇 뙈기에다 아파트를 지어서 집값을 잡아야 하나 말아야 하나가 가장 큰 문제였던 것 같은데 말이다. 이제 사람들은 최신형 안드로이드에 대한 강력한 규제 없이는 고용 개혁도 없다는 이야기에 매달리고 있었다.

내가 쓰러진 새에 웬 최신형 안드로이드가 발표되었다고 했다. 공장에서 6개월이면 조립할 수 있는 기계 인간이었다. 독창성보다는 생산성에 주목하는 한국의 한 기업에서 안드로이드를 엄청나게 빠른 속도로 꽝꽝 찍어내는 방법을 마침내 찾아낸 것이었다. 5개월이면 인간의 신체와 겉보기에는 전혀 차이가 없는 껍질이 만들어지고, 또 남은 1개월이면 그 내부의 전자뇌에 용도에 맞게 적합한 지식을 입력해 넣을 수 있다고 했다. 원래는 하나당 5년 정도 걸리는 공정이었다.

가장 낙관적인 사람이 보아도 이 안드로이드들은 노동 시장에 떨어진 거대한 운석이었다. 대기업 회사원의 1년 치 연봉만 지급하면, 한 분야에 대한 전문 지식을 가지고, 전혀 지치지 않고 일할 수 있으며, 또 인간적인 융통성을 가진 최신형 안드로이드를 사무실이나 작업장에 배치할 수 있었다. 대부분의 사람들이 죄다 공룡의 운명을 따라갈 판국이었다.

안드로이드들에 대한 사람들의 반감과 위기감은 실로 놀라워서, 그동안 있던 사회의 수많은 갈등을 단번에 봉합할 수 있을 정도였다. 가짜 인간들에게 그 어떤 권리도 줄 수 없으며, 그 어떤 일자리도 줄 수 없다는 집회가 자주 열렸다.

나도 꽤 공감하는 바였지만, 소정은 생각이 좀 달랐다.

"사람이랑 똑같이 말하고 행동할 수 있다면 그것도 사람인 거지. 사람들은 사람이라는 칭호에 너무 큰 무게감을 두는 것 같아."

병실에 갇혀 안드로이드 반대 시위 생중계 현장을 TV로 함께 보면서, 소정은 그렇게 말했다. 당시의 나로서는 받아들이기 힘들었다.

"아니지, 그래도. 똑같이 말하고 행동하더라도, 쟤들 머릿속에 든 게 우리 생각이랑 감정과 같은 거라고 확신할 수 없잖아."

"하지만 그러면 사람들이 느끼는 건 어떻게 다 같을 거라고 확신할 수 있어? 그렇지 않잖아."

소정이 항변하자 나는 인상을 살짝 찌푸렸다. TV에서 불타는 전자뇌의 그림이 보였다.

"그래도 사람은 다들 생물학적 존재니까. 적어도 존중하려면 최소한의 공통점은 가져야 해."

"사람들끼리 느끼는 감정이 같을까? 내가 느끼는 슬픔과 네가 느끼는 슬픔이 서로 완전히 똑같은 경험일까? 모르잖아. 그래도 어쨌든 겉으로 보면 비슷하거나 거의 같으니까, 같은 셈 치고 서로 인간이라 공유하는 거 아니야?"

"그래도 나는 나랑 더 비슷한 사람들에게 마음이 가. 안드로이드는 공장에서 얼마든지 찍어낼 수 있잖아. 다 큰 채로, 똑같은 지식을 가지고. 하지만 실업자 한 명 한 명들은 전부 다 자기 역사가 있고, 뭐라도 돼보려고 노력했고 눈물 흘렸던 사람들이야. 그 사람들을 동정하는 게 뭐가 잘못된 건지 나는 모르겠네."

"사람들을 무시하자는 말이 아니야. 저 안드로이드들도 일단 만들어지고 난 다음부터 자기 자신만의 경험과 역사를 쌓아가는 건 우리와 똑같아. 굳이 저렇게 그들을 배척할 필요는 없잖아? 사람이나 다름없는 존재를 찍을 수 있다고 찍어놓고 보는 사람들이야말로 책임이 있는 거 아니야?"

그렇게 책임의 근원의 근원을 따라가면 세상에 탓할 수 있는 사람은 아무도 없지…. 나는 가벼운 한숨을 쉬고는, 소정의 얼굴을 바라보고 답했다.

"그래, 우리 이 얘기는 그만하자."

그날은 그렇게 넘어갔지만, 그 이야기는 절대 거기서 끝난 것이 아니었다. 어떻게 그러겠는가. 서로 의견이 배치되는 것을 서로 확인했는데 말이다. 그 주제를 입에 올리지 않는다고 해서 그 균열을 스스로 치유가 되나? 나는 심지어 '반(反)안드로이드 시민협의회' 같은 단체의 명부에 이름을 올리기도 했는걸.

어쨌든 정말로 수많은 사람들이 위기감을 느꼈기 때문에 안드로이드 산업에는 굉장히 빡빡한 규제가 가해졌다. 생산라인에서 뽑혀 나온 안드로이드들은 심각한 혐오업무나 위험업무에만 배치되었다. 특히 옛 38선 근처의 개발 사업이 가속화되면서, 비무장지대의 수많은 지뢰와 불발탄을 제거하는 데에 안드로이드들이 많이 사용되었다.

가끔씩 소정은 안드로이드들의 끔찍한 노동 환경을 내게 보여주었다. 지뢰를 밟거나 불발탄이 폭발해서, 산산조각이 난 안드로이드들의 모습을 보여주기도 했다. 그 껍질은 사람의 것과 지나칠 정도로 유사했다. 아니 같았다. 그래서 더 불쾌하고 역한 모습이었지만, 안타깝지는 않았다. 저러려고 만든 존재들 아닌가.

소정은 안드로이드들의 권리 운동에 진지하게 나서는 사람이었고, 나는 그 모습이 못마땅했다. 전혀 이해할 수 없었다. 인간이 아닌 기계들이 하수처리장에서 쓰레기를 건져내다 오수에 휩쓸려 작동이 정지된다 해도, 거기에 무슨 비극이 있나.

나는 지금 당장 퇴원해 학교에 다니면서 다시 일자리를 찾을 것이 무서웠다. 동기들 중에는 이미 당당히 큰 기업에 합격해 경력을 쌓아나가는 아이들이 있었다. 난 그들에게 뒤처져 평생 말도 안 되는 월급을 받으며, 조롱당하고 모멸을 곱씹으면서 살아가는 것이 훨씬 두려웠다. 심지어 입원한 시간 동안 자기계발을 하지 않은 것이 안타까웠다.

안드로이드들은 내가 반드시 통과해야 할 좁은 문을 더 좁게 만드는 악한 존재들이었다. 소정에게는 알리지 않았지만, 기존의 안드로이드들을 폐기하는 운동 따위에도 참여하곤 했다. 내 행동, 인터넷 북마크, 그리고 함께 어울리는 사람들을 보면서 소정도 대충 눈치를 챘던 것 같았지만.

두 사람이 서로 좋아하는 것이 다르면 사랑할 수 있다. 하지만 두 사람이 서로 증오하는 것이 다르면 사랑하기 어렵다. 관계의 균열은 더 이상 봉합할 수 없을 정도로 벌어졌고, 우리의 관계는 오직 관성으로만 굴러가고 있었다. 그리고 우리 둘 다 아무런 노력도 하지 않았다. 어느새 나는 소정을 수저 잘 물고 태어나서 고결한 척할 수 있는 위선자라고 생각했다.

사실, 따지고 보면 그런 의견의 차이를 딛고 열렬히 사랑할 만큼 오래된 관계도 아니었다. 그러다가 머리의 상처가 낫고, 퇴원할 때가 다가왔다. 재활은 이미 오래전부터 문제가 아니었다.

퇴원 수속을 밟고 나서 병원 출입구를 나설 때 소정이 내 눈에 들어왔다. 볼륨을 준 단발을 한 소정이 나를 바라보고 있었다. 나는 앞으로 다가가 소정을 올려다보았다. 그때 우리 관계가 막바지에 다다랐다는 것을 내심 직감했다. 먼저 인사했다.

"안녕."

"응, 안녕."

소정은 달려와서 날 꼭 안고, 나를 풀어준 다음에, 나를 내려다보며 내 양 팔뚝을 꼭 잡았다. 나는 그동안 멍하니 서 있었다.

"퇴원 축하해. 건강해져서 다행이다."

나는 소정의 그 아름다운 얼굴을 올려다보았다. 마음이야 어쨌건 아름다움은 그대로였다. 문득 나는 쓰러지고 나서 처음 소정의 얼굴을 보았을 때가 생각났다. 참 예쁘다, 그런데 왜 가슴이 뛰지 않을까 하고 궁금했던 그 순간이.

"고마워. 그동안. 내가 나쁘게 굴었지?"

내가 그렇게 말하자 소정이 빙그레 웃었다. 나는 갑자기 안드로이드고 뭐고 그 아름다운 눈웃음을 내가 포기해도 되나 하는 생각이 들었다. 입원한 내내 찾아오고, 퇴원할 때까지 까먹지 않고 나를 찾아온 것이 갑자기 마음속에 계속 스쳤다. 부모님보다 훨씬 더 자주 온 사람한테 내가?

"생각이 다를 수도 있지. 그래도 네가 아플 때 옆에서 도와줄 수 있었던 게 다행이야. 그때는 참 좋았는걸."

"그럼….."

나는 문득 새로운 희망을 얘기해보려고 했지만, 소정이 말을 끊었다.

"아니, 미안. 나 오랫동안 외국에 가 있으려고."

"어디로?"

"오스트레일리아. 거기서 전자뇌 권리 운동을 많이 하고 있거든."

"하지만….."

나는 할 말을 찾지 못했다. 가슴이 아플 정도로 뛰었다. 이를 앙다물었다.

"예슬아, 나는 네가 하나만 잊지 않아줬으면 좋겠어."

"뭔데?"

"네가 지금 나 때문에 울고 하는 것도 전자뇌 덕에 느끼는 거잖아. 그거 안드로이드들이 쓰는 거랑 같은 거야."

✻

"저도 모르는 건 아니었는데, 일부러 잊고 있는 편에 가까웠죠. 굳이 그렇게 정체성의 혼란을 주려고 노력해야 했나. 지금 생각해보면 좀 개도 나쁘게 군 것 아니었나 싶기도 하고, 뭐 둘 다 어렸을 때니까."

나는 이예슬의 표정을 유심하게 관찰했다. 이예슬의 표정은 처음 만났을 때부터 지금까지 완전히 똑같은, 위화감이 드는 무표정이었다. 나는 이예슬의 눈에 눈물이 맺혀 있지 않나 자세히 쳐다보았는데, 최소한의 감정의 기미도 없었다. 조금 오싹했다는 것을 부정할 수가 없다.

"일부러 잊고 계셨다고요."

"제가 미워하고 없어졌으면 한다는 게 본질은 같다는 거니까요. 사실 그렇게까지는 생각을 안 했어요. 제게 전자뇌는 보조에 지나지 않았다고 보았죠. 그래도 걔가 그러니까 찝찝했어요. 퇴원하자마자, 일단 죽자사자 술을 마셨죠. 한 2주 동안 매일 술만 마신 것 같은데… 근데 그때 딱 느껴지더라고요."

"느껴진 것이?"

딱히 새로운 질문을 던지지 않아도 이예슬은 이야기를 충실히 잘 전개하는 좋은 화자였다. 어쩌면 입으로 말을 하는 것이 아니라, 생각으로 말을 합성하기 때문에 말에 혼란이 없는 걸지도 모른다. 어쨌든 나는 적당히 맞장구를 치면서 이야기에 집중했다.

"뇌 수술을 받기 전이랑 술을 마셨을 때 느껴지는 게 다르더라고요. 일단 잘 안 취하고, 취해도 막 걸음이 오락가락하거나 그런 것도 없고. 훨씬 빠르게 깨고. 행동도 빠릿빠릿하고 날렵하게 변하고."

"그게 운동 피질을 대체한 전자뇌 때문이었을까요?"

"네, 이게 완전히 동기화가 된 이후로는 몸을 움직이는 게 훨

썬 더 잘 되더라고요. 막 근력이 늘어나고 그런 건 당연히 아닌데, 반사신경이 엄청 늘어나고, 재빨라지고, 막 세밀한 행동도 아주 쉽게 할 수 있고 그랬어요."

그럴 수 있다. 나는 전자뇌를 장착한 안드로이드들이 사실 신체적으로도 이미 인간 몇 배의 능력을 낼 수 있지만, 안드로이드를 생산하는 기업들이 안드로이드들에 대한 이미지를 고려해서 제한선을 두고 있다는 이야기를 들은 적이 있다. 산업부 기자들에게서 도는 찌라시에 불과하지만, 이예슬이 이야기하니 설득력이 있었다.

"그래서 잊어보려고 이런저런 운동도 했죠. 소정이가 같이 하자고 했던 필라테스도 했고, PT도 받아보고, 요가도 해보고, 발레도, 킥복싱도 해봤어요. 뭘 해도 다 잘 되더라고요. 격투기도 꽤 많이 했는데, 막 몇 달 만에 진짜 인간 흉기가 됐다니까요. 지금 제 모습을 보시면 확실히 좀 연상이 안 되긴 하겠네요."

"어, 아, 네, 어. 흠."

나는 이예슬이 한 말에 웃어야 할지, 울어야 할지, 무슨 반응을 해야 할지 도통 감을 잡을 수 없었다. 그때 스피커에서 웃음소리가 흘러나왔다.

"히히, 이렇게 사람들이 당황하는 거 보면 재미있더라고요. 악취미긴 한데."

고개를 끄덕일 뻔했다. 나는 경직된 목을 좀 매만졌다.

"하여튼, 그래서 스트레스는 계속 받고, 학교로 돌아가기까지는 좀 시간이 남았고 해서 하루에 10시간씩 운동하고 했던 때였죠. 지금 생각해보면 어떻게 하루에 10시간을 운동만 하면서 보냈나 싶어요. 트레이너도 그렇게 하면 몸에 안 좋다고 막 만류하는데, 그냥 너무 움직이고 싶더라고요. 근데 그때가… 그때가 2047년 10월이네요. 그때, 아시죠?"

내가 짬이 몇 년인 기자인데 모를 리가 있나, 그때 나도 많이 굴렀지. 이제야 나는 고개를 마음껏 끄덕일 수 있었다.

"당연하죠."

✳

비무장지대에서 안드로이드들이 소요 사태를 벌였다는 소식을 들었을 때, 나는 한참 스쿼트를 치고 있었다. 내 몸에 최대한 집중했기 때문에, TV에서 흐르는 소리를 제대로 듣지 못했다. 그때 누가 내 이름을 부르더니 말했다. 그제야 정신이 들었다.

"예슬 씨, 저것 봐요."

그 사람은 TV를 가리키고 있었다. 푸른 숲이 화면에 잠시 떠오르더니, 카메라 쪽으로 뭔가 날아왔다. 굉음이 잠시 울리다 화면이 멎었다.

"저게 뭔데요?"

"안드로이드들이 비무장지대에서 무기를 만들어서 반란을 일으켰다잖아."

"반란이라고요?"

"네, 저거 헬기가 미사일 맞고 떨어지는 거잖아요."

"뭐라구요?"

나는 바닥에 주저앉아서 휴대폰을 켰다. 인터넷을 돌아다녀 보니 난리였다. 안드로이드들이 반란을 일으켜 도시를 쑥대밭으로 만들거나 한 건 아니었지만, 비무장지대 근처에 온갖 안드로이드들이 몰려서 무력시위를 벌이는 듯했다. 국방부에서는 다급히 안드로이드들을 막으려고 근처 부대들을 급파했다고 하는데… 현충원 입주자들만 늘고 있는 상황이었다.

안드로이드들은 인간으로서의 권리를 요구했다. 모두가 고개를 절레절레 젓는 요구였지만, 그들의 무력은 막강했다. 그들은 먹지도, 자지도 않았고 고통도 몰랐다. 인간보다 훨씬 뛰어난 신체능력을 갖추고 있었고, 총알 한두 발을 맞는다고 전투불능 상태에 빠지지도 않았다. 전자뇌 코어만 파괴되지 않으면, 몸의 한 부분이 파괴되어도 모듈만 교환하면 되었다.

통일 전에야 비무장지대 쪽에 엄청난 수의 군부대가 있었지만, 이 지역이 통일 후에 후방이 되어버렸다는 것도 문제였다.

서울은 비무장지대로부터 60킬로미터 떨어져 있다. 안드로이드들이 서울로 진군을 하지는 않았고, 그럴 의사도 표시하지 않았지만 공포는 원래 비이성적이다. 도시의 수많은 나쁘고 더러운 것들을 다른 지방으로 아웃소싱하던 서울 시민들은 그 거리적 이점 탓에 안드로이드 군단의 (가상의) 불벼락에 놓이게 되었다. 많은 사람들이 예전 민방위 훈련의 흐릿한 기억을 되살려 황급히 지하철로 도망쳤다.

어디에 있었는지, 처음 보는 사이렌들이 많이 울렸다. 빨간 사이렌을 단 트럭들이 오가면서 대피소로 들어가 있으라는 말을 했다. 나는 밖의 혼란스러운 광경을 보면서 출입구로 천천히 걸어 나와, 바깥 광경을 보았다.

거리에 나와보니 많은 사람들이 대피소로 빠르게 도망치고 있었다. 사람들의 표정에 큰 공포가 어려 있었다. 가끔 저 먼 데에서 폭음이 들려오기도 했다. 야, 진짜 근현대사에서 남한과 북한도 일정 시기 이후로 전면전은 안 했는데 이렇게 이상한 데서 내전이 터지는구나. 그나저나 비무장지대에 있던 안드로이드들이 무기는 대체 어디서 구한 걸까? 나는 계단에 걸터앉았다.

"뭐해요, 아가씨? 얼른 대피소로 가요!"

어떤 사람이 뛰어가면서 나한테 그런 말을 던졌다. 오지랖이람. 아가씨라는 호칭을 들으니 왠지 오기가 차올랐다. 이깟 폭죽놀이… 나는 오스트레일리아에 있을 소정 생각이 났다. 거기서 안드로이드들 때문에 전쟁 났다는 이야기를 들으면 무슨 생각을 할까? 후회하겠지?

나는 사람들의 급류를 반대로 헤쳐나갔다. 높은 건물에 올라가서 전투를 보고 싶었다. 적당히 높은 아파트로 가면 잘 보이지 않을까? 가만, 그러고 보니 몇 년 전에 도봉구를 개발해서 청년들이 모이는 허브 어쩌고로 만든다 하면서 지었던, 높이와 공실률이 모두 무지하게 높은 빌딩이 생각났다.

나는 중간에 군인들이 나를 제지하지 않을까 걱정했다. 그래서 일부러 대로를 통하지 않고 웬만하면 작은 도로 쪽으로, 가능하면 골목을 택해서 뛰었다. 시간이 꽤 걸렸다. 가끔 정말로 재수 없는 군인들이 탄 트럭이 북쪽으로 가는 것을 볼 수 있었다.

지도 앱에 있는 내 위치가 업데이트될 때마다 북쪽에서 들리는 폭음이 조금씩 더 커져서 전율이 흘렀다.

저녁 시간이 되자 도봉구로 건너올 수 있었다. 높이와 공실률이 압도적으로 높은 그 빌딩은 스마트폰으로 찾을 필요도 없었다. 쌍문역쯤에 서자, 도봉구청 옆에 있다는 그 거대하고 속이 비어 있는 건물이 아주 잘 보였다. 나는 군인들이 없는지 확인한 다음에 대로를 엿보았다. 사람들이 다 지하철로 숨어들었는지 거리는 텅 비어 있었다. 후방에 있는 군인들은 죄다 전쟁터로 끌려간 것 같았다.

소정과 헤어지고 난 뒤에 처음으로, 오랜만에 살아 있는 기분을 느꼈다. 운동으로 잊으려고 노력했던 공허함이 어느새 저 멀리 사라졌다. 강소정, 이 바보 년아. 어떻게 공장에서 찍어낸 것들이랑 우리랑 같냐. 안드로이드들이 총탄에 파괴돼서, 그 생명 없는 신체가 산산이 조각나는 꼴이 보고 싶었다. 같은 전자뇌를 쓴다고 해도 그들과 내가 다르다는 것을 내 눈으로 분명히 확인해야 했다.

구청 옆의 옆에 있는 커다란 건물을 보면서 나는 숨을 돌렸다. 하도 격하게 뛰어서 기침을 하니 입에서 피 맛이 났다. 그래도 운동으로 단련하지 않았으면 평소엔 꿈도 못 꿀 정도로 오래, 빠르게 달렸다. 나는 지친 채로 잠시 바닥에 앉았다가, 그 웃긴 청년 허브 빌딩으로 한 걸음 한 걸음씩 발을 옮겼다.

빌딩의 출입구는 열려 있었다. 개미 새끼 한 마리도 없었다. 도봉구 재개발, 청년 허브 어쩌고 하면서 지어진 이 건물은 과도

하게 공허한 면이 있었다. 이번엔 폭음이 가까운 데서 크게 들렸다. 나는 엘리베이터를 타고 무작정 빌딩의 가장 꼭대기까지 올라갔다. 옥상 문은 열려 있었다.

옥상으로 올라 북쪽을 바라보았다. 아무것도 보이지 않았지만, 폭음이, 지상이 조금씩 울리는 느낌이 들었다. 아주 가끔 여러 색깔이 하늘 저편에서 맞부딪혔다. 의정부 너머인가? 맥주라도 하나 가져왔더라면 좋았을걸.

휴대폰으로 뉴스를 보았다. 안드로이드는 3만 기 정도밖에 없다고 했다. 몇몇 기자들이 전선에 직접 나가서 직접 그 꼴을 찍고 있는 듯했다.

나는 옥상에서 괜히 "한국군 화이팅! 한국군 이겨라! 안드로이드 개새끼들 다 죽여버려!"라고 허공에 소리치기도 했다. 싸움판의 경계에 있던 국군은 그걸 들었으려나. 어쨌든 그 놀음도 한 20분쯤 지나자 슬슬 질리기 시작했다.

좀 더 가까이서 보고 싶었다. 가까이서. 그곳으로 다가가고 싶었다. 무섭지는 않았다. 굉장히 먼 거리였으니까. 나는 뛰어내려가기 전에 난간에 기대 옥상 밑을 바라보았다.

그때 나는 꽤 멀지만 걸어서 닿을 수 있는 곳에서, 한 사람을 보았다. 나는 55층 위에 서 있었고, 평소라면 결코 볼 수 없을 정도로 먼 거리였지만, 어색할 정도로 정적인 거리와 그 위에 흩뿌려진 드문드문한 빛, 그리고 전자뇌의 수정체 조절 기능으로 나는 꾸물거리는 사람을 인식할 수 있었다.

아니 저게 뭐 하는 사람이지? 지금 한창 북쪽에서 군사 작전이 진행 중인데 거리를 걸어 다니네? 물론 내가 할 말은 아니지만, 뭐 하는 사람일까? 나는 그 사람을 지켜보았다. 위에서 보니 그 사람은 어디를 부여잡고 터덜터덜 걸어가는 것 같기도 했다. 그러다가 그 사람은 도로 위에 주저앉았다.

나는 급히 옥상에서 내려와 엘리베이터에 탔다.

✳

"자⋯."

정적.

"여기서부턴 국가 기밀이에요. 편집하시든가, 적당히 꾸며 내시든가. 흥미가 있으면 더 조사해보시든가. 기자님 원하는 대로 하세요."

"네?"

나는 당황했다. 이 사람이 지금 무슨 말을 하는 거지? 아니 애초에 내전이 났는데 도망치지도 않고 그걸 구경하고 있었다고? 이거 뭐 하는 사람이야?

"기밀이라구요. 특급 기밀일걸요, 아마. 영화에서는 이런 거 내도 막 사람들이 보호해주고 하던데, 그게 그렇게 잘 될지는 모르겠네요."

"어, 그럼 예슬 씨도 기밀을 말씀하시면 그게 죄가⋯."

"저야 상관없죠. 이미 저는 제 속에 갇혀 있는데 무슨 감옥이 더 무섭겠어요."

나는 그냥 기인 한 명 취재해서 적당히 인터뷰 기사 하나 낼 생각이었는데, 이게 무슨 일이지? 나는 고개를 끄덕였다.

"말씀하세요."

뭐 사실 별 대단할 거 같지는 않지만 자기 딴에는 대단하다고 여기는 거겠지. 많은 사람들이 자신은 다른 사람들보다 특별하다는 착각을 하고, 자기가 가지고 있는 별거 아닌 정보도 크게 특별하다고 착각하지 않는가.

✳

55층이나 되는 빌딩에는 커다란 고속 엘리베이터가 설치되어 있었다. 빠른 속도로 나는 지상으로 내려왔다. 귀가 약간 멍해졌다. 나는 출입구로 나온 다음에 거리에 침을 한 번 뱉고, 휴대폰을 보면서 그 사람이 주저앉았던 거리가 어디쯤일지 짐작했다. 나는 그곳으로 조금씩 빠르게 걸었다.

전쟁통에 빌딩 옥상으로 올라가서 관람이나 하는 나도 다른 사람이 보면 어처구니없는 바보지만, 대로에서 대놓고 걸어 다니는 사람은 또 뭘까. 길 가다 무슨 파편이나 맞으려면 어떡하려고. 빌딩을 나와서 북쪽으로 한 걸음씩 걷는데, 누군가가 크게 외치는 소리가 들렸다.

"이봐요! 아무도 없어요?"

나는 목소리가 들리는 쪽으로 다시 달리기 시작하며 외쳤다.

"여기요!"

"도와주세요! 다쳤어요!"

목소리에 반가운 기색이 진하게 묻어났다. 아무런 의료장비도 없는 꼴을 보면 꽤 실망할 텐데. 아마도 내가 군인인줄 알겠지. CPR 빼고는 응급 처치법도 모르는걸. 흠, CPR이 필요할 정도의 상태가 되는 걸 바라지는 않겠지?

그래도 다쳤다니 일단 뛰어갔다. 곧, 거리의 이리저리 멈춰 있는 차들 사이에 앉아 있는 한 남자가 보였다. 그는 자동차 한 대에 기댄 채로 있었다. 정강이에서 피를 질질 흘리고 있었는데, 어쩌다 다쳤는지는 몰라도 치명적인 상처는 아닌 것 같았다. 그가 걸어온 뒤쪽을 보니 도로에 조금씩 피를 흘린 자국이 있었다. 나는 그에게 빨리 다가갔다.

가까이 다가가니 그는 끙끙대면서 나를 바라보았다. 구레나룻이 약간 희끗희끗하고 다부진 체격을 가진 남자였다. 나는 캐물었다.

"아니, 대피소로 도망쳐야죠. 지금 여기서 뭐 하세요?"

"아니, 아니… 그게 아니라 제가 경기도 쪽에서 빠져나온 거거든요?"

그는 그러면서 다친 다리를 보여주었다. 나는 깜짝 놀랐다. 가까이서 보니 지독한 상처였다.

"총을 맞았거든요….."

상처가 참 둥글었다.

"아니, 이걸 어떡해. 총은 또 어쩌다가… 어… 제가 근처 역에서 사람들 데려올까요? 아니면 군대에….."

남자는 한숨을 푹 내쉬고 드러누우면서, 옆에 있는 차의 번호판 위에다 다친 다리를 올려놓았다. 그는 신음을 주욱 내뱉으면서 말했다.

"제가 지금 그게 안 되니까 이러고 있죠, 끄으⋯."

나는 무슨 소린가 했지만, 일단 입고 있던 재킷을 벗어 그의 다리에 난 상처를 꼭 묶었다. 가을 저녁이고, 땀을 많이 흘려서 약간 으슬으슬했다.

"아, 이거 산 지 얼마 안 된 건데."

"이 난장판이 끝나고 나면, 반안드로이드 시민협의회에서 이유엽이라고 찾아주세요. 재킷은 몇 벌이든 사드릴 테니까.

"네? 반안드로이드 시민협의회요? 저 거기 회비 내는 특별회원인데요?"

남자는 고개를 들어서 내 눈을 바라보았다. 그의 눈빛이 완전히 달라졌다.

"그럼 우리 같은 동지네요!"

나는 그의 다리에 묶은 재킷의 매듭을 좀 더 꽉 여며주었다.

"회원이신가 봐요?"

"제가 거기 기술직 간부거든요. 곧 창당할 때 제 이름도 올리고 할 건데. 이유엽이라고 못 들어보셨나 봐요?"

이젠 내 눈빛이 바뀌었다.

"아, 그럼 협의회서 기술 쪽 다 맡아서 하시는 거구나! 제가 기술 쪽에는 관심이 없어서 진짜 몰랐어요. 와, 이거 생각도 못 했네요. 아, 근데 총은 어쩌다가⋯ 아니, 지금 여기 왜 계시는 거예요? 안드로이드들이 난리를 일으킨 거잖아요. 역시 우리 생각이 맞았다니까요. 우리가 걔들을 어떻게 믿어요, 정말.

근데 조금 전에 뉴스 보니까, 걔들이 비무장지대에 3만이나 있어요? 아니 정부는 대체 무슨 생각을 하고 그걸 그렇게 많이 뽑은 거예요."

이유엽은 웃음을 터뜨리면서 나를 바라보았다. 대충 묶은 재킷도 어찌 압박이 됐는지 뭔지 조금씩 스며 나오는 피도 줄어들고 있었다. 매일같이 하는 운동 덕에 내 근력이 늘어난 덕분이었다.

"에이, 무슨, 안드로이드가 3만 기나 있겠어요."

"네? 뉴스에서는 안드로이드 3만 기라고 하던데…."

"그러니까요, 사실 안드로이드가 나오자마자 그렇게 반대에 부딪혔는데 어떻게 3만 기나 있겠어요. 한 3천 기 정도 있을 걸요. 그것도 지금 저 위에서 다 박살 나고 있을 거고."

"그럼?"

"전자뇌 단 거는 전부 거기 몰리고 있잖아요. 하긴 걔들도 좀 범위를 넓히면 안드로이드들이긴 한데."

"뭐라고요?"

"음… 아니에요. 아이구, 다리야…."

이유엽은 감정을 숨길 줄 아는 사람이 아니었다. 그는 다리에서 오는 고통에 어느새 익숙해진 것 같았고, 표정에 말실수를 했을 때의 당혹감이 자라나고 있었다. 갑자기 다리 어쩌고 할 위인은 아닌 것처럼 보였다. 나는 머리를 굴렸다.

"아, 저희 외할머니가 치매 조기 증상이 오셔서, 보조 기억 장치 설치 시술을 받으셨거든요. 그것도 따지고 보면 전자뇌잖아요? 근데 전자뇌 단 것들이 다 거기 몰려갔다는 게 무슨 말씀이신가 해서."

내가 어느 정도 둘러대자 이유엽은 긴장이 풀렸는지, 조금 전에 숨기려 했던 무언가를 조금씩 드러내기 시작했다.

"전자뇌긴 전자뇐데… 아, 저는 뭐 대뇌피질 일부를 완전히 안드로이드들 걸로 치환하거나 한 걸 말씀드렸죠. 그런 걸 저희 간부진은 사실상 안드로이드나 다름없다고 보는데."

"아, 그래요? 제가 가입할 때는 또 막, 안드로이드라고 하면 공장에서 나온 기계 인간, 뭐 이런 식으로 생각했는데."

내가 그렇게 말하자 이유엽은 다리의 통증을 잊은 듯이 눈을 번뜩이며 열변을 토하기 시작했다. 이 사람이 어떤 성격인지 알 것 같았다. 선동가. 좋은 의미에서든 나쁜 의미에서든.

"아니죠, 사람을 사람답게 하는 성질이 어디서 나옵니까? 기억이야 컴퓨터가 우리보다 훨씬 잘하죠. 그래서 보조 기억 장치를 다는 건 안드로이드가 아니죠. 그런데 감정, 감수성, 그리고 의식. 뭐, 이런 거야말로 우리 인간이 안드로이드들이랑 본질적으로 다른 점, 숭고한 차이점 아니겠습니까?"

이유엽은 신이 나서 떠들었다. 조금 전까지 흘리던 신음은 어디로 간 건지. 나는 일단 그를 좀 띄워주기로 했다.

"하긴 인공지능이 예술을 하는 건 아직 우리 인간보다 많이 부족하다면서요?"

"어휴, 이름이 어떻게 되세요. 혹시?"

"네? 아, 흠, 이… 소정요."

"야, 특별회원분들, 비싼 회비 내시는 거 보면 다 열성이지만 소정 씨는 진짜 저희 간부진들이랑 사상을 딱 공유하시네. 이거 다 끝나고 나면 제가 조직에서 잘 봐드릴게."

나는 그냥 맞장구만 쳐줬는데 왜 이리 열성적으로 반응하는 걸까? 멀리서 아주 커다란 폭음이 울려왔다.

"안 아프세요? 지금 되게 기분이 좋으신 거 같네요. 그리고 전자뇌 단 것들이 몰려갔다는 건 무슨 말씀이신가요? 또 총상은 어쩌다…?"

최대한 나는 걱정스럽게 말하려고 노력했다. 이유엽이 조금 전에 감정이 없다는 둥의 헛소리를 했을 때 척수를 몸에서 뽑아주고 싶었기 때문이다. 재킷을 벗었는데도 등 뒤에서 땀이 흘렀고, 손끝이 저릿거렸다. 내 머리에 박혀 있는 전자뇌가 내 몸에 증오와 분노를 불어넣었다. 마음 한편에 소정이 헤어지면서 한 말이 떠올랐다. 내 전자뇌는 안드로이드에도 똑같이 활용되는 기술이라고.

"어휴, 저희가 내는 의견에 전 시민적인 공감대가 형성되어 있잖습니까? 비무장지대 지뢰도 이제 다 제거됐다는데, 언젠가 쓸어버려야 하기도 하고, 근데 또 처리하려면 저 인권단체인지 뭔지 하는 이상한 애들이 와서 설치잖습니까? 그래서 정부 측에서 필요한 일을 한 거죠. 어, 지금 뭐 하시는…."

나는 조심스럽게 이유엽의 다리에 묶인 재킷의 매듭을 풀었다. 이 개자식의 피가 몇 주 전에 산 내 아까운 가을옷을 붉게 물들이고 있었다. 그의 다리에 동그란 총상이 보였다. 찔끔찔끔

피가 흐르는 그 상처에 나는 오른손의 검지를 집어넣고 살짝 힘을 줬다.

"악, 아악, 아아으아으아아악!"

속절없는 고통과 고뇌의 비명이 흘렀다.

"야, 이 개좆 같은 새끼야. 전자뇌를 이식하면 뭐가 뭐? 뭐? 너 도대체 뭔 짓거리 한 건데?"

"으아아아악! 악! 아악! 왜 이래요! 존나 아프다고!"

나는 손가락을 좀 더 밀어넣었다. 검지가 뜨거웠다. 쿵쿵쿵 빠르게 달리는 심장이 느껴졌다.

"야, 너 수상한 짓 했지. 그래 놓고 어디에라도 떠들고 싶었던 거지?"

"헉, 헉, 악, 아니, 아니, 왜, 왜, 이러세요?"

"야, 티 안 날 거 같냐? 너 지금 존나 수상하다고. 다리에 총 맞고, 병원 데려가달란 말도 안 하고⋯."

"아니, 그게, 제가⋯."

나는 엄지로 내 손가락을 박은 다리의 바깥쪽을 세게 짓눌렀다.

"갸아아아아아아악!"

"너 이 개새끼야, 지금 이상한 짓 하고 온 거지? 바른대로 말해봐."

대답 대신 주먹이 돌아왔다. 어디서 힘이 났는지 몰라도 이 유엽이 내게 오른팔을 뻗은 것이었다. 나는 무의식적으로 왼손으로 그 팔을 낚아채서 한 번 뒤틀었다. 뇌를 다치기 전에도 충분히 제압할 수 있을 만큼 허술한 팔짓이었다. 웃기는 비명 소리가 흘러나왔다.

"제발, 제발, 그만, 그만하세요."

나는 이유엽의 팔을 풀어주었다. 그렇다고 해서 상처에서 손가락을 빼거나 하진 않았다.

"너 뭐 하고 온 거야."

이유엽은 빠르게 솔직해지는 면이 있었다. 내가 이런 기괴한 고문을 처음 하는 것처럼, 그도 고문을 버티거나 하는 법은 모르는 것처럼 보였다.

"그게, 제가, 제가 프로그램을 막 넣고 온 거거든요… 으허억!"

"뭐라고?"

"정부에서! 안드로이드들! 처분하는데! 인권 단체들 때문에! 제가! 어허어으허어억! 반란을 일으키도록 걔들을! 크으으어억… 조종했다고요!"

"아니, 왜?"

"그러면! 명분이! 생기니까!"

"안드로이드들을 쓸어버릴? 그럼 전자뇌 이식자는 왜?"

이유엽에게는 미안하지만 전자뇌에 관해 말할 때 내 감정이 실렸나 보다. 그는 커다랗게 비명을 질렀다. 만약 살아난다면 성악을 배워보는 것은 어떨까?

"어허어허어허억! 제발! 걔들도, 안드로이드니까! 제가 한국 전자뇌를 참조하는 전산망 전체에 접속해서, 조작을… 무의식적

으로, 전자뇌에, 사고를, 주입할 수, 그렇게. 안드로이드처럼. 커
억! 어흐흐흑, 한 거예요! 그 괴물들이, 반란에 참여하도록 유도
해서! 죄송해요. 죄송해요, 할머니한텐, 제가... 고칠게요!"

아, 하고 탄식을 내뱉고 나는 주저앉았다. 이유엽의 총상에서
내 손가락이 빠지자 피가 규칙적으로 퐁퐁 솟아올랐다. 이유엽
은 그 꼴을 보고서 괴로워하며 자기 상처를 손으로 꾹꾹 눌렀다.

내가 왜 굳이 대피소에 들어가지 않고 전쟁터를 구경하러 갈
생각을 했는지 알 것 같았다. 어쩌면, 전쟁에서 유용하도록 병사
의 몸을 만들고 싶었기에 운동이 그렇게 재미났을 것이다. 분명
빈 도시를 지키는 사람들이 있었을 텐데, 그들을 용케도 잘 피
해서 전쟁을 구경할 수 있었던 것도 전부 다 이 전자뇌 덕인가.

아마 뇌경색이 뇌의 다른 부분까지 침범했으면 지금쯤 나도
의정부에서 국군과 싸우고 있었겠네. 소름이 돋았다. 이 소름이
돋는 감정조차 내 머릿속에 있는 기계 뇌가 시발점이란 생각을
하니 더 무서웠다.

이유엽, 이 지랄 맞은 새끼가, 자기가 영웅적인 일 하고 왔다
는 마음에 완전 들떠 있었던 거였구만. 총은 어쩌다 맞은 거야.

하늘을 바라보며 한숨을 푹 쉬었다가 이유엽을 바라보니 그는
괴로워하면서 펑펑 울고 있었다. 나는 내 손과 팔을 바라보았다.
피가 잔뜩 묻어 있었다.

"뭘 잘했다고 울어?"

"저한테… 크흐흐흑… 왜 그러시는데요… 저 병원으로 데려다
주세요… 이러다가 죽을 것 같아…."

나는 피 묻은 손으로 내 정수리 앞부분을 툭툭 치면서 말했다.

"야, 새끼야. 여기 안에 든 게 네가 그리 싫어하는 전자뇌다?"

"으흐흑… 예?"

"내가 뇌경색으로 운동 피질이 작살이 났거든. 그래서 전자두뇌로 교체했단 말이지."

그는 눈물을 질질 흘리면서 나를 바라보았다.

"그럼 내가 괴물이야? 괴물이냐고."

"크흐흑.. 아니, 선생님은 걔들이랑 다르죠… 몸을 움직이는 건 기계적인… 크헉.. 거니까… 으흐흑.. 이성이랑 감정은… 흐흑…."

"그럼 내가 이거 떼도 여전히 인간이라고?"

"감수성, 감정, 그런 건, 몸을 안 움직여도, 크흐흑… 으허흑… 남아 있잖아요!"

이미 해는 졌다. 가로등이 자동으로 켜졌지만, 사람이 없는 거리는 을씨년스러웠다. 폭음은 조금씩 잦아들었다. 나는 휴대폰을 꺼냈다. 진압이 거의 완료되었다는 뉴스가 있었다. 나는 멀리서 군용 트럭들이 뛰뛰거리지 않나 했는데, 잘못 들었던 것 같았다. 오른팔에 피칠갑을 한 여자와, 그 옆에서 다리를 부여잡고 펑펑 울고 있는 남자. 그리고 어지럽게 서 있는 차들. 이걸 보면 사람들은 무슨 생각을 할까.

"졸려요… 흑흑… 졸리다고…."

나는 이유엽이 옆에서 징징 짜는 걸 내버려두고 일어섰다. 만약 동맥이 찢겼다면 내일 해를 못 보겠지. 근데 뭐, 별로 죄책감은 들지 않았다. 그런데 나중에 이 어수선한 것들이 전부 정리되고 나면 여기 어쩌다 거대한 시민단체의 간부가 시체로 누워 있는지 사람들이 조사하기 시작하겠지. 답답하고 피곤했다. 결국 뇌경색 걸렸을 때부터 인생 좋난 셈인가.

계속 심장이 쿵쿵 뛰었다. 이게 무서운 건지, 슬픈 건지, 화가 난 건지, 아니면 무거운 침울이 내려앉은 건지 도저히 알 길이 없었다. 달이 밝았다.

나는 황망한 채 있다가 다시 이유엽을 돌아보았다. 그는 기절했다. 벌써 죽었을 수도 있겠다는 생각이 들었다. 법의학자들이 이 사람이 그냥 총상으로 죽은 것으로 결론 내리기를 빌도록 하자.

나는 근처에 있는 어두운 상가로 들어갔다. 2층으로 올라가는 계단에 화장실이 있었다. 문이 열려 있었다. 나는 액체 비누를 퐁퐁 짜서 팔에 있는 피를 꼼꼼히 씻었다. 피비린내가 갑자기 확 올라와서 약간 어지러웠다.

거울을 보았다. 거울 속의 나는 굉장히 더럽고 지쳐 보였다.

이유엽은 자신이 간부진 중에서 기술 간부라고 말했다. 그와 반목하는 사람들도 있었겠지만, 어쨌든 간부들이 다 의견이 통합된 채니까 그런 어이없는 일을 저질렀겠지.

나는 거울에 얼굴을 들이밀었다. 내 눈이 가깝게 다가왔다. 피부를 살펴보았다. 작은 모공들이 듬성듬성 난 그 피부에, 알루미늄의 차가운 광택이 흐른다는 느낌이 들었다. 다른 사람들도 그렇게 생각할까?

사회의 증오가 더 깊어질 거란 확신이 가슴 속을 가득 메웠다. 그리고 그 증오의 촘촘한 그물망에 나도 빠져나갈 수 없으리라. 나는 온몸에서 피를 깨끗이 닦은 채로, 화장실 변기에 비틀대며 걸어가 앉았다. 그리고 거기서 몇 시간이고 서럽게 울었다.

내가 머리에 넣은 기계 덕에 느끼는 감정은 원래 내가 알던 것과 전혀 구분할 수 없었다. 강소정이 보고 싶었다.

✳

정말이다. 나는 별 기대를 하지 않았다.

세상에는 정말 이상한 이유로 온갖 괴상한 일을 하는 사람들이 있다. 그들은 그냥 적당히 재미있고 적당히 이해할 수 없는 이야기를 들려주었다. 그걸로 적당히 재미있는 기사를 올릴 수 있었고, 운이 좋으면 많은 댓글과 높은 조회수를 받을 수 있었다.

나는 내가 하는 일에 저널리즘 어쩌고 하는 이야기를 붙이는 것도 뭐 딱히 좋아하지 않았다. 나는 내가 기자라기보다는, 기인들의 인터뷰를 모아 정리하는 콘텐츠 창작자 정도가 아닌가 하고 생각했다. 보통 기자라고 하면 시사 쪽의 모습을 생각하니까. 나도 그랬고.

그런데 이건 너무나도 거대한 이야기였다.

나는 이예슬을 뚫어지게 쳐다보다가, 한마디 질문을 던졌다.

"그래서 전자뇌를 다시 떼어내신 겁니까?"

"네."

"왜죠?"

"모르시겠어요?"

이예슬이 되물었다. 나는 면접장에서 굉장히 곤란한 질문을 받은 면접자처럼 한 마디 한 마디 억지로 쥐어짜냈다. 이예슬이 상처받지 않을까 걱정하면서.

"전자뇌를 장착한 이상, 어쨌든 사람들은 안드로이드··· 그러니까 기계 인간이랑··· 똑같이 생각한다고 느끼셨기 때문입니까?"

"뭐, 가깝네요. 지금 저 배려하시는 건가요?"

"어, 아니, 좀, 혹시 뭔가 좀 답하기 힘든 말 아닌가 했습니다."

"아뇨, 저는 평온해요. 세상에서 가장 이성적인 사람이라고 해도 좋아요."

나는 긴장을 풀었다.

"생각해보세요. 걔들이 해킹한 거 때문에, 제가 무의식적으로 전쟁터에 나가려 했다고요. 언제 또 그럴지 어떻게 알아요. 그러니 그냥 바로 떼버렸죠. 이해 못 하는 사람도 많았지만··· 요즘은 자율주행 휠체어도 꽤 좋다니까요. 음성 합성기도 정말 뛰어나고. 평생 이렇게 살 게 아니라서 이렇게 맘 편히 말하는 것도 있지만."

우리 사이에 잠시 침묵이 흘렀다.

"평생 이렇게 살 게 아니라고 말씀하신다면, 이제 앞으로 계획하고 있는 일이 있나요?"

"인터뷰 끝나면 바로 남반구로 갈 거예요. 오스트레일리아나 뉴질랜드. 사실 기밀을 말한 이유가 그것도 있죠. 한 달 뒤에 기사가 올라온다고요? 가서 곧바로 망명 신청을 할 거예요."

"아, 그럼, 그분이 간⋯."

"네, 소정이랑 얼마 전에 연락이 맞닿았어요. 가서 다시, 거기서 전자뇌를 이식할 거예요."

"그럼 다시 일어서시는 거군요. 또 감정도⋯ 평온함에서 벗어나서⋯."

스피커에서 웃음소리가 흘러나왔다. 나는 다시 물었다.

"그 전자뇌를 달아서 자율신경계가 회복되면, 그 감정이 정말 자기 감정이라고 확신하실 수 있나요?"

"글쎄요, 또 생각해보면 심장이 뛰고, 가슴이 답답하고 한 게 감정의 전부는 아니죠. 어쨌든 제 뇌의 다른 부분이 그걸 또 해석해서 총체적으로 감정이 생기는 거니까."

"아, 그럼 그게 정말로 감정의 근원이라고까지는 말할 수 없는 거네요."

"네, 그냥 감정이라는 구조의 부분, 뭐 이런 거겠죠. 그러니, 그냥 제 감정에 도움을 받는 거고. 뭐 사실, 그게 진짜 제 감정이 아니더라도 다 무슨 상관이겠어요. 어쨌든 제가 느꼈던 건 진짜 있었던 사실인데, 그리고 나조차도 다 똑같게 느꼈는데, 누가 가짜랑 진짜를 구분하겠어요."

이예슬은 자연스러운 웃음을 들려주었다. 그 말을 끝으로 이예슬은 더 이상 할 말이 없었는지, 어느 정도 공개할지는 그냥 내 마음대로 하라며, 의례적인 작별인사를 나눈 뒤 카페를 떠났다. 하긴, 내가 무슨 대단하고 이름난 기자도 아닌데 내 취재를 굳이 받아들였던 이유가 여기에 있었던 것이다. 남반구로 떠나겠다고 결심하기 전에 이야기를 한번 털어낼 용도로.

이예슬이 나를 어느 정도 인물로 생각했는지는 잘 모르겠지만, 난 어쨌든 데스크에 내가 인터뷰한 내용을 하나도 빠짐없이 정리해서 올릴 생각이다. 이유엽과 그 뭐냐, 반안드로이드 시민협의회라는 단체에 대해서도 좀 더 조사하고. 한반도에서 안드로이드가 싹 정리된 이후로 그 단체는 인간 순혈주의를 그대로 유지한 채로 요새는 정당 설립에 기를 쓰고 있다는 것만 알고 있었다. 이 정도 이야기를 터뜨리면, 한국에서도 많은 사람들이 그 오묘한 사람들의 차이를 애써 구분하려 쓸데없이 용쓰지 않을까 하는 생각이 드는 것이다.

이예슬이 내게 가르쳐준 대로 말이다. 누가 감정을 진짜나 가짜라고 감정할 수 있겠나.

심너울

서강대학교 심리학과를 졸업했다. 서교예술실험센터의 2018 '같이, 가치' 프로젝트에서 소설 〈정적〉으로 데뷔했고, 〈세상을 끝내는 데 필요한 점프의 횟수〉로 2019 한국 SF어워드 중단편 부문 대상을 받았다. 2020년 3월까지 장편 《소멸사회》와 단편집 《땡스 갓, 잇츠 프라이데이》를 출판했다. 이름은 본명이다.

삐거덕 낡은 의자

온연두

1

열쇠를 돌리자 철컥 소리가 복도 안을 울렸다. 손잡이를 당기니 경첩이 쩌억하고 늘어지게 신음했다. 주인아주머니는 헛기침으로 민망함을 감추려 했지만, 정작 내게 신경 쓰이는 일은 아니었다. 나는 그저 낡은 목조건물다운 소리라고만 생각하고 말았다.

"요란은 해도 여닫는 데 문제는 없어요."

아주머니는 손을 내저으며 넉살 좋게 웃었다.

"창이 잘 나서 볕이 잘 들어요. 온수 시설 새로 해서 뜨거운 샤워도 문제없고요."

얼마나 애정을 담아 설명하는지 소리를 없애면 자식 자랑 중으로 보일 수도 있을 것 같았다.

"도시 계획 시범 지역으로 선정되는 바람에 덕 좀 봤죠. 오는 길에 공원 봤을 거예요. 클래식한 우리 건물하고 잘 어울려서 내 눈엔 아무리 봐도 그림 같지 뭐겠어요. 포아 애비뉴로 진입하면 제일 먼저 보이는 곳이라 외관을 알아서 꾸며주더군요."

동의를 구하려고 눈 맞추려는 아주머니를 향해 나는 살며시 웃었다.

"교통도 편리해요. 번화가로 진입하기 전에 핸들만 살짝 꺾으면 나오니까요. 길이 안 막히니 시간 잡아먹을 일 없고, 업타운 쪽은 살짝 미끄러지기만 하면 '어머, 도착!'이에요."

아주머니는 열쇠를 선반에 올려놓음과 동시에 사설 기숙사 칭찬을 쉴 새 없이 늘어놓았다. 난 기계적으로, 하지만 무성의하진 않게 끄덕이며 나름대로 집 안을 살폈다. 아주머니가 방문과 창문을 여는 동안 마음이 내키는 대로 구경하다 어느 한 곳에서 걸음을 멈췄다.

발아래 나뭇결을 따라 시선을 이어가니 거실 모서리가 나왔다. 바닥에서 벽으로 각을 틀어 이어지다 얼마 가지 못해 낮게 경사져 낯선 공간을 드리우고 있었다. 허리나 무릎 중 하나는 낮추어야 하는 그곳은 집에서 가장 구석지고 어두운 부분이었다. 천천히 계속 걸었다. 홀린 듯 이끌린 걸음이었다. 경사면 창문을 통해 들어오는 빛이 나무 바닥에 네모난 영역을 만들어 얼핏 아래층으로 통하는 비밀 문처럼 보였다.

빛과 그림자가 나뉘는 경계를 자세히 보면 숨은 문고리가 보일 것도 같았다. 눈을 가늘게 뜨고 온 정신을 집중해 네모진 부분의 틈을 찾으려고 애썼다. 눈시울이 붉어질 정도로 깜박임을 참고 참다 마침내 보고야 말았다. 부유하는 작은 먼지 알갱이들이 자기네들끼리 얽히고설켜 길고 촘촘한 세로결을 만들어내는가 싶더니 그 결 뒤편에서 한 부분을 벌린 투명한 손가락 하나가 힘겹게 틈을 비집고 내밀려는 움직임을.

어느새 강해진 먼지층이 뜯어지며 투둑 소리가 났다. 나는 참지 못하고 도와줄 생각으로 손을 들었다. 무심한 창 아래로 손가락을 대려는데, 아주머니의 목소리가 덥석 나를 잡아 세웠다.

"내부도 괜찮지요?"

반짝이는 먼지들의 영향 아래에서 순식간에 벗어난 나는 잠꼬대하는 사람처럼 대답했다.

"네. 정말 근사하네요."

예상치 못한 대답이었는지 아주머니는 나를 한참 바라보더니 이내 고개를 끄덕였다.

"그럼요. 그렇죠. 그렇고말고요."

실내는 깔끔했다. 오전 사용자는 짐이 별로 없는 모양이었다. 내 짐을 어디에 두면 좋을지 생각하며 시선을 무심코 침대 쪽으로 향했다. 그러자 아주머니는 내가 침대를 바라본다고 생각했는지 내 팔을 잡더니 주의를 돌렸다.

"아니야. 아무렴 사용자가 오전 오후로 나뉜다고 침대까지 같이 사용하게는 안 한다고. 아가씨가 사용할 침대는 맞은편 방에 있어."

아주머니는 조바심을 내는 듯했다. 여러 달 방이 안 나간 것으로 보아 시간대를 나누어 방을 셰어하겠다는 사람을 구하기가 어려웠던 모양이다. 하긴, 나도 오늘 안으로 기숙사를 구해야 하는 사정이 아니었다면 이런 집은 거들떠보지도 않았겠지. 하지만 솔직하게 말하자면, 아닌 게 아니라 집 안에 발을 들이는 순간부터 이 공간에 소속되는 느낌을 받았다고 고백해야겠다. 문밖에서부터 늘어놓은 설명 때문은 아니었다. 오히려 아주머니가 애써 감추려 드는 오래되고 낡은 느낌이나, 살짝 기울어진 곳에 서면 삐걱거리는 울림, 동화책에서 봄 직한 구조의 번거롭지만 아기자기한 선반 같은 아주 사소한 것들이 이상할 정도로 내 마음을 끌어당겼다.

"정확하게 제가 이 방을 몇 시에서 몇 시까지 사용할 수 있는 거죠?"

드디어 방이 나가는구나 싶은지 아주머니 얼굴에 환하게 화색이 돌았다.

"아이고, 이렇게 빨리 결정해주다니 고맙기도 하지. 그 사람은 오전 8시부터 오후 5시까지만 사용하고 있어요. 그러니까 아가씨가 좀 더 써도 상관없겠지요. 서로 부딪히는 일이 없도록 1시간씩 교대 시간에 텀을 뒀으니까 서로 시간만 잘 지켜주면 문제 될 일도 없을 거예요."

자신의 답변이 꽤 맘에 들었는지 아주머니 얼굴에 흡족함이 넘실댔다. 나는 다시 침대와 책상, 선반 같은 것들을 찬찬히 바라봤다. 선택에 흔들림 없음을 스스로 확인하면서.

"학교 기숙사보다 저렴한 거 맞죠? 잘못 안 거라면 다른 곳을 알아봐야 하거든요."

렉시는 신호음 한 번이 끝나기도 전에 전화를 받더니 작정한 사람처럼 질문을 퍼부었다.

"어떻게 됐어? 구한 거야? 온종일 전화 안 받은 유일한 이유가 그거여야 할 거야."

알렉시아 러브 그린. 대단한 자존감 소유자. 나는 이 친구의 자신감과 쾌활함을 사랑했다. 태생적으로 우울하고 감성적인 나를 햇살로 이끌어주는 존재이니.

"다른 이유면 안 되는 이유는?"

"장난해? 기숙사는 당장 구해야 했으니까 바빴을 너의 정신머리를 이해할 수 있지만, 그 외 다른 일이라면 내 전화를 받는 것보다 더 중요할 수 없을 테니까 그러지."

"오호, 자신감이 상당한데?"

"자, 이제 주소를 불러봐."

✳

앉은뱅이 탁자 위에 지난주 프리마켓에서 구매한 레이스 깔개를 깔고 크기가 딱 맞는 동그란 유리를 덮었다. 커피잔을 들어 올리자 유리에 동그랗게 김이 서리다가 이내 사라졌다.

"계약 기간이 언제까지라고?"

렉시는 보드라운 인조털방석 위로 올라앉더니 부츠를 벗으며 물었다.

"일단은 3개월인데, 서로 별말 없으면 자동 연장이래."

나는 무릎 위를 덮고 있는 퀼트의 바느질 부분을 만지작거리며 대답했다. 그러다 어느새 내 시선은 퀼트에서 벗어나질 않았다. 한참을 그렇게 집중하는 동안 렉시는 아무 말 없이 그런 나를 바라보거나, 내가 보는 것을 같이 바라보며 내 침묵의 시간을 존중해주었다.

커피잔을 입에 대고 마시면서 렉시를 바라보자 그녀는 내 머리를 쓰다듬었다. 물질적인 것이든 정신적인 것이든 한 번 꽂힌 것에 나를 가두고 좀처럼 나오지 않으려는 내 어두운 습성을 그녀는 누구보다 잘 알고 있었다. 부끄러운 행동이고 그래서 비밀스럽지만, 이런 나를 솔직하게 보여줄 수 있는 건 그녀가 어떤 기준을 두고 나를 비정상이라고 판단하는 일이 없기 때문이었다. 그래서 이 친구에게만큼은 최대한 솔직할 수 있었다.

나는 어느새 손가락 끝으로 바늘땀 하나에 집착하고 있었다. 단절된 공간이 흠 없이 안전한가를 확인하는 것처럼. 퀼트의 조각들이 서로를 만나 거대한 하나를 이루고 있지만, 그 작은 조각은 저마다 단독적인 바느질로 주변을 두르고 있었다. 내가 꼭 그랬다. 울타리를 쳐 방어벽을 만들고 그 담벼락에 손을 얹어 눈만 빠끔히 내놓은 모습. 태생적으로 우울하고 감성적이라는 말은 그냥 한 말이 아니었다. 나는 병적일 정도로 폐쇄적이고 망상에 빠지는 기질의 소유자로, 나를 알아주는 친구 한 명을 위해 바느질 딱 한 땀만을 개방한 상태였다.

"그나저나 며칠 전 프리마켓에 살인 사건 났던 거 알아?"

갑자기 생각났다는 듯 렉시가 약간 언성을 높여 말했다.

"뭐?"

전혀 모르던 일이어서 깜짝 놀랐다.

"지역 뉴스에도 났었는데 몰랐구나. 아니 무슨 대낮에 버젓이 살인할 수가 있다니. 아직 범인이 누군지 가닥도 안 잡힌 모양이던데."

나는 마지막 커피 한 모금을 꿀꺽 소리 나게 삼켰다가 목구멍에 통증이 느껴져 콜록거렸다.

"안 되겠어. 앞으로 너 프리마켓 갈 땐 나를 불러. 혼자 다니는 건 위험한 것 같아."

"응. 그럴게."

렉시는 빈 커피잔을 들고 싱크대로 가져가 설거지를 했다. 그녀의 애정 어린 행동을 보며 덕분에 이곳에서도 보살핌을 받으며 지내겠구나 싶었다. 이런 생각이 들 때면 뱃속 깊은 곳이 따뜻해지며 온몸이 충만해지는 기분이 들고는 했다.

2

여지없이 삐거덕 기우는 소리가 났다. 나무 바닥의 찬 기운이 발바닥 전체를 감싸고 돌아 약하게 소름이 돋았다. 문득 정신을 차려보니 나는 새하얀 원피스 잠옷 차림으로 손에는 나무로 만든 의자를 들고 있었다. 유아원에서나 쓸 법한 아주 작은 의자였다.

어두운 거실 한가운데 멍하니 서서 경사진 벽 아래의 공간을 바라봤다. 창문 아래 바닥과 벽과 모서리는 작당하고 어둠의 소굴을 차려 호기심과 두려움의 갈퀴를 숨긴 채 나와 눈싸움을 했다. 온통 까만 사이로 날카롭게 빛나는 눈동자라도 보여주길 바랐지만, 그들의 고집에 나는 그만 패배를 인정하고 먼저 가까이 다가섰다.

모서리를 더듬어 가장 구석진 곳으로 나무 의자를 끼워 넣듯 들이밀고 그 위로 두 발을 밟고 올라가 쭈그려 앉았다. 겨우 올라간 상태에서 꼼짝할 수 없게 되자 양팔로 무릎을 끌어안고 머리를 벽에 기댔다. 무게 중심이 옮겨지자 낡은 바닥은 덕분에 버티는 중이란 것을 적나라하게 표현했다. 나는 그 아우성을 듣고도 매정하게 무시하는 여주인 같은 표정을 지으며 다리 저림을 도저히 참을 수 없게 될 때까지 이 자세를 고수하리라 다짐했다.

"…어어?"

벽에 기댄 상체를 앞쪽으로 불쑥 일으켰다. 믿기 어려운 일이 발생한 것이다. 눈에 힘을 줘가며 찾으려 했던 아래로 통하는 문이 아주 선명하게 나타났다. 눈을 여러 차례 비비며 거듭 확인할수록 문은 점점 현실이 되었다.

손잡이를 잡고 열어보고 싶은 강렬한 충동에 손을 뻗다 몸이 앞으로 완전하게 기울었다. 의자 다리 한쪽이 들리자 바닥에선 여지없이 고통에 찬 외마디가 끼익 하고 들려왔다. 아랑곳하지 않는 나의 행동에 원망이라도 하듯 소리는 다시 들려왔다.

이번에는 길고 좀 더 흐느끼는 울음 같았다. 머리가 쏠리자 버틸 수 있는 한계를 벗어나 나는 딱딱한 바닥 위로 쿵 하고 떨어졌다.

"아야!"

눈을 번쩍 뜨고도 눈앞이 깜깜했다. 그러다 얇은 이불을 머리에만 뒤집어쓴 채 침대에서 머리부터 떨어져 볼썽사나운 모습을 연출 중이라는 사실을 깨달았다.

꿈이었다. 잠결에 들었던 끼익 소리는 아마도 침대 끄트머리에서 몸을 뒤척이느라 나는 소리였던 모양이다. 일어나 이불을 잡아 내리끌어 몸에 두르고는 침대에 등을 기대고 앉아 머리를 쥐어 감쌌다. 싸늘한 공기에 손은 절로 이불로 향해 몸을 꽁꽁 둘렀다. 꿈속에서 떠올린 어떤 상상이 기억나 방 안 가득한 한기가 더욱 강해지는 듯했다.

마룻바닥에 생겨난 문을 열지 않았지만, 이미 머릿속으로 어떤 이미지를 떠올렸다. 열려고 시늉하긴 했지만, 나는 알고 있었다. 절대 손잡이는 만질 수 없으리라는 것을.

문 아래 낮고 좁게 파인 안쪽에는 싸늘하게 식어버린 남자가 손을 곱게 모은 채 누워 있을 것이다. '죽은 것일까?' 생각하는 순간 조금의 망설임도 없이 번뜩 뜬 사백안(四白眼)은 처음부터 시선을 나에게로 향했다. 한 번도 본 적 없는 시체의 희번덕이는 눈동자에 나는 몸을 떨었다.

침대로 올라가고 싶었지만, 차디찬 남자가 어느새 자리를 차지하고 누워 절대 감지 않는 사백안으로 나만 바라보는 망상에 사로잡혀 꼼짝할 수 없었다. 망상이라는 것을 알지만, 한 번 생각해버린 이상 절대 뒤를 돌아보지 못할 것이다.

도움을 요청하고 싶은 마음이 들자 렉시가 생각났다. 동시에 휴대전화가 침대 머리맡에 있다는 것 역시 떠올랐다. 뒤를 돌아볼 수 없으니 모든 상황은 스스로 해결해야 했다. 찬찬히 생각하려고 애썼다. 그리고 인정했다. 갑자기 떠오른 말도 안 되는 상상과 괜한 두려움의 근원이 무엇인지 나는 이미 알고 있었다. 그건 생각의 콜라주 같은 것으로 비슷한 시기에 들어온 정보를 제멋대로 혼합하며 이상한 결론으로 도출한 것이다.

새로 구한 사설 기숙사의 오전 사용자가 남자라는 것과 프리마켓에서 살인사건이 일어났다는 것, 그리고 창으로 들어오는 빛으로 환하게 네모진 영역을 만드는 것을 보고 그 모양대로 비밀의 문이 생겨나길 바라는 환상을 꿈꿨다는 것. 단지 이것들이 새로운 생활에 대한 설렘과 근심으로 인해 호러적 상상을 끌어냈다. 그냥 그런 것일 뿐이다.

아, 잠깐만. 오전 사용자가 남자라고 했던가. 그런 말을 들었던 것 같진 않은데.

이불을 머리 위까지 뒤집어쓰고 시야를 최대한 가렸다. 살며시 자리에서 일어나 여러 번 더듬거린 후에야 스위치를 찾을 수 있었다.

탁.

소리와 함께 사방이 환해졌지만, 기대했던 마음의 평화는 오지 않았다. 나는 이제 차디찬 남자가 사백안에 길어진 입으로 나를 향해 가부좌 틀고 앉은 모습을 상상하기에 이르렀다.

복도와 거실도 불을 밝혔다. 오전 사용자의 방으로 가기 위해 선 집 안이 밝아야 했다. 거실을 지나는 동안 눈동자만 움직여 흘낏 경사진 벽 구석 쪽을 바라봤다. 당연하게도 그곳엔 아무것도 없었다. 구석에 놓인 낡고 작은 나무 의자를 빼면.

……나무 의자. 의자라니.

의자는 원래 없었다. 꿈속에서 내가 가져다놓은 물건이니까.

잠시 걸음을 멈칫했다. 이젠 의자도 볼 엄두가 나지 않았다. 손을 꼭 잡아 쥐고 단숨에 건넌방 문을 열었다. 생각지 못한 차가운 바람이 획 불어와 나는 나도 모르게 손으로 얼굴을 가리며 눈을 감았다.

방 창문이 열려 있었다. 집 소개하던 아주머니가 문과 창문을 열었던 것이 기억났다. 조심스레 스위치를 켰다. 옷장과 침대 밑을 가장 먼저 확인하고 (어린이적 공포증에서 벗어나지 못한 까닭이다) 이유는 알 수 없지만, 마법진이나 이상한 문양이 새겨진 곳은 없는지 구석구석 확인했다.

누가 보는 것도 아니었지만, 이런 행동을 하면서도 내가 정신 나간 짓을 한다는 걸 충분히 인식하고 있었다. 그래도 멈출 수는 없었다. 어쩌면 밤마다 나는 이렇게 확인에 재확인을 하려고 들지도 모른다. 불안의 근원이 방 자체에 있는 것이 아님을 알지만, 근원을 파헤치는 건 나 같은 겁쟁이에게 무엇보다 두려운 일이라서 수고스럽더라도 '아무것도 없다. 아무 일도 일어나지 않았다'는 결과적인 상태를 확인해 일시적 만족을 얻는 것을 택했다.

이미 본 방이지만, 정말 짐이 없었다. 낮엔 집에 있고 저녁과 밤엔 집을 비우는 사람이라니. 뭘 하는 사람인 걸까. 괜한 호기심이 들었지만, 이내 관심을 접었다. 다만 이 방의 주인이 정말 남자인지를 알아야 했다. 옷을 확인하면 될 것이다.

외투 몇 벌과 바지 몇 벌, 다른 쪽으로는 수트가 걸려 있었다. 남자 옷이었다. 대체로 얌전하고 수더분한 스타일이었는데, 안쪽에 걸린 검은 옷 하나가 시야에 들어왔다. 라이더 재킷. 치수가 작아 보이는 데다 분위기가 확연히 달랐다.

젊은 사람인가 생각하며 옷을 잡아빼자 뒤에 가려져 있던 원피스 하나가 보였다. 커다란 꽃잎이 풍성하게 프린트된 시폰 원피스. 동작을 빨리해 여자 옷이 더 있는지 확인했다.

없었다.

없다는 사실을 인지하는 순간, 내 뒤에 따라다니는 창백한 얼굴이 남자에서 여자로 변하는 것을 느꼈다. 흡혈귀에게 물린 후 이제 막 마지막 숨이 끊겨 영원한 죽음으로 변모하기 직전의 모습.

빼낸 옷을 가지런히 제자리로 돌려놓았다. 지문이라도 지워야 하는지 잠시 갈등했지만, 낮에 아주머니와 함께 만진 것까지 다 사라진다면 더 의심을 받을 수 있어 그만두기로 했다.

의심이라니, 누가 의심을 한단 말이지. 지문 감식할 일이 뭐가 있다고.

싸늘함에 창문을 닫아야겠다고 생각하는 찰나, 종이 팔락이는 소리가 들렸다. 소리가 어디서 나는지 두리번거리다 협탁 위에 놓인 노트 사이에 삐져나온 종이들을 발견했다. 창을 닫고 노트를 열어 그것들을 들었다. 손으로 찢어 모아둔 신문 기사로 렉시가 말한 프리마켓 살인사건 내용이 실려 있었다. 나는 아예 자리 잡고 앉아 기사들을 읽기 시작했다.

스물두 살의 대학생 레베카 도슨이 유명을 달리한 곳은 환한 대낮의 한 프리마켓에서였다. 빈티지 예술가인 그녀는 주로 폐타이어 장과 고물처리장, 프리마켓 등에서 재료를 구한다고 동료이자 친구인 제롬 파티어가 인터뷰했다. 그의 말에 의하면 도슨은 새로 개방한 포아 애비뉴 근린공원에 설치 미술품 전시를 계획 중이라 했다.

다른 지역 기사 신문으로 시선을 옮겼다.

프리마켓 대낮 살인 사건 발생. 피해자는 레베카 도슨으로 청소부에 의해 시체로 발견되었다. 지인 인터뷰에 따르면 그녀는 프리마켓을 자주 찾는 편이고, 사고 당일에도 작업 재료를 사러 갔을 것이라 했다. 사건 관련한 목격자가 나오지 않은 현재, 피해자의 신원조회와 사건 정황, 부검 결과 등을 가지고 수사를 진행 중이지만, 범인을 잡는 것에는 일단 회의적인 분위기다. 피해자 머리카락이 잘리고 옷이 벗겨진 것으로 보아 범인은 자신의 흔적이 남을 만한 것을 거둬 갔을 것이라고 경찰은 말했다.

고개가 절로 시폰 원피스로 향했다. 치수 작은 라이더 재킷은 시폰 원피스 위에 걸치는 것이라는 걸 그제야 깨달았다.

"나, 지금 무슨 생각을 하는 거야."

남자 방에서 발견한 여자 옷과 근처에서 발생한 살인사건의 피해자를 연관 짓는 것은 지극히 억지이며 망상이었다.

하지만 이 망상 덕분에 살인사건의 범인을 잡게 된다면. 그런 거라면?

나는 점점 의심 편을 들기 시작했다. 방에는 남자 혼자 지내고 아내나 여자친구 흔적은 없었다. 옷은 버릴 곳을 정하지 못해 가지고 있는 것이다. 장소가 정해지면 버리거나 태우겠지. 굳이 살인사건 기사 부분만 모아 따로 가지고 있는 건 범인으로서의 자연스러운 행동일 것이다. 어느새 나는 내 생각을 믿고 있었다.

놀랍게도 방 주인을 살인범으로 결정하고 나자 줄곧 등 뒤를 따르던 존재에 대한 두려움이 사그라들었다. 의지와 상관없는 자연스러운 평화가 마음에 스며들었다. 나는 남자의 방을 나와 여전히 어둠 안에 조용히 자리한 낡은 의자를 바라봤다. 거기에 나를 노려보는 것은 이제 아무것도 없었다.

3

문이 철컥 열리더니 발소리가 들려왔다. 느릿한 발걸음이 지극히 일상적이어서 죄지은 자의 것이라고 여겨지지 않았다. 아니라면 죄를 인식 못 하는 양심 잃은 자이거나. 남자는 열쇠를 선반 위에 올려두고는 곧장 방으로 들어갔다.

나는 약속 시각을 넘기고도 집에 머물렀다. 살인을 저지른 사람과 같이 살게 생겼는데 계약이 문제인가. 무슨 일이 있어도 그가 프리마켓 살인 사건의 범인이라는 증거를 잡아 경찰에 넘기고 말 것이다.

다시 문이 열리고 남자가 거실로 나왔다. 손에는 커다란 쓰레기봉투가 들려 있었다. 뭐가 들었나 확인하려고 했지만, 불투명한 검은 색 안이 쉽게 보일 리 없었다.

커다란 키에 마른 몸매, 검은 뿔테 안경이 얼핏 직장인 같았다. 밖에서 들어온 차림 그대로 옷도 갈아입지 않고 양팔엔 고무장갑까지 꼈다. 급하게 처리해야 하는 거라도 있는 거겠지. 의심은 거의 확신에 가까웠다. 그가 봉투를 내려놓고 화장실로 들어갔다. 뭘 만지는지 부스럭 소리가 들리길래 나는 검은 쓰레기봉투로 몰래 다가가 조심스럽게 입구를 벌렸다. 그리고 안에 담긴 것이 무엇인지 알았을 때 나는 생각의 회로가 순간 멈추는 것을 느꼈다.

잡고 있던 봉투 끄트머리가 손가락 사이에서 빠져나갔다. 경사진 벽 모서리를 바라봤다. 내가 꿈으로부터 가지고 온 낡은 나무 의자가 꼭 맞는 맞춤 가구처럼 놓여 있었다. 다시 쓰레기봉투를 벌렸다. 무늬까지 완벽하게 똑같은 나무 의자가 그 안에 덩그러니 들어 있었다. 원래 없던 의자가 두 개나 생겼다. 어떻게 생각해야 할지 몰라 눈만 껌벅대고 있는데….

"여기서 뭐 해?"

뒤에서 목소리가 들렸다. 의자에 정신이 팔려 남자가 있다는 사실을 잠시 잊고 있었다. 천천히 몸을 돌렸다. 얼이 다 빠져나 간 것만 같았다. 살며시 시선을 올려 남자 얼굴을 바라봤다. 안경 너머의 푸른 눈동자가 염려 어린 감정으로 나를 바라보고 있었다. 눈을 살짝 가린 붉은 색 머리카락이 눈동자와 대비되어 강렬해 보였다. 익숙한 표정과 목소리.

그녀는 내게 다시 물었다.

"렉시, 거기서 뭐 하냐고."

회사원 차림에 고무장갑을 낀 남자는 어느새 렉시 모습을 하고 있었다. 그리고 그녀가 나를 '렉시'라고 부르고 있었다.

가만, 생각해보니 렉시는 내 이름인 것 같았다.

그럼 저 애는 이름이 뭐지?

그녀가 또 물었다.

"괜찮아? 또 넋이 나가 있네."

갑자기 한기가 들어 양팔로 몸을 껴안듯 감쌌다.

"추워?"

나를 잘 아는 듯한 여자는 자기가 두르고 있던 스카프를 풀어 내 목에 두르고 팔을 문질러주었다.

"그렇게 볕 안 들고 곰팡이 낀 곳에는 왜 들어왔어. 언제 들어 온 거야. 한참 찾았잖아."

그녀 말에 갑자기 곰팡내가 훅 들어왔다.

"아주머니가 볕이 잘 들어서 곰팡이 생길 일은 없다고 했는데."

나는 아주머니를 기억해냈다. 여자가 들어주길 바라는 마음으로 말했지만, 그녀는 내 말에 시큰둥했다. 손으로 나를 문지르며 춥지 않게 해주는 것에만 신경을 쏟고 있었다.

"뭐라도 걸치고 나오지 그랬어. 조만간 여기 건물 일대는 다 폭파한다니까 앞으로 이 근처는 오지 말자. 어딜 그렇게 자꾸 봐, 렉시?"

나는 고개를 돌려 어둠의 소굴, 구석진 모서리를 바라봤다. 삐거덕거리는 낡은 의자가 여전히 거기 있었다.

"저기 의자가……."

그러자 여자는 내 얼굴을 잡고 앞으로 향하게 했다. 강제적인 힘이 느껴졌지만, 그 안에는 나를 챙기고 아끼는 마음이 있었다. 그녀가 나를 진심으로 보살핀다는 생각은 틀림없는 것 같았다. 게다가 나를 잘 아는 듯도 했다. 나조차도 잘 모르겠는 나를.

"의자는 어디서든 늘 새롭게 나타나니까 괜히 힘들게 챙길 필요 없어."

부축을 받으며 삐꺽거리는 계단을 밟고 건물 밖으로 나왔다. 눈이 부셔 잠시 눈을 감고 있어야 했다. 몸을 감싸던 한기는 녹아내리고 햇살의 포근함이 느껴졌다. 건물 앞 잔디밭을 두른 벤치에 앉아 나는 그녀 무릎을 베고 누워 한동안 그 자세로 휴식을 취했다. 어디서부터 환상인지 알 길이 없었다. 지금이 현실이라고 말할 자신조차.

그녀가 손으로 내 이마를 어루만졌다. 미간에 진 주름을 펴주려는 것처럼.

"렉시, 빛이 보이니?"

그녀가 물었다. 나는 눈을 감은 채 그렇다고 대답했다.

"빛 말고 또 뭐가 보이는지 말해줄래? 너를 찾는 게 여간 어려운 일이 아니야."

"무슨 소리야? 네가 방금 나를 찾았잖아."

"렉시, 난 정말 후회돼. 네가 프리마켓에 간다고 했을 때, 내가 같이 가줬어야 했어. 그러지 못한 게 이렇게나 후회될 줄 그땐 정말 몰랐어."

그녀는 닿을 수 없는 사람을 두고 혼잣말하듯 말하더니 급기야 울먹이기 시작했다. 갑자기 사이가 멀게 느껴졌다.

"무슨 소리야. 이사한 후에 네가 와줬잖아. 같이 차도 마셨잖아. 기억 안 나?"

그녀는 손을 떨었다. 내 이야기는 들리지 않는 모양이었다. 이상하다고 생각하며 눈을 뜨고 일어나려고 했다. 일어나려고 했는데, 아주 무거운 무언가가 내 몸을 아래서 잡아당기고 있어 움직일 수가 없었다.

눈을 뜨자 다시 곰팡내 나는 2층 건물이었다. 눈 앞을 가린 반투명한 비닐 너머로 건물 천장이 보였다.

나는 누워 있었다. 누운 것 같았다. 나무 바닥이 아니라 바닥을 드러낸 그 아래에. 그러니까 경사진 벽면의 창이 비추는 네모난 부분 말이다. 틈이 생겨 들면 문이 열릴 거라 상상했던 바로 그곳에 내가 옴짝달싹도 못 하는 상태로 갇혀 있었다.

이제야 모든 상황을 이해할 수 있었다. 소리 지르고 흐느껴

울며 도움을 요청하다가도 기운이 빠져 기절하기를 여러 번. 그러는 사이 현실과 상상이 뒤얽힌 꿈에 빠졌던 모양이다.

나에겐 집주인 아주머니도, 수상한 룸메이트도, 유일한 친구 렉시도 없었다. 나와 친구는 이름이 같았다. 그래서 렉시는 우리 둘을 구분하려고 나를 '민트'라고 부르고는 했다. 하지만 이제 그게 다 무슨 상관이람. 버려진 건물 안에 갇혀 아무도 모르게 점점 죽어가는 마당에.

지역 뉴스 첫 번째 소식입니다. 도시계획 시범 지역으로 선정된 포아 애비뉴 한 건물에서 이십 대 초반 여성의 시체가 발견됐습니다. 건물 폭파 작업 명령이 떨어진 낡은 사설 기숙사 건물에 폭탄 설치를 위해 들어간 작업 인부가 처음 발견했는데요. 발견 당시 피해자는 이미 사망한 상태였다고 합니다.

"바닥이 푹 꺼진 데가 있어서 안에 폭탄을 넣으면 되겠구나 싶어 아래를 내려다보다가 얼마나 놀랐는지……. 비닐로 감싼 여자가 눈을 크게 뜨고 있어서 정말 무서웠습니다. 얼마나 크게 떴는지 거의 사백안이 될 정도였어요. 나 그런 눈 진짜 처음 봤다니까요."

경찰 조사에 의하면 피해자는 알렉시아 러브 그린으로 미술을 전공하는 학생이라고 밝혔습니다.

"올해 스물두 살이고요. 근처 근린공원에서 빈티지 설치 미술품 전시하려고 한창 준비 중이었거든요. 저기, 저쪽이요. 공원 이름이 '레베카 도슨'이었나? 그럴 거예요."

지인의 인터뷰에 의하면 피해자는 예술가로서 영감과 재료를 구하기 위해 프리마켓을 자주 이용했다고 합니다. 경찰이 피해자의 지갑과 구두를 발견한 곳도 프리마켓인 점으로 미루어 그곳에서 납치당한 후 버려진 건물 안에서 변을 당한 것으로 추측하고 있습니다.

"죄송한데요. 제 친구, 그러니까 피해자를 발견하신 분이시죠? 좀 물어봐도 될까요?"

"뭐 좋은 얘기라고 알려고 그래."

"부탁드려요. 제가 그 애 유일한 친구거든요. 그 애 마지막이 어땠는지 알고 싶어서요. 상태가 어땠는지만이라도 알려주실 수 있나요?"

"몸이 팔까지 해서 봉투로 꽁꽁 묶여 있었어. 알지? 공사장에서 많이 쓰는 검은 쓰레기봉투. 그러고 나서 머리까지 다시 반투명한 비닐로 쌌더라고."

"많이 다쳤던가요? 얼굴은 어땠어요? 고통스러워 보이는 얼굴이었다거나 혹시 그랬나요?"

"꼭 알아야겠어? 이걸로 눈물 좀 닦아."

"말씀 좀 해주세요. 힘겹게 몸부림을 쳤다거나 그런 흔적이 있던가요?"

"아니. 아니야. 몸부림은 치고 싶어도 아마 못했을 거야."

"그게 무슨 뜻이에요?"

"마룻바닥을 뜯어내고 나면 그 아래 나무로 된 두꺼운 들보 놓인 게 보이거든. 아가씨 친구도 비닐에 싸인 채 들보 위에 묶여 있었어. 그런데 밧줄을 목이랑 배랑 다리에 꼼꼼하게도 동여

매 놓았더라고. 못 움직이게."

"밧줄요?"

"그래, 밧줄. 그냥도 아니고 아주 튼튼하게 묶었더라고. 아가씨 친구를 동여맨 밧줄을 아래로 길게 늘어뜨려서는 끝에 의자를 달았지 뭐야. 나무로 된 낡은 의자 네 개가 1층 공중에서 대롱대롱 매달려 있었어. 바람 불 때마다 흔들리는 바람에 삐걱삐걱 거리는데 아주 소름 끼치더라니까."

온연두

미드 〈환상특급(The Twilight Zone)〉과 같은, 현실과 상상의 경계가 모호하고 몇 발자국 떨어져서 보면 흐릿한 꿈 같기만 한 글을 쓰고 싶었다. 〈삐거덕 낡은 의자〉는 그렇게 만든 이야기이다. 그 외에도 고딕호러, 도시판타지, 로맨스스릴러를 쓴다. 2017년 《체로니타》를 전자책으로 출간했다.

라벤더의 고요한 하루

이로빈

일의 발단은 엄마의 강권이었다.

또 그래 그만 마음이 흔들려서 알았다고, 만나보겠다고 했던 자신 탓이었다. 좀 더 자세하게는, 하나뿐인 딸이라고 있는 것이 나이가 서른셋이 다 되도록 남자친구 하나 사귀지를 않고, 맨날 맨날 공부나 하고 일이나 한다고, 이래서 어느 세월에 손주를 보겠냐며, 흑흑, 크흑, 아이고 아이고, 우는소리를 하던 엄마한테 더 싫은 소리를 하지 못했던 자기 탓이었다.

아무리 그래도 그렇지, 22세기에 선이라니?

라벤더 이글라이더는 한숨을 푹 쉬었다.

✳

정말 정말로 놓쳐서는 안 될 훌륭한 신랑감이라는 자의 이름은 일단 김화성이라고 했다. 직업은 장교. 그냥 장교도 아니고, 화성기지의 장교라고 했다. 결혼하면 화성의 배우자 비자를 받아서 곧바로 영주 자격을 갖추게 된다고 한다. 딱히 화성에 가볼 생각도, 동경한 적도 없었던 라벤더에게는 별 의미가 아니더라도, 동창회라도 가서 "나 요새 화성기지 장교 만나."라고 하는 순간 부러움의 대상이 되는 게 현실이긴 했다.

화성이라고 하면 거의 천국 수준이라고들 한다. 지겹고 구식이며 번거로운 게 많은 지구에 비해, 화성에 가면 모든 것이 새것이고, 첨단 기술과 환경이 매우 편리 쾌적하다고들 한다. 기본 생활 지원비가 지구의 거의 세 배이고, 복지시설 이용이 전적으로 무료이다 보니 아무나 가고 싶다고 그냥 갈 수 있는 곳이 아니었다. 오죽하면 화성 이민 복권이 지구 복권 인기 1위를 차지한 지 이미 반백 년이다.

일반인이 화성에 가려면 일단 신체검사, 지능검사, 감성검사 등 온갖 검사를 받은 뒤 필기시험과 면접을 통과하고서 또 거액의 보증금을 걸어놓아야 6개월 단기체류 비자를 받을까 말까 한다. 말이 6개월이지, 우주여행에만 3개월이 걸리니까 사실상 3개월에 불과하다(그나마 전에 비교하면 많이 짧아진 여행 기간이다). 화성에 발을 딛는 순간부터 시간을 치는 게 아니라, 화성행 여객선이 출발하는 순간부터 적용되는 기간이기 때문이다. 화성행 여객선의 좌석값은 또 말할 것도 없다. 지구의 일반 주택 평생소유권 다섯 개는 되는 돈이 어디서 뚝 떨어지는 것도 아니다.

아무튼, 그런 화성에 가장 쉽고 빠르게 이민 갈 수 있는 방법은 단 하나다. 결혼!

결혼!

결혼!

결혼!

이거야말로 일석이조, 꿩 먹고 알 먹기가 아닌가? 라벤더의 엄마가 생각하기에는 그랬다. 비자발적 독신주의자 딸을 치워 버리는 거로도 모자라 화성인 사위까지 보게 된다니! 비록 서류 대기 시간은 10년에서 20년일지언정, 일단 혼인신고를 한 뒤 가족 초청으로 이름을 올려놓으면 언젠가는 엄마 자신도 화성에 갈 수 있으니까.

화성에는 대기 오염도 없고 구식 수도 시설도, 바퀴 달린 자동차도 없다. 모두가 공중도로로 공중차를 타고 다닌다고 한다. 주택도 차도 그냥 정부에서 내어주고, 노인 연금도 그냥 주고, 의료 비용도 그냥 무료다. 지글지글한 지구에 비하면 그냥 천국이라고 한다.

지금까지야 어차피 못 가볼 곳이니 별생각도 없었다만, 혹시 아는가? 엄마 생각에 라벤더는 (비록 자기 딸이지만) 미모가 좀 되는 편이고, 나이도 그렇게 꽉 찬 것도 아니고, 공부도 많이 해 좋은 학교서 학위도 여러 개 따 뒀고, 어릴 적부터 음악 공부도 해왔으며, 지금도 뭔가 나름대로 공공 프로젝트니 뭐니 하면서 무슨 듣기 좋은 일 같은 것도 바쁘게 하면서 돌아다니는데, 이 정도면 솔직히 훌륭하지 않은가? 그러니 성혼 브로커도 아예 첫 타에 화성 장교라는 대박을 물어다준 게 아닌가?

그러나 자기가 모든 일을 다 할 수는 없는 것이다. 이제는 순전히 저 곰탱이 딸내미한테 달린 일이다. 선 보러 가는데 옆에 붙어서 코치를 해줄 수도 없는 노릇이고, 이제 어떻게 할 것인가?

라벤더가 선을 보러 나오기까지는 엄마의 온갖 연애 교육도 큰 몫을 했다. 라벤더는 엄마한테 매일 매일 연애 코칭을 받느니 차라리 매도 먼저 맞는다고, 얼른 선을 보고 끝내는 게 좋겠다고 생각했다. 남자의 마음을 사로잡는 법! 남자가 좋아하는 패션! 남자가 좋아하는 표정! 남자가 좋아하는 어투! 남자가 좋아하는 버릇! 같은 말들이 시도 때도 없이 쏟아지는데, 스트레스로 일상생활을 제대로 할 수가 없을 지경이었다.

게다가 마무리는 항상 눈물로 범벅한 책망이었다.

라벤더야, 엄마가 널 가졌을 때 얼마나 아름다운 라벤더 정원을 거닐었는지 아니? (그걸 내가 어떻게 알 수 있나? 그리고 그걸 어떻게 믿어? 지금까지 나한테 사기 한두 번 쳤어?) 그 무엇보다 말이야, 한 사람을 만나서 평생 사랑과 교감을 나누면서 산다는 건 더할 나위 없는 행운이고 행복이란다. (아빠가 맨날 밖으로 돌고 바람이나 펴서 내버렸다며?) 엄마는 네가 평생 혼자이길 바라지 않아. (바라지 않으면 어쩔 건데?) 나중에 네가 외로우면 어떡하니? (그건 내가 걱정할 문제고.) 내가 죽어서도 눈을 감을 수 있겠니? (죽으면 눈을 감아야지 뭐 선택의 여지가 있나?) 자식이라고는 너 하난데, (그럼 또 낳든지.) 널 두고 편하게 죽을 수도 없는 이 애미 생각은 해본 적 없니? (각자의 인생이오.) 매정한 것! (그렇게 생각하든지, 말든지, 내가 어떻게 해줄 수도 없는 일.)

이러저러해도, 아무튼 라벤더는 엄마가 슬프기를 바라지는 않았다. 그렇지만 엄마 마음속의 허전함은 자기가 뭘 해도 채워지지 않는 것이기에 딱히 부질없이 시간 낭비하고 싶지도 않았다. 그래서 조건을 내걸었다.

1. 이번 선 자리에 나가는 대신, 다시는 결혼 얘기 꺼내지 않기.
2. 선 자리의 결과가 어떻든지 간에, 딴말 없기.
3. 1번과 2번 약속이 깨지는 순간 연락을 끊겠다. 연락뿐만이 아니라 혈연관계기록, 친족기록까지 갈아엎고 멀리 이사할 것이다.
4. 3번은 농담이 아니다. 더는 용돈도 없다.

라벤더는 계약서를 써서 엄마한테 지장까지 받아낸 후에야 선 자리에 입고 나갈 옷을 한 벌 샀다. 화성 사람들은 자유로운 옷을 좋아한댔나? 그게 뭐야. 패션 코디네이터가 연산을 평소보다 세 배나 더 돌리더니 보여준 걸로 결정했다. (사실은 무지개색 원피스였는데 그냥 무채색으로 커스터마이징했다. 차마 무지개색까지는 입을 수 없었다. 그쪽에서는 원래 그렇게 해맑은 디자인을 알아준다나.)

선 전날 밤에 엄마는 수면보조제를 챙겨 먹었고, 당일에는 딸의 화장을 손수 했다. 라벤더는 엄마가 얼굴에 라이팅 크림을 펴 바르는 동안 얌전히 눈을 감은 채 속으로 생각했다. 자기가 엄마하고 성격이 달라서 많은 일들이 일어나는 것 같다고. 딱히 나쁘다고 할 것은 없지만, 화장이란 건 재미있는 일이긴 하지만, 역시 이번이 마지막인 게 좋을 것 같다.

코스메틱 광기계가 얼굴 위를 훑으며 지나갈 때마다 약간 어색한 느낌이었다. 크림과 빛이 만날 때마다 색과 광채의 정도가 조정되었다. 눈을 감고서도 라벤더는 엄마의 매우 진지한 표정이 선히 보이다시피 했다.

자기가 어릴 적 콩쿠르에 나갈 때마다 엄마는 항상 밤잠을 설쳤고, 옷과 화장을 준비하느라 며칠을 썼다. 사람마다 좋아하는 게, 장단점이 다 다른데. 엄마는 날 낳지 않았으면 패션 쪽으로 나가서 아주 잘 됐을지도 몰라. 여러 생각이 오고 갔다. 라벤더는 자기 엄마를 잘 알았다. 자기 같은 애 말고 좀 더 여시 같은 애였다면 엄마는 좀 더 행복했을 것이다. 좀 더 자주 웃었을 것이고, 좀 더 많이 기뻤을 것이다.

라벤더는 아랫배에 약간 힘을 주었다. 기운 빠져서 등이 굽어지는 건 별로다. 뭐가 어쨌든, 사랑하는 엄마의 기대를 채우지 못한다는 건, 좀 별로인 일이다.

라벤더는 약간 슬픈 마음이 되었다. 그래서 평소와 달리, 이번 선 자리에서는 좀 더 노력해봐야겠다고 생각하기까지 했다.

어지간히 아닌 게 아니라면, 그래도 좀 봐서, 적어도 세 번은 만나보고 결정해야지. 그래도 화성 장교인데 그렇게까지 안 좋지는 않을 거야. (화성에서 군에 들어가는 건 지구에서 화성 가는 것과 비슷하게 힘든 일이라고 한다.)

그리고 만약 그 장교가 자기를 안 좋아한다면, 그러면 좀 자주 웃기라도 하면서 적어도 세 번까지는 버틴 후 보내더라도 보내자고, 라벤더는 구슬커피를 시키며 일단 다짐했다. 나름대로는 아주 비장한 결단이었다.

선은 오후 3시에 이스턴 카페에서 보기로 했다.

라벤더는 30분 먼저 나가서 미리 커피부터 한 잔 마셨다. 나름대로 마음을 가다듬고 싶었다. 멍하니 커피만 마시기보다는 일거리도 들고 가서 좀 읽었다. 자폐증세를 지닌 지구의 마지막 세대가 어떻게 현 사회의 연속기술체제에 적응, 이바지할 것인지에 대한 상호작용 논문이었다. 지구의 탑 파이브 대학이 참여하는 꽤나 큰 상호논문 프로젝트였다. 심란한 마음이라 잘 안 읽힐 줄 알았는데 너무 흥미롭게 몰입이 잘 되었다.

"어머머."

"얘, 저기. 세상에."

곁에서 누가 속닥이는 소리에 라벤더는 퍼뜩 정신을 차렸다. 시간을 보니 아직 3시 10분 전이라, 아, 아직은 괜찮구나 하고 다시 논문으로 돌아가려다, 문득 카페 입구 쪽을 보았다.

돈이 있었다.

응?

"어?"

라벤더는 눈을 깜박했다. 다시 한 번, 의식적으로 느리게 감았다 떠보았다.

아, 아니구나. 그냥 돈을 온몸에 입은 남자네.

응?

"응?"

뭐지 이건? 꿈인가? 누가 무슨 장난치는 건가?

라벤더는 '자기 눈을 믿지 못했다'는 말이 도대체 어떤 느낌인지 이제서야 비로소 알 것 같았다. 아, 모든 말에는 다 그럴 만한 이유가 있구나. 뭐야, 이런 거 알고 싶지 않았어. 그렇다. 이스턴 카페의 입구에는 한 남자가 서 있었다.

옷이… 옷 자체는 일반적인 정장이었다. 단지 옷감이 죄다 지폐였다. 빛이 반사될 때 드러나는 외곽으로 보아하건대, 그냥 지폐 프린트도 아니고 입체적인 자수였다. 돈이 옷의 모든 부분에 일관적으로 수놓인 정장이었다. 그런 옷차림의 남자가 누구를 찾는 듯 카페를 멀리 둘러 보았다. 휙! 휙!

휙!

도망쳐!

라벤더의 그런 생각을 읽기라도 한 듯, 바로 그때 남자와 시선이 딱 마주쳤다. 그는 라벤더를 곧바로 바라보며 씨익 웃었다. 왼손에 든 백색 순은 마호가니 지팡이를 한 바퀴 빙글빙글 돌리며.

아, 안 돼! 오지 마! 저리 가!

돈 정장의 남자는 성큼성큼 카페를 가로질러 라벤더에게로 왔다. 만인의 시선이 그를 따라왔다가 라벤더에게 왔다가 다시 그에게로 갔다. 그 와중에도 라벤더는 엄마의 "활짝 웃어, 알았지?"라던 말을 기억해냈다. 기억만 했을 뿐 웃기까지는 못했다.

젠장, 어떡하지?

"안녕하십니까, 지구의 라벤더 이글라이더 양?"

카페 저쪽에서 누가 마시던 커피를 뿜었다.

"아… 아, 네, 처음 뵙겠습니다."

"소인은 김화성이라구 그럽니다."

"네? 아, 네. 아. 그러시군요. 만나서 반갑습니다."

차분하고 분위기 있던 카페에는 이제 냉빙지옥의 밑바닥에나 도사릴 법한 뼈저린 적막만이 흘렀다.

이 사람들… 하긴 나라도 그랬을 거야……. 심지어 멀쩡히 통화 중이던 사람까지 서둘러 통화를 종료한다. 이 한 몸 바쳐 모두를 즐겁게 하는, 이런 게 고대 군자의 마음가짐일까?

어떡하지 고대의 성인처럼 그냥 죽을까? 모두의 죄를 짊어지고… 샤랄라…….

"좋은 말씀 많이 전해 들었어요. 정말 분위기가 멋지시구려."

"네, 저… 저도 좋은 말씀 많이 들었습니다."

화성에서는 사람들이 서로 말을 안 하나? 왜 자꾸 어투가 혼돈이지? 아닌데, 언어는 일치한다고 알고 있는데?

"제가 요새 무협을 많이 읽어서요. 분위기 어색할까 봐 약간 좀 연습을 했습지요, 하하하!"

"아, 그러셨군요."

"이런 자리가 전 처음이기 때문에 그래도 아직도 좀 긴장이 되네요. 잘 부탁드립니다."

김화성 씨는 갑자기 진지한 얼굴로 꾸벅 인사까지 했다. 라벤더는 덩달아 목례했다.

"네, 저도 그렇습니다. 이제 그만 앉으시죠?"

라벤더는 천천히 이성을 되찾아갔다. 그래, 행위예술 같은 걸 하는 초월본성자연주의 아티스트와 대담하는 거라고 생각하자. 뭘 생각하려고 하질 말자. 일단 이 자리부터 모면을 하고…….

"지구는 올 때마다 참 새로운 것 같아요. 화성은 맨날 그게 그 거거든요."

"그런가요? 하긴 직장과 집만 오가면 별로 새로울 게 없죠."

"그치요. 아 참, 그리고 지구에는 온갖 틈새마켓이 있어서! 전 정말 틈새마켓 좋아해요. 이것도 어제 산 거예요! 빈티지 명품 이라던데 3백밖에 안 줬어요."

설마 블랙마켓 말하는 건가. 근데 저 돈 정장을 어디서 돈 주고 샀다고? 3백? 에어카 한 대 값? 김화성은 라벤더의 멍한 표정을 감탄으로 착각했는지, 신나서 자리에서 벌떡 일어났다.

"어제 갔더니 어떤 아저씨가 이걸 입고 이러고 있더라고요, 그것 참!"

그는 갑자기 양팔을 벌리더니 새 날갯짓하듯 파득거리기 시작했다. 양다리도 역시 접었다 구부렸다, 모았다 벌렸다 한다.

"북북! 북북! 북북춤! 북북! 북북!"

아…….

몇 번을 반복하더니 갑자기 휙 옆으로 돌아선다. 그러고는 양팔을 물결처럼 흐느적흐느적하며 미꾸라지 같은 백스텝을 밟는다.

"인… 생은… 쌩트립! 아다지오 쓰리고… 자진모리 삼박자 워크 워크 잭슨 킹! 아이야 너으 왕관은 어디로 갔는고오오? 오예, 오 예, 그 누구보다 쌈박히! 그 누구보다 유련히!"

화성 장교 김화성이 어제 블랙마켓에서 보고 감동받아 돈 정장을 샀던, 어떤 얼어죽을 상인의 복고풍 힙합 재현은 한도 끝도 없이 이어졌다.

"어허, 우후, 알 수가 없는 일이 쥐! 인생! 인생! 미스터리 로 꽉 찬! 어 허, 예 헤, 심해바다 저 아래! 대왕오징어 는 알까! 무건! 무건! 무거운 우 주! 에헤 라 쿵짝! 꿈은 날아 오 르 고!"

어디서 컵 떨어지는 소리가 났다. 그 소리가 라벤더의 경직되었던 의식을 흔들어 깨운 건지도 모른다.

"저… 저는 갑자기 급한 일이 생겨서, 그만, 갑니다."

다 필요 없다.

라벤더는 후다닥 일어섰다. 옆으로 돌아서, 공연에 심취한 김화성의 동선을 피해 나가려는 게 계획이었다. 무슨 이유에선지 김화성은 더욱 신이 나서, 제자리에서 세 번을 빙글빙글 돌다니 갑자기 양팔을 짜잔 펼쳤다.

"갑자기! 왜요! 아직! 아니 아직인데…요?"

도망쳐야 한다. 라벤더는 잠시지만 커피잔을 김화성의 뒤통수에 집어 던져 기절이라도 시킬까 생각했다. 그때였다, 멀리서 뿔나팔 소리가 울려 퍼진 것은.

이것은 옛날 평면 영화에서나 나오는 장면이 아닌가.

라벤더는, 그리고 이스턴 카페 안의 모든 손님들은, 거의 동시에 카페 바깥쪽을 바라보았다. 저 화성놈 이번에는 또 무슨 수

작인가? 아무 이유 없는데도 라벤더는 밀물처럼 밀려오는 불길한 예감의 원인을 김화성이라고 생각했고, 그것은 슬프게도 정확한 감이었다.

라벤더는 아무튼 카페 밖으로 뛰쳐나갔다. 카페 안의 다른 많은 사람들도 줄지어 우르르 몰려나왔다. 김화성 역시 춤을 멈추고 달려 나왔다.

라벤더는 어서 택시를 부르든지 아니면 그냥 무작정 뛸 작정이었지만, 눈 앞에 펼쳐진 광경에 두 다리가 완전히 경악하여 얼어붙어 버렸다.

광화대로 한가운데 공중로에 기름이라도 칠한 듯 매끄럽게 날아오는 찬란한 무지개색 에어트럭 떼거지란 뭘까?

뭘까?

뭘까?

"요 맨! 당신 블랙기사 인 더 하우스!"

저 새끼가 그 블랙마켓 사기꾼이구나!

라벤더와 카페 손님 모두 동시에 같은 생각을 떠올렸다. 이것도 집단 지성이라면 이랄 수도 있겠다.

그 사기꾼의 차림새는 대략 이러했다. 골드 체인을 목에 치렁치렁 건 것까지야, 뭐 그렇다 치고, 양쪽에 땋아 말아 올린 선녀 헤어스타일에(유행 지난 지 60년), 호피무늬 장포에, 황금빛 뱀피패턴 쫀쫀이 타이즈, 그리고 셔츠니 뭐니 무슨 상의 따위는 없다.

"화성… 스타일! 이베에에에에엥트! 당신 맞선녀! 그러므로 선녀 스타일!"

"대체 좀….."

"지금 신고 들어가요."

"감사합니다."

아직 세상은 지나치게 잔인하지는 않은 것 같다. 라벤더 이글라이더의 휘청대던 손은 카페 문고리를 쥐고서야 간신히 흔들림을 멈췄다. 카페 손님 중 누군가가 경찰과 통화를 시작했다가, 블랙마켓 사기꾼의 요란한 음악 소리에 고개를 절레절레 흔들며 카페 안으로 들어가서 말을 이어갔다.

"괜찮아요? 어디 아파요?"

김화성의 멀끔한 얼굴이 불쑥 나타나는 순간, 라벤더는 이성을 잃고 그대로 박치기를 해버릴 뻔했다.

아, 하지만 도로의 차들이 점차 멈춰 서는데….

도로의 눈치 없는 어떤 놈들은 얼씨구나 좋다며 아무 이유 없이 덩달아 춤을 춘다. 누군가 "이거 뭐야? 오늘 뭐 해?" 이런다.

사태는 전혀 진정될 기미를 보이지 않았다. 사기꾼이 팔을 팔락대며 북북! 이라고 외치자마자 트럭 문이 확 열렸다.

"맞선 서포트 왔습니다!"

"맞선 서포트 왔습니다!"

"맞선 서포트 왔습니다!"

"동!"

"서!"

"남!"

"북!"

"불!"

"바람!"

"물!"

"땅!"

설마.

라벤더는 빨간옷, 흰옷, 파란옷, 까만옷 입은 팀 넷이 에어바이크를 타고서 트럭에서 우르르 쏟아져 나와 공중에 큰 진을 펼치는 것을 보다가, 김화성의 순수하고 말간 면상을 보다가, 방금 떠올리고만 궁금점을 결국 묻고야 말았다.

"설마, 어제 저 새⋯ 저 인간한테 이 거지 같은 맞선 서포트 서비스까지 구매했니?"

"앗! 어떻게 아셨나요?"

"저 새⋯ 저놈이 그랬어? 이런 거 하면 좋을 거라고?"

"네! 처음에 임팩트를 파파팍! 주는 거라고 그랬습니다!"

"화성에서도⋯ 그쪽 동네에서도 이런 식이야?"

"기왕 하는 거 재밌게 하는 걸 좋아하는 편이죠, 아무래도. 하하핫!"

"그렇구나⋯⋯." 죽어도 화성에는 가지 않겠다.

"제가 생각하기로는요, 아무래도 화성의 트렌드는 지구보다는 뭐랄까, 좀 더 밝고 명랑한 그런 톤인 것 같습죠. 지구가 첼로라면 화성은 하프? 플루트? 감이 오시죠? 좀 더 영롱발랄한 그런?"

라벤더는 침묵했다. 뭐라 말해야 할까, 저 맑디맑은 면상에 다 대고.

이런 꼴을 보자고 선을 본다고 했나? 내 인생이란 대체 뭐지? 엄마가 덜 불행했으면 좋겠다고 생각하긴 했지만(그리고 잔소리 좀 그만 듣고 싶었지만), 이런 걸 원한 건 아니다.

라벤더는 허공에서 벌어지는 컬러 이펙트 콘트라밴드 스펙 트럼(자기들이 그렇게 외치고 있다) 떼춤을 잠깐 간신히 흘깃 보 았다.

내가 이상한 걸까? 이런 걸 좀 즐기는 게 좋은 일인 거 아닐 까? 사실은?

지나가다 말고 차를 허공에 세운 채 셔츠 벗어 창밖으로 연신 흔들어 대는 몇몇 사람들을 보자, 라벤더는 잠시 그런 생각마저 들었다. 엄마가 했던 말처럼, 내가 앞뒤 꽉 막힌 재미없는 센스 없는 애인 걸까? 좀 이런저런 걸 놓고 순간을 즐기지를 못하는? 그런 라벤더의 생각은 아까 경찰에 신고 넣었던 어떤 카페 사람 의 쨍한 목소리에 확 가라앉았다.

"언니! 금방 온다더니 무지 늦장 부리는데요? 길이 막힌대요! 어쩜 이런지!"

"그래요? 아무튼 고마워요……."

동시에 카페의 다른 손님들은 각자 그럭저럭 정신을 차린 건 지 한숨을 쉬거나 허공의 난장판을 촬영하거나 하기 시작했다. 라벤더에게 당신 괜찮으냐며 카페에서 포장케이크를 사다가 주 는 사람까지 있었다. 카페 주인까지 나서서 라벤더에게 새 커피를 가져다주었다. 잔잔한 위로의 물결에 둘러싸인 기분은 어느 정도 묘했고, 어느 정도 쪽팔렸고, 많이 고마웠다.

그래, 라벤더는 다시금 생각했다, 아무래도 화성 장교가 긴 일이니까 경찰도 곤란할 거야. 저 블랙마켓 새끼야 재활소를 제 집 드나들듯 할 테니 뭐 신경이나 쓰겠어? 뭘 해야 공공소란, 경범죄 정도로 걸리는 게 다일 텐데. 아, 아무리 그래도 그렇지, 이렇게 맹해 빠진 화성놈한테까지 사기를 치냐? 해도 해도 정말 너무한 거 아니야? 라벤더가 멍하니 케이크를 한 입 두 입 떠먹으며 그리 생각하는 동안 김화성은 양 뺨을 수줍게 붉히며 되지도 않는 고백 비슷한 소리를 늘어놓고 있었다.

"우리 만난 지 얼마 안 됐지만, 전, 전 라벤더 씨가 좋아요."

"그래?"

"전 이렇게 착 가라앉은 사늘사늘한 라벤더 씨의 분위기가 특히 좋은 것 같아요. 제가 좀 방방 뜨는 타입이라 그런지, 하하핫!"

"그래, 그렇구나?"

"네, 맞아요! 어제 안절부절못하다가 틈새마켓에 가길 잘했어요. 전 이런 자리 처음이라 무지 긴장했었거든요. 그런데 선 보는데 누구랑 같이 가는 건 좀 아니라고 해서, 그러면 어쩌나 했는데 마침 이런 서비스가 있다고 해서 참 기뻤지 뭐예요? 지구에는 이벤트라는 풍습이 있다면서요!"

"그래, 기뻤구나?"

"네, 지구는 참 신기한 곳인 거 같아요! 뭐랄지, 참 이런저런 도움이 섬세하게 준비된 곳 같아요. 그에 비하면 화성은 뭔가 좀 융통성이 없고 죄 자동화에……."

김화성의 말은 계속 이어졌다. 라벤더는 이제 어쩌지? 라고만 계속 생각할 뿐이었다. 아까는 화가 좀 나기도 했지만 이제는 잘 모르겠다. 아무래도 이 김화성이는 그냥 사기를 당한 것뿐이다. 자기가 사기를 당했다는 것조차 모르는 것 같다. 왠지 막막했다. 자신은 애당초 선 보러 나올 생각부터가 없었다.

뭐가 문제인 걸까? 라벤더는 자신의 인생을 쭉 되짚어보았다. 자기한테 선을 안 보면 안 되는 어떤 조급함, 불안함이 있나? 그런 건 없다. 저 말 많은 화성놈이 마음에 드는가? 그건 아니다. 내가 왜 내 인생에 저런 어벙한 걸 끼워 넣어야 하는가? 그럴 이유라고는 반세기 전에 문명사회에서 사라진 생리만큼도 없다. 하지만 엄마는… 엄마는.

라벤더는 자신의 엄마를 잘 알았다. 비록 자기에게는 선이나 결혼, 번식 같은 게 무의미할지라도 엄마한테는 그게 무척 큰일이라는 걸. 그것도 그냥 큰일이 아니라, 자기 딸이 평생 독신으로 산다는 생각만 해도 눈물이 주룩주룩 흐르는, 어떤 감정적인 큰 산이라는 것을. 그게 자기 책임인가? 그렇지는 않다. 엄마의 감정 문제는 엄마 책임이다. 그러나 그렇게 깔끔히 딱 자를 수 있는 일인가? 그렇지는 않다. 그리고 설령 그렇게 딱 자른다고 양방에게 다 좋게 해결될 일인가? 역시, 그렇지는 않다. 어쩌면 이런 일은 다 좋게 해결되기란 애당초 불가능한 것인지도 모른다.

뭐가 어쨌든, 라벤더는 쉴새 없이 뭔가를 말해대는 김화성의 말간 면상을 바라보며, 자신이 지금껏 차마 조립해낼 수 없었던 문장을 머릿속에서나마 결국 조립해냈다. 자신은 뭐가 어쨌든 엄마를 사랑한다. 자신은 해줄 수 없는 일을 자꾸 바라는 엄마였지만, 라벤더는 자신이 처음 공립 교육과정을 시작하던 날 아침, 자기 정수리에 자꾸만 입 맞추던 엄마를 아직도 기억했다. 자신은 너무 어려서부터 엄마의 불가능을 가능으로 돌려놓으려 애써왔지만, 나이가 들며 문제를 깨달아 왔지만, 또한 극복하거나 포기해 왔지만, 이런 일을 겪을 때마다 마음 한편이 차가워지는 건 어쩔 수가 없었다.

'이제부터라도 지금까지 시도해온 것과는 좀 다른 접근법이 필요하지 않을까.'

언제까지나 마음에도 없는 선 자리에 나갈 수는 없다. 지금이야 선이지만 좀 더 시간이 지나면 인공수정, 입양자리까지 떠밀려 나갈 수도 있는 일 아닌가? 라벤더는 허리를 곧게 펴고 앉았다.

아무리 약속을 했다고 해도, 엄마 역시 자기를 잘 알았다. 자신이 그렇게 무 자르듯 딱 자를 수 있는 딸이 아니라는 걸 모를 리가 없다. 그렇다고 너무 몰아붙이면 화낼 테니까, 그 정도는 말고 그냥 계속 꾸준히 눈물로 몰아붙이는 것이다. 죄책감 역시 무기가 될 수 있으니까.

어쨌든 이대로는 안 된다. 라벤더는 그런 결론에 이르렀다. 뭔가가 확실히 바뀌어야 한다.

'일단 이놈부터.'

라벤더는 의자에서(아까 카페 누군가가 가져다준 의자였다) 일어나 섰다. 김화성은 쉴새 없이 움직이던 입을 잠시 멈추고 그런 라벤더를 바라보았다. 여전히 상큼발랄하기 그지없는 눈빛이다. 너도 참 고생한다고 생각하며, 라벤더는 입을 열었다.

"저놈들 다 보내. 그리고 너하고도 볼 일 없으니 이제 난 갈게."

"네, 네?"

"우린 아니야. 그냥 아닌 거야. 암튼 좋은 사람 만나고, 저런 사기꾼한테 돈 쓰지 마. 지구에는 아직 저런 사기꾼이 많아. 그냥 화성 가서 살어."

"아니야! 오, 그건 정말 아니야! 아직 많은 것이 남았어!"

멍한 김화성의 옆구리를 꾹 찔러 밀어내며 블랙마켓맨이 끼어들었다. 언제 착륙한 건가? 어쨌든 자신이 알 바 아니었다. 라벤더는 사기꾼 쪽은 쳐다보지도 않고 김화성에게 말했다.

"아무튼, 난 이제 갈 테니까 이 난리는 알아서 수습하고 가. 그럼 안녕?"

"왜요오오, 안 가면 안 돼요?"

"안 돼 안 돼, 가면 안 돼! 안 돼 안 돼, 가면 안 돼!"

김화성과 블랙마켓맨의 코러스는 계속되었다.

"이렇게 만난 것도 인연인데에…!"

"그래 맞어, 정말 맞어, 인연을 소중히 해야줘!"

"이제 그만……."

"조금만 더 저의 정성을 지켜봐주세요!"

"그래 맞어, 정말 맞어, 나도 정말 공들여 준비했다구!"

라벤더 이글라이더는 하늘을 한 번 우러러보았고, 땅을 내려다보았고, 울상 지은 김화성과 느끼한 블랙마켓맨을 잠깐 보았다. 멀리서 들려오는 사이렌 소리와 여전히 군무 중인 이벤트 가이들의 함성 소리, 거기다 선 좀 보러 나가라며 흐느끼던 엄마의 울음소리까지 기억나며 뒤섞이면서 갑자기 머릿속이 차갑게 식었다.

'좋게 얘기하면 들어먹질 않지.'

라벤더는 통신창을 열고 1번을 선택했다. 하긴 좋게 얘기해서 들어먹을 사람들이었다면 애초에 문제가 이렇게까지 커지지도 않았을 것이다.

발신 바의 첫 번째 마디가 미처 다 차기도 전에 보이스톡이 연결되었다. 낮은 목소리가 대뜸 질문했다.

"라벤더냐?"

"응."

"갈까?"

"응."

곧바로 통화가 종료되었다. 라벤더는 김화성과 블랙마켓맨이 뭐라고 떠들든 쳐다보지도 않고, 곧바로 가방을 뒤져 라이딩 벨트를 꺼내 둘러찼다. 마지막으로 착용한 지 5년은 된 것 같은데, 몇 초의 무선 충전 이후 아무 문제 없이 전원이 켜졌다.

"설마 그건… 혹시?"

라벤더의 그런 모습을 보던 블랙마켓맨의 눈빛이 처음으로 불안하게 흔들렸고, 김화성도 덩달아 진지한 표정을 지었다. 그러거나 말거나, 라벤더는 라이딩 고글을 꺼내 썼다.

1세기 전, 지구의 정부가 막 연합을 이루었을 때, 잦은 불협화음과 전쟁의 위협이 있었다. 지금에야 상상하기도 힘든 일이지만 그때는 가장 기본적인 식수, 식량 분배조차 제대로 되지 않던 시절이었다. 전 지구적으로 군사조직이 해체되는 과정에서 반란 시도 역시 잦았다. 그러한 환경에서 민간에서 자체적으로 발생, 발전해 나간 치안유지 조직이 있었으니, 그 이름하여 이글라이더스였다.

"언니 혹시? 정말? 트룰리?"

김화성은 왜 갑자기 자신의 이벤트맨이 목소리를 떨며 눈물을 글썽거리는지 몰랐다. 대체 무슨 일이지? 화성 네이티브로서 당연한 일이긴 했다.

이글라이더스는 창단 이후 근 반세기 동안 지구 전역에서 활약했고, 연합 정부가 완전히 안정을 찾은 이후 자진 해산했다고 전해진다. "우리의 대의는 이제 불필요해졌다."가 이글라이더스가 내놓은 이유였다.

연합 정부에서는 이글라이더스의 리더십을 초청해 포상과 명예 훈장을 선사했고, 모든 멤버들은 평생 특별 연금을 지급받았다. 신기하다면 신기하게도, 이글라이더스의 멤버 중 단 한 명도 정치에 입문하지 않았다. 잠시 훈장 수여식에 나타났던 한 명을 제외하고는 그 누구도 공식적으로 얼굴을 공개하지도 않았다. 그렇게 이글라이더스의 존재는 세월과 함께 희미해져 갔지만, 그들의 영웅담은 마치 전설처럼 지구의 인트라넷 망을 타고 흘러다녔다.

그렇다. 라벤더 이글라이더는 이글라이더스의 몇 안 되는 마지막 후손 중 하나였다. 라벤더의 어머니 브리 이글라이더는 이글라이더스 창단 멤버의 딸이었고, 놀라운 재능의 소유자였지만 젊어서 취미로 라이딩을 하다가 곧 그만두었다. 바람은 지나치게 제멋대로라 별로라는 게 이유라 한다. 아버지는 그런 브리 이글라이더를 계속 쫓아다니다가 결국 그 정성에 감동한 삼촌(브리의 남동생)에게 이글라이딩을 사사받은 후 완전히 매료되어 지금껏 어딘가에서 바람을 즐기고 있다(고 한다).

브리, 즉 라벤더의 어머니는 그런 남편을 이해할 수 없었다. 하긴 본인에게는 별일 아닌 일에 목숨 걸고 매달리는 남편이었으니, 게다가 애가 태어났는데도 육아는 뒷전이고 라이딩이나 하러 나다녔으니 그럴 만도 했다.

그래도 브리 이글라이더는 최대한 인내했다. 딸이 태어난 지 1년이 지나서야 결국 혼자서 이름을 결정하게 되었을 때도, 남편이 어서 정신 차리기를 소망하며 라벤더라고 성명신고서에 썼다. 가물에 콩 나듯 집에 들어올 때마다 라벤더 꽃다발을 가져오던 놈이었으므로.

좀 더 시간이 지난 후에야 브리는 아닌 놈을 인내하는 것만큼 무의미한 일은 없다는 것을 깨달았고, 이혼했다. 딸은 똑 부러지게 자라났지만 그렇다고 허전함이 충족되지는 않았다. 애당초 스스로가 아닌 그 누구에게든 그런 걸 바라면 안 된다는 것이야 잘 알았지만, 그렇다고 괴로움이 사라지는 건 아니었다.

라벤더는 그런 엄마를 누구보다도 잘 알았다. 엄마 역시 스스로를 붙잡기 위해 부단히도 애써 왔다는 것까지도.

'그렇지만 이대로는 아무것도 안 돼.'

이대로 여기저기 원치 않는 선 자리나 나가면서 시간 낭비하는 인생을 살 수는 없다. 라벤더는 천천히 몸을 풀었다. 간단히 스트레칭 하는 정도였다. 귓가에 알람음이 몇 번 울렸다.

"한세월 걸리네."

그리 말하며 라벤더는 고개 들었고, 김화성과 블랙마켓맨도 덩달아 고개 들었고, 경찰차와 막 실랑이하던 이벤트 가이들도 함께 뒤를 돌아보았고, 햇살이 저 먼 곳 에어 시그널의 측면 미러에 부딪혀 쨍 하고 부서져 내렸다.

"저건……."

"설마… 리얼리?"

티켓 스틱을 붉나게 흔들며 당장 차 빼라고 외치던 교통경찰마저 뭔가 이상함을 느꼈을 때, 곧 뒤를 돌아보았을 때, 거리의 인파와 공중의 정체 차량 운전자들이 또한 같은 쪽으로 시선을 돌렸을 때, 모든 이가 동시에 감지한 것은 첫째로, 햇살을 가린 그림자였다.

"도, 독수리?"

"이글? 트루? 진짜루? 우오오오오!"

블랙마켓맨은 갑자기 무릎을 픽 꿇었다. 그리고 눈물마저 글썽이며 양손을 하늘 높이 치켜들었다. 김화성은 당황해서 그런 블랙마켓맨과 저 먼 하늘의 독수리와 라벤더를 보았지만 아무도 아무런 설명을 해주지 않았다.

블랙마켓맨은 눈물을 뚝뚝 흘리며 라벤더에게 "더, 더할 나위 없는, 끄윽, 영광입니다!"라고 말했고, 라벤더는 그런 그에게 눈길조차 주지 않았다. 아닌 놈과 불필요한 말을 섞을 필요는 없기 때문이다.

독수리는 유유히 하늘을 날아서 라벤더 앞에 착지했다. 날개의 끝과 끝까지 2미터에 달하는 너비라 김화성과 블랙마켓맨은 재빨리 라벤더에게서 멀어져야 했다.

라벤더는 독수리가 입은 경량화 조끼와 금색 발판을 쓰다듬었다. 이게 얼마 만인지 모르겠다. 조금 마음이 울렁거렸고, 기뻤다.

귓가에서 통화 요청음이 울렸지만 라벤더는 그냥 검지를 까닥해서 종료시켰다. 지금은 엄마하고 통화할 기분이 아니었다. 라벤더는 독수리의 등으로 한 발을 올렸고, 경량화 도구끼리 호환하며 순식간에 몸이 가벼워지는 감각에 휩싸였다. 그다음은 곧바로 이륙이다.

그렇다고 무게가 없어지는 것이 아니다. 중력의 방향을 따르던 무게는 경량화 과정을 거쳐 이글과 이글라이더를 둘러싸고 둥글게 돈다. 동시에 둘의 무게중심이 일치되며 잠김으로써 불시에 떨어진다든지 하는 일을 방지하기도 한다.

어째서 독수리인지는 라벤더도 잘 몰랐다. 첫 이글라이더조차 자신의 먼 조상 이야기에서 떠올린 아이디어라고 한 바 있다. 아직 인류가 바다로 갈려져 있었던, 불을 만들기 위해 화로에 불씨를 간직해야 했던 멀고 먼 과거의 어느 한 때부터 전해져 내려온 신성한 새 이야기. 천둥으로 빚어졌거나, 창조주와 인간을 잇는 성스러운 새이므로 아무나 아무 때나 죽여서는 안 되는, 그런 새.

'그것도 웃겨. 그렇게 성스러운 새라면 아예 죽이질 말아야지, 뭐 인간 맘대로 언젠 죽여도 되고 언젠 안 되고 그런 건가? 아무튼.'

라벤더의 몸은 독수리의 날개 위에서 기나긴 바람을 가르며 공중으로 떠올랐다. 무거운 물결 같던 중력의 그물이 한순간에 수만 가지의 깃털처럼 흩어지며 떠돌아 갔다.

날 수 있다는 것은 이런 일이었지.

라벤더는 깊은숨을 내쉬었다.

라이딩 고글은 눈만 보호하는 게 아니라, 얼굴과 목까지 얇은 공기 장벽으로 둘러쳐준다. 바람과의 마찰이 심해질 때마다 순화해주는 역할을 한다. 그래서 비행 중에도 말을 할 수는 있다. 보통은 어차피 안 하지만.

비행 중의 통신은 전체적 사념 순환 체계를 통하는 것이 보통이다.

사념 통신이 가능은 하지만 보통은 채널을 열어놓지도 않는다. 생각 자체로 소통하는 것은 부담스러운 일이다. 라벤더는 엄마하고도 사념 통신을 하지 않았다. 엄마도 딱히 라벤더에게 사념 통신을 하자고는 않았는데, 엄마한테도 부담스러운 일이기 때문이었다. 현재로서는 지구의 인류 대부분이 설령 사념 통신을 한다 쳐도 일대일이 아니라 공개된 익명 채널에다가 별 뜻 없는 생각이나 일방향으로 보내는 정도가 다였다.

라벤더가 사념 통신을 하는 사람은 삼촌이었다. 그것도 아무 때나 하는 게 아니라, 라이딩하는 동안에만 가능하도록 설정해 두었다. 그러니 현재 라벤더의 상태가 곧바로 그의 삼촌, 페퍼잭 이글라이더에게 전달되는 것이었다.

「오랜만이구나.」

「응.」

「어지간히 싫었나 보네? 하긴 그럴 만도 하구먼. 그 얼간이들은 대체 뭐냐?」

「엄마가.」

「그랬겠지.」

「끝까지 안 본다고 그랬어야 했는데.」

「그러면 아마 엄마는 한 달 정도 가만있다가 다른 선 자리 들이밀었을걸.」

「그것도 그래. 그래서 이대로는 안 될 것 같아. 다른 방도를 모색해야 해.」

라벤더는 눈을 게슴츠레 뜨고 허공의 끝자락을 보았다. 하늘은 붉고 푸르고 어둡고 밝고 황금색으로 빛났다. 그때 바람의 한 흐름이 어깨를 약간 밀었다. 눈이 가기도 전에 이미 라벤더는 옆에서 삼촌이 날고 있다는 걸 알았다.

「좀 더 자주 날아보는 건 어때?」

「난 바쁘니까.」

「일부러 바쁘려 하는 건 아니고?」

「삼촌도 알잖아, 난 이게.」

「좋으면서 싫어, 그래, 잘 알지.」

라벤더가 관두라는 생각을 하기도 전에, 삼촌에게서 어떠한 이미지가 전달되어 왔다. 며칠은 안 깎은 수염에, 대강 잘라대서 엉망인 머리칼을 대충 틀어올린 채로 이글라이딩을 하는 남자의 모습이었다. 충혈된 눈과 굵은 광대선이 낯설면서도 낯익었다.

「굳이 왜?」

라벤더는 불쾌한 기분이 되었다. 애비라는 놈의 이미지는 볼 때마다 기분이 더럽다.

「아직도 이러고 다닌단다.」

「내가 왜 그런 걸 알아야 되는데?」

「그 자식이 재수 없는 자아도취 성격장애 비행 중독자라고 해서, 네가 비행을 즐기는 게 잘못이 되는 건 아니잖아?」

「그건 뭐.」

「너나 네 엄마나 그래. 이글라이딩은 원래 우리 거라고. 저 새끼더러 '우훗 하늘을 나는 나! 멋진 나! 멋지다는 걸 굳이 어필하지 않아서 더 멋진 나!' 이러고 넝마나 뒤집어쓰고 나돌아다니라고 조상님께서 피땀으로 일구어낸 게 아니야. 자기 목숨이야 어떻게 되든 사람들을 하나라도 더 살리려고 일찍이 분연히 떨쳐 일어나셨던 마리아 님의 정의로운 뜻이 담긴 비행이라고.」

「한잔 했어? 그것도 진짜 술로?」

「그래.」

「취해서 라이딩하는 건 괜찮고?」

「정말 한 잔만 했어. 그것도 5시간 전에. 아무튼 뭔 말을 못 해, 너나 누나나.」

라벤더는 잠깐, 정말 아주 잠깐 옆을 보았다. 삼촌은 잠시 라벤더 옆에서 이어 날다가 씩 웃더니 서북방으로 방향을 바꿨다. 금세 멀어지는 브로콜리 파마머리가 왠지 아련했다. 삼촌도 이제 새치가 나네.

「마리아는 항상 내가 잘 돌보고 있어. 마음 바뀌면 얘기해, 장난감하고 둥지하고 다 보내줄게. 뭐 그 집엔 무지 큰 에이비어리도 있는데 별 필요도 없겠다만.」

「알았어.」

「정말 화성에는 갈 생각이 없는 거?」

「없어.」

화성에서는 이글라이딩을 할 수 없을걸.

라벤더와 페퍼 잭 이글라이더는 동시에 같은 생각을 했다.

공중까지 완벽하게 도시 계획에 포함되어 돌아갈 테니까.

「그럼 잘해봐.」

라벤더는 긴 한숨 쉬는 자신의 이미지를 삼촌에게 보냈다. 이제 엄마한테 뭐라고 하나?

삼촌은 도망치는 이미지로 답해 왔다. 그리고 통신이 종료되었다.

라벤더는 일반 통신 채널을 잠시 확인했다가 얼른 껐다. 정말 이글라이더였을 줄은 몰랐다는 프로젝트 매니저의 메시지부터 방송사의 인터뷰 요청, 일단 얼른 집으로 들어오라는 엄마에 이르기까지 매우 많은 수신 요청이 쌓여 있었다.

이제 어떡하지.

라벤더는 생각해보았다. 이대로 집으로 가면? 엄마는 울먹이며 어떻게 김화성 같은 남자를 파토놓을 수 있느냐며 항의할 것이다.

집에 안 가면? 집에 안 가면 어딜 가는가?

돌아가면? 죽으면 죽었지 화성맨과 블랙마켓맨의 면상을 두 번 다시 보는 일은 없을 것이다.

어떡하지?

라벤더는 무척 곤란한 심정이었다.

'아냐, 어쨌든 지금은 고민하기 싫고.'

마지막으로 날아본 것이 5년도 넘었다. 라벤더는 발아래로 내려다보이는 공중 도로선과 장난감 같은 도시의 배경선이 반가우면서도 동시에 달갑지 않았다. 어차피 돌아가야 하는 곳이라 그런 모양이었다. 그것보다는 허공에 혼자 붕 떠 있는, 온 사방이 바람인 이 감각이 훨씬 달콤하고도 시원했다.

라벤더는 이글라이딩을 좋아했다. 좋아했다는 것을 넘어서 일상의 일부였다. 자신의 어린 시절 사진 중 대다수가 펠레의 날개에 감싸인 걸 찍은 모습이었다. 펠레는 그 당시 엄마의 독수리였고, 성질이 다소, 아니, 많이 더러웠다고 한다. 그래도 어린 자신이 뒤뚱거리며 다가가면 (마지못해) 깃털을 좀 만지게는 해줬다고 한다. 아버지를 볼 때마다 미친 듯이 난리를 쳐서 가까이 오지도 못하게 했다는데, 그러고 보면 참 선견지명을 지닌 독수리였다.

라벤더는 열세 살 때 마리아를 만났다. 이글라이딩 시뮬레이션 테스트를 만점으로 통과하고도 엄마의 못 미더움을 통과하지 못해서, 원래 계획보다 3년은 늦게 만나게 된 독수리였다. 그나마도 삼촌의 강력한 서포트가 있었기에 가능한 일이었다.

엄마는 라벤더가 이글라이딩하는 걸 썩 좋아하지는 않았다. 어차피 에어카가 날아다니는 세상에 굳이 다 지나간 과거의 이글라이딩을 계속해서 뭘 하느냐는 것이었다.

그거야 물론 그렇지만, 삼촌은 어깨를 으쓱했다. 좋아서 하는 건데 굳이 뭘 복잡하게 따질 필요는 없잖아? 누나야말로 왜 더는 안 날아? 브리 이글라이더는 말없이 손사래를 쳤다.

약간의 논쟁 이후, 삼촌은 라벤더를 이끌고 오래된 에이비어리로 갔다. 브리 이글라이더는 여전히 투덜거리며 좀 떨어져서 따라왔다. 이글라이더 가의 특별한 새장 입구에 도달하려면 먼저 정원을 지나야 했다.

정원은 항상 아름다운 곳이었다. 부엌의 곁문을 열면 바로 정원으로 연결되었는데, 정원 자체가 육각형의 특화 유리로 둘러싸인 공간이었다.

날이 맑은 날에 정원에 가서 서 있으면, 특화 유리를 거치며 최적화된 광선이 수정 조각처럼 쏟아져 내렸다. 벽을 따라 소용돌이치듯 배치된 수경 재배 계단을 타고 물 흐르는 소리가 사방으로 울려 퍼졌고, 때때로 가동되는 내부 바람에 머리칼이 쓸렸다.

정원의 벽으로는 수경 재배되는 한해살이풀들이 있고, 좀 더 안쪽에는 흙과 바위로 조성된 지대가 있다. 이곳에는 다년생 식물과 나무가 자란다. 정원의 천장은 매우 높아서 아직까지 나무의 높이 때문에 문제가 생긴 적은 없었다. 정원의 중심에 에이비어리가 있었다. 독수리를 위해 지은 거대한 새장은 개폐가 가능한 특수 지붕에, 둥글게 몰아치며 상승하는 바람의 흐름으로 둘러싸인 곳이었다.

새장의 문이 열릴 때는 정원의 모든 잎사귀가 흔들린다.

바람이 일어나기 바로 전에 가장 강렬해지는 종류의 침묵이 있다. 엄마는 그 느낌을 비행의 어떤 열쇠라고 부르고는 했다. 라벤더는 이글라이딩을 시작하기 전부터 이미 그게 어떤 느낌인지 알고 있었다. 아주 오래전부터 그냥 아는 어떤 것이었다. 한순간도 모를래야 모를 수가 없는, 피보다 유효하며 호흡보다 친숙한 감각이었다.

감각을 무시하는 존재는 빨리 죽기 마련이다. 세상은 아무리 흘러간들 언제나 과거에 불과하며 인간은 살아남지 못하면 현실에서 탈락당해 썩어 없어질 뿐이다. 그래서 옛날에 이미 자본주의가 살아남기 위해 순환주의로 환골탈태했으며, 순환 기록과 가치조절이 자동화된 화폐가 탄생했고, 구닥다리 지배 체제와 정부들이 부서지는 혼란 중에 다른 개체의 안전을 지키기 위해 자발적으로 일어났던 자들이 있었고, 그들은 사람들에게 영웅이라고 불렸고 존경받았으며 때로는 욕망 당했다.

에이비어리는 부서지는 빛과 회전하는 바람과 산란하는 침묵으로 꽉 차 있었다. 라벤더는 잠시 눈을 뜰 수 없었고, 귓가에서는 바람의 끄트머리가 연신 사각였다. 온몸이 가벼웠다.

어린 라벤더가 새장 속에서 처음 깨달은 것은, 새는 혼자 날지 않는다는 사실이었다. 날개가 있든 없든, 날개가 얼마나 크든, 뼈가 얼마나 가볍든 그런 건 나중 문제였다. 새는 바람에 모든 걸 맡긴다. 약간 죽음과도 비슷한 항복을 해야 비로소 바람은 새를 받쳐 올린다. 날갯짓은, 날갯짓 소리는 그야말로 바람 속 깃털 같은 것이었다. 아무리 크고 사나운 새라도 바람을 거꾸로 탈 수는 없다. 그리고 라벤더는 난생처음으로 자신만의 독수리를 만났다.

새는 햇빛을 그으며 난다.

독수리가 날아오르는 모습에서 라벤더가 느낀 경외감의 이유에는 그러한 이유가 있었다. 날기 직전 자신을 바람 속에 통째로 포기해버리는 새의 모습에서, 라벤더는 힘이 한 개체에 허락되는 과정을 보았다. 이유도 논리도 없었고 또한 부질없었는데, 가장 무력했고 텅 비었으며 허무했는데, 바로 그러했기에 허공을 얻었다. 아무것도 없는 자리에서 몸이 떠오르는 순간을 바라보고 있노라면 생각이 하얗게 지워진다. 속절없는 아름다움이 점점이 번져 나와 투명한 떨림으로 공간을 물들여 간다.

라벤더는 자신의 독수리 이름을 역사상 첫 이글라이더인 할머니의 이름을 따서 마리아라고 지었다.

아마도 그래서 아버지는 어머니를 욕망했다. 어머니라는 사람이 아니라, 정확히는 브리 이글라이더의 DNA를. 이글라이딩을 할 수 있다는 것, 첫 이글라이더를 조상으로 두었다는 것, 특별하다는 것.

라벤더는 열두 살까지는 그래도 가끔 아버지를 그리워하기도 했다. 얼굴은 잘 몰랐지만, 기사를 찾아보기도 했고 엄마 몰래 사진을 저장해 두기도 했다. 엄마는 절대 아빠 얘기를 하지 않았다. 물어봐도 말할 게 없다는 대답뿐이었다.

라벤더는 아빠가 무슨 피치 못할 사정이 있어서 멀리 떠났겠거니 추측했다. 비록 본 적은 없지만, 어쩌면 아버지도 먼 곳에서 남몰래 자신을 그리워할지도 모른다고. 그런 생각들은 라벤더가 열두 살이 되어 나이 제한을 벗어났을 때, 그래서 부모의 이혼사유기록부를 열람했을 때 산산조각 났다.

결혼하고서 아버지가 집에 들어오는 일도 별로 없었고, 애가 태어나든 말든, 이름이 없든 말든 상관도 하지 않았으며, 결혼 상태를 유지해주는 조건으로 엄마에게 DNA 융합을 조건으로 들이밀었다는 데에서 더는 뭐라고 할 말이 없었다.

……이글라이딩에 관련된 DNA를 복사, 융합해주는 조건 하에 결혼을 유지할 것이며, 1년의 절반은 라이딩에 할애할 것이며…… 인류 첫 이글라이더인 마리아 이글라이더의 기억 자료와 기타 유전적 정보에 제한 없이 접근할 수 있어야 하고…….

물론 거부되었지만.

애당초 아버지란 작자에게 자신은 존재하지 않았다. 이글라이딩만이 목적이었고, 이글라이더가 되는 것이 목적이었다. 그래서 먼저 삼촌에게 사람 좋은 양 접근해서 친해졌고, 곧이어 브리 이글라이더에게 접근해서 결혼했으며, 이래저래 비벼보다가 아무래도 DNA까지는 내주지 않을 듯하니 집을 떠났다. 그래놓고 혼자 무슨 고독한 한 마리 독수리인 양 잡지사와 인터뷰를 했고, 가정에서 이해받지 못한 쓸쓸한 피해자인 양 기사에 나왔다. 지난 기록들을 찾다 말고 화가 난 라벤더가 결국 엄마에게 달려가 따졌을 때였다.

왜 나한테 말을 안 했어? 왜 공론화도 안 시켰고?

그런 얘기로 자식한테 하소연하고 싶겠니? 그리고 권한 설정 봐봐.

권한 설정?

그래. 사유기록부 권한 설정 있잖아.

그 말대로 이혼사유기록부 권한 설정을 열어보니 전체 열람 가능으로 되어 있었다. 혹시 해서 다시 과거의 언론 기록을 찾아보니, 이혼사유기록부 권한 설정이 전체 공개로 변경된 후로는 일체 아버지 쪽 동정적 기사나 인터뷰 같은 것이 없었다. 오히려 브리 이글라이더의 집 앞에 꽃과 선물이 쌓였다든지, 후원금이 갔다든지 하는 기록이 있었고, 세월이 지남에 따라 점차 잠잠해져 갔다.

이런 거로 구구절절 말해 뭣하게. 게다가 그때 너는 한 줌짜리 애기였잖니.

브리 이글라이더는 딸이 소파에 푹 주저앉자 홍차를 한 잔 따라주었다.

엄만 멋도 모르고 그게 사랑인 줄 알았지. 글쎄, 사랑이긴 했지. 날 사랑한 게 아니라 자기 자신만 사랑한 거였지만.

그래서 엄만 우리 딸이 정말 사랑받으며 살았으면 좋겠어. 결론은 항상 그렇게 났다. 이글라이딩에 반 미쳐서 맛이 간 놈 말고, 심신 건강한 사람과 제대로 알콩달콩하게 사랑해서 둥지를 이루고 살았으면 좋겠다고. 문제는 엄마가 그걸 라벤더의 의지를 무시하면서까지 관철시키려 한다는 것이었다.

'그래서 일이 이런 지경에 이르렀지만. 결국 독립을 해야 해결이 되려나?'

하지만 그러면 에이비어리를 떠나야 한다. 그건 정말 싫었다. 새벽 또는 저녁, 가끔은 늦은 밤, 정원을 가로질러 에이비어리까지 산책하는 것은 라벤더의 유일한 낙이었다. 진하게 달게 끓여낸 밀크티 한 잔을 들고서 새장 벽에 기대어 앉아, 몰아치는 바람 소리를 들으며 말없이 한 모금 두 모금 마시는 것이야말로 삶의 보람이었다.

'아무튼, 뭔가 방도를 찾아야 해.'

끈질기게 라벤더의 발목을 잡고 늘어지는 생각 중 하나는, 엄마가 전에는 이렇지 않았다는 것이다. 물론 옛날에도 감정이 좀 풍부하긴 했지만, 좋아 보이는 걸 밀어붙이는 성격이 없었다고 할 수는 없지만, 지금처럼 눈물이 많지는 않았다. 약한 모습을 보이지도 않았고, 죄책감 공격을 일삼지도 않았다. 그럼 지금은 왜 그럴까? 회한? 나이?

라벤더는 열여섯 살이 되던 날 있었던 일을 아직도 어제 일처럼 생생히 기억했다. 생일 파티라며 삼촌이 갑자기 들이닥쳤고, 블랙마켓에서 사 왔다며 진짜 막걸리를 자랑스럽게 내놓았다.

정작 주인공인 라벤더는 별 감흥이 없었지만(일반 막걸리와 그다지 맛이 다르지도 않았다. 알코올이 들어가 있다지만 그런 걸 먹어서 무엇하는가?) 엄마와 삼촌은 실컷 퍼마신 후 수육을 삶아 먹고서 쓰러져 잠들었다.

페퍼 잭 이글라이더는 잠들기 전에 이제는 블랙마켓에서도 진짜 수육을 구할 길이 없다며 세상이 정말 빨리 변한다며 한참 한탄을 늘어놓았고(그야 진짜 수육을 구하려면, 삼촌, 돼지를 불법으로 구해서 죽여야 하잖아? 그런 건 안 하기로 인류가 결정한 지 벌써 반백 년인걸? 아, 몰라! 나 어릴 때만 해도 진짜 수육을 먹을 수 있었어!) 라벤더는 생일 케이크를 독차지할 수 있어서 아무튼 땡큐였다.

너 근데 좋은 거 볼래?

뭔데?

비밀이야 근데. 알았지? 약속해.

약속. (그런데 누구한테 비밀이라는 거야?)

라벤더는 삼촌이 눈은 다 감겨서는 간신히 손가락만 움직여 영상 띄우는 모습을 호기심 어린 눈으로 보았다. 페퍼 잭 이글라이더는 오른손 검지에 삶의 모든 자부심과 벅찬 감격을 담아 재생 버튼을 찔렀고, 곧 잠들었다.

사방으로 바람이 휩싸이듯 했다. 창백한 푸른 색상이 끓어 넘치듯 퍼져나갔다. 숨이 턱 막히는 기백에 라벤더는 저도 몰래 주먹을 꽉 쥐었다. 여기는 이제 하늘이었고, 바람의 바다였으며, 눈앞에 선 이는 엄마였다. 동시에 엄마가 아니었다. 라이딩 고글로도 가릴 수 없는 형형한 광채가 담긴 두 눈을, 라벤더는 현실의 엄마에게서는 한 번도 본 적 없었다.

브리 이글라이더는 씩 웃었고, 아마도 영상 촬영모드인 삼촌의 이마를 손바닥으로 철썩 때렸다. 그리고 돌아서는가 했더니 더는 그 자리에 없었다.

어어…?

아니다. 아주 멀리에 있었다. 라벤더는 의자에서 벌떡 일어섰다. 왠지 심장이 간질거리는 기분이었다.

바람이 등 뒤에서 뒤늦게 쏠려나간다.

엄마는 하늘을 바람으로 잘라버릴 것처럼 날았다. 발밑의 독수리가 독수리라기보다는 독수리의 그림자처럼 보일 지경이었다. 사람이 이렇게 (아무리 이글라이더라지만) 날 수 있다니 말도 안 된다. 브리는 삽시간에 멀리 갔고, 천둥소리 같은 걸 이끌며 눈 깜짝할 새 또다시 라벤더의 정수리 위로 지나갔다. 바람과 바람이 때로는 부딪혔고, 때로는 겹쳐 흘렀으며, 멀리서는 일렁였으며 가까이로는 조각조각 베여나가 흩어졌다. 날아다니는 몸의 그 어디에도 무게감이 없었다.

라벤더는 숨 쉬는 것도 잊었다가 몰아서 쉬었다. 호흡은? 호흡이 중요하다고 했는데? 라벤더는 온 힘을 다해서 엄마를 관찰했지만 아무리 봐도 숨을 쉬는 것 같지 않았다. 정상적으로 숨을 쉰다면 저렇게 날 수가 없다. 브리 이글라이더는 가끔 멈춰서 동생 쪽을 보며 웃었다. 그리고 바람을 모조리 이끌며 흘리며 잡아당기며 쏟아내며 엎으며, 칼날처럼 파도처럼 깃털처럼 날았다. 바람의 소리가 높다가도 더욱 높아져서 희게 투명해졌고, 무더기로 쏠려갔다가 돌아오는가 하면 발밑이 뻥 뚫리듯 무너졌다. 바람에 휩싸인 엄마는 무자비하게 자유로웠고 하늘은 깊고도 깊어서 끝이 없었으며 라벤더는 마치 꿈을 꾸는 것만 같았고, 심장의 통증도 그래서 아련하게만 느껴졌고 눈가의 눈물은 남의 것만 같았다.

왜 포기한 거지? 이걸? 이렇게 날 수 있으면서?

라벤더는 답을 이미 알고 있었다. 나 때문이다.

영상이 끝난 후로도 한참을 라벤더는 그냥 가만히 앉아만 있었다. 어지러웠다. 가슴이 아팠다. 천천히 곁을 둘러보니 삼촌은 거실 바닥에 아무렇게나 누워서는 코 골며 자는 중이고, 엄마는, 엄마도 소파에 드러누워 쌔액쌕 잘만 잔다.

잠이 와? 지금?

라벤더는 복장이 터질 것만 같았다. (그 후로도 계속, 이날만 기억해도 속이 뒤집힐 듯 했다.) 저걸 버리고도 잠을 잘 수가 있어? 밥을 먹고 물을 마실 수 있어? 어떻게? 어째서?

그날 라벤더는 그렇게 좋아하는 케이크를 손도 대지 않고 고스란히 내다 버렸다. 쓰레기통은 케이크가 쓸려 들어가자마자

센서를 깜빡이며 분해 처리를 시작했고, 라벤더는 차라리 엄마가 나는 모습을 안 보는 게 나았을지도 모른다고 생각했지만, 동시에, 볼 수 있어서 정말 다행이라고도 생각했다.

그날 밤에는 전혀 말이 안 되는 생각들이, 맞춰지지도 않고 어울리지도 않고 인정할 수도 없는 괴로움들이 밤새 라벤더의 심장을 쑤셔댔기에, 한숨도 잘 수 없었다.

'지금 생각해봐도 마찬가지야.'

라벤더는 마리아의 방향을 돌렸다. 자신이 비행을 그만두게 된 것은 (여러 요인이 있었다고 해도) 납득할 수 없었기 때문이다. 저렇게 날 수 있는 사람이 비행을 그만둬버린 세상에서, 자신이 비행한들 무슨 의미가 있는가? 왜 그렇게 되어야 했는가? 왜 모든 것에는 원인이 있고, 왜 자신은 세상에 태어났는가?

라벤더는 더더욱 이대로는 집으로 들어갈 수 없었다. 차마 엄마를 마주할 자신이 없었다. 괜히 아랫입술을 물었다. 어린애처럼 운다 해서 뭐가 달라지는가. 머리를 식힐 필요가 있었다.

집이 아니라면, 카페가 아니라면, 잠시라도 미디어의 눈을 의식할 필요 없이 나다닐 수 있는 곳이라면 어디일까. 아까의 경험 때문에 그다지 내키지는 않지만 그래도 역시 블랙마켓뿐이다.

✳

블랙마켓이라고 해봐야 별건 없다. 아직 정돈되지 않은 구역, 자동화가 덜 된 곳을 블랙마켓이라고 부르는 것뿐이다. 거래가 자동기록되지 않는 구식 지폐가 아직 쓰이며, 진짜 술과 담배를 구할 수 있고, 실시간 위생유지센서 같은 거 없이 막 튀겨 파는 떡꼬치 맛을 볼 수 있는 그냥 사람 사는 동네이다. 가끔 구식 자동차도 굴러다니고 해서 걸어 다닐 때 좀 조심해야 하는 것 빼고는 그다지 위험할 것도 없다. 말이 블랙마켓이고 암시장이지, 딱히 치안이 나쁜 것도 아니고, 독특한 명물이나 명소로 사람이 많이 몰리는 곳은 정부에서도 공원으로 지정을 검토 중이라는 말이 있을 정도다.

'김화성은 대체 어느 동네를 갔길래 그런 사기꾼한테 걸려서.'

라벤더가 자주 가는 곳은 춘천 쪽 옛 소양강댐 근처였는데, 여러 비자동화 구역 중에서도 가장 운치 좋고 구경거리 많은 곳이기 때문이었다. (라벤더의 학생 시절 취미는 비자동화 구역 탐험하기였다.) 특히 버드나무 거리가 제일이었다.

끝없이 이어지는 버드나무 곁에 펼쳐진 좌판과 사람들 구경하는 것도 재미있고, 이제는 도시에서 찾아볼 수 없는 캡슐 커피를 손에 쥐고 다니며 마시는 맛도 쏠쏠했다. 거리에 나오는 물건들은 매번 그 종류가 달라졌는데, 알 수 없는 풀이나 약초로 담갔다는 술, 집에서 직접 키웠다는 연초, 불꽃놀이용 화약, 부채나 장신구, 옛날 종이책 같은 골동품, 가구며 옷가지까지 아무튼 다양했다.

라벤더는 인적이 드문 폐차장 곁으로 하강, 착지했다. 착륙한 뒤에는 걷는 게 약간 어색하다. 몸이 좀 무거워지고 느려진다. 그래서 제자리뛰기 몇 번과 심호흡을 했다.

마리아는 알아서 라벤더 어깨에 앉았고, 라벤더는 라이딩 장비를 풀어 가방에 넣고서 슬슬 길가로 걸어나갔다. 자신을 본 사람은 없는 듯했다.

'오늘은 한산하네.'

막상 오기는 왔으나 딱히 특별한 계획은 없었다. 그냥 좀 걸어 다니다가, 바람이나 쐬고, 마음이 가라앉으면 집에 갈 생각이었다. 시간을 끌다가 집에 간들 달라지는 건 없겠지만 그래도 나중이 지금보다는 낫다. 라벤더는 한숨을 푹 쉬었다. 집 생각하니까 또 한없이 답답해지는 이 심정. 그때 어깨에 앉은 마리아가 날갯짓을 두어 번 하더니 휙 날아올랐다.

"어?"

몇 안 되는 사람들이 탄성을 지르며 낮게 나는 마리아에게서 비켜섰다. 마리아는 잠깐 부산스럽게 날개를 치다가 마음을 정했다는 듯 한층 더 높이 상승했다. 그대로 곡선을 그리는가 싶더니 흐르듯 어느 집 담벼락 너머로 건너가버렸다. 라벤더는 급히 그 뒤를 따라 달렸다.

'이런 집이 있었나?'

자주 다니던 길이지만 생소한 양식의 집이었다. 한옥 양식에 대문은 활짝 열렸고, 아니, 열렸다기보다는 문을 떼어낸 건지 아예 없고, 붉은 칠을 한 간판 같은 게 위에 달렸다. 간판에는 보은사라고 적혀 있었다.

'그럼 가정집이 아니라 절인가?'

절이라고 하기도 좀 어색한 것이, 모금함이라고 적힌 흰 금속 상자가 대문 바로 너머 버티고 섰고, 사람은 코빼기도 안 보인다. 라벤더는 일단 마리아를 찾아야 했기에 안으로 조심스럽게 들어섰다.

"아무도 안 계세요?"

마당은 드넓은 잔디밭이었다. 받침돌을 따라 한 걸음 한 걸음 가다 보니 어느새 다른 건물이 나왔다. 대문과 비슷한 양식의 한옥집이었다. 섬돌에는 한 켤레 실리콘 신발이 놓여 있다.

벽이 벌컥 열렸다.

"뉘슈?"

아니, 벽이 아니라 문이다. 라벤더는 아무튼 사람이 있어서 다행이라고 생각했다.

"제 새가 이 집으로 날아와서요. 죄송하지만 좀 찾아봐도 될까요? 사실 이미 다른 데로 갔을 수도 있고요."

라벤더가 태어나서 지금껏 본 적 없는 크기의 반지를 엄지에 낀 흰 손이, 종이를 댄 문의 다른 쪽도 마저 밀어 열었다. 그러자 드러난 것은 그림자에 반 정도 파묻혀 앉은, 흰 종이 같은 재질의 천옷 차림 중년 여성이었다. 여자는 진짜임이 분명한 옛날식 담배에 불을 붙이려던 참이었는지 잠시 고개를 돌렸다. 찰칵이는 소리가 끝난 후 흰 연기가 맹렬하게 퍼져나갔다.

"새? 그러면 너무 걱정할 건 없슈. 저가 알아서 오것지."

라벤더는 난처히 웃었다. 보은사의 주지라고 자신을 소개한 여성은 그런 라벤더를 바라보다가, 갑자기 생각난 게 있는지 방바닥을 탁 쳤다.

"나두 새가 있는데 이리 와보슈."

"아니, 저기 전…."

왠지 딱 잘라 거절할 수 없는 기백에 라벤더는 어물거리다 슬그머니 대청마루에 앉았다.

"궁금한 게 뭐이지? 오널 애기씨는?"

"별로 궁금한 건 없는데요. 저는 그냥 제 새가 여기로 날아와서……."

"있잖유. 얼굴에 써 있고만."

라벤더는 담배 연기에 몇 번 기침을 했다. 주지는 두 번 박수를 쳤고, 방 안쪽에서 푸드덕거리는 소리가 났다.

"나도 새가 있다니께."

연기가 걷히자 방 안이 좀 더 잘 보였다. 라벤더는 벽 한 면을 꽉 채운 바람개비에 먼저 크게 감탄했다. 높이와 너비를 맞추어 정연하게 나무 받침대에 꽂힌 바람개비들이 저마다 다른 색과 무늬로 돌아가는 모습이 장관이었다.

바람개비 벽을 등진 채 천장에 매달린 것은 세 개의 새장이었다. 모두 문이 없었다. 가운데 새장 속에 있던 참새가 주지에게 파드득 날아내려 왔다. 라벤더는 호기심 반, 신기함 반인 기분으로 주지가 열어준 바구니에 수북한 종이쪽지 중 하나를 참새가 골라내는 모습을 구경했다. 이윽고 참새는 종이쪽지를 라벤더 앞에 떨구었고, 라벤더는 참새와 보은사 주지를 번갈아 보았다. 묻지 않은 질문에 주지가 먼저 대답했다.

"열어봐유."

라벤더는 조심스럽게 쪽지를 집어 들었다. 왠지 긴장이 되었다. 라벤더는 쪽지를 한 번, 두 번 펼쳤다. 생각보다 짤막한 문구가 눈에 들어왔다.

'내가 나지 너겠느냐, 내가 너라면 너겠지.'

"그렇지! 그렇다니께!"

아주 흡족하다는 듯 주지는 옆에서 추임새를 넣었다. 라벤더는 뭐라고 할 말이 없었다. 참새는 라벤더 무릎께에서 통통 뛰어다니다가 다시 둥지로 포르르 날아갔다.

"아기씨가 갖고 온 문제에 답이유, 그것이."

"이건… 너무…… 애매한… 네에……."

"동물을 키워도 좋구."

'새를 키우는데요. 뭐 키운다기보다는 모신다고 해야겠지만.'

"허긴 키워야 되는 애가 벌써 떡 하니 버티고 있는데 무슨 동물까지 또 키울람 지칠 수도 있것슈. 커피 혀요?"

"네……."

그러자 주지는 다시 박수를 짝짝 쳤고, 네 바퀴 달린 상자가 덜거덕거리며 집 뒤켠에서부터 마당을 돌아서 가로질러 왔다. 거기까진 좋았는데 대청마루에 올라오는 기능은 없는지, 그저 앞에서 멈추더니 퍽 하고 윗뚜껑을 터뜨리듯 열어젖혔다. 안에는 캡슐 커피가 차곡차곡 쌓여 있었다. 보온 기능이 있는지 김도 모락모락 피어올랐다. 일어나려는 라벤더를 주지가 손짓으로 제지했다.

"손님인데 내가 갖다 줘야지, 안 그류?"

캡슐 커피는 단종되어가는 추세라, 블랙마켓이 아니면 찾기가 힘들다. 온도 기억 기능이 내장된 실리콘 캡슐 안에 담긴 커피는 양손으로 쥐어 한 번 허리를 돌리면 딸칵 소리와 함께 개봉 모드로 변하는데, 맨 위에 움푹 파인 부분이 빨대 형태로 올라온다. 다 마시고 나서 빈 캡슐을 아무 쓰레기통에나 버리면 내장된 수거 코드가 자동 활성화되어 재활용 수거 루트로 자동 인도된다. 만든 의도는 좋았으나 사람들이 꼭 커피를 남김없이 다 마신 뒤에야 버리는 게 아니라는 점은 미처 고려하지 못한 물건이라, 종합센서의 물결 속에 가라앉은 구모델이었다.

"어?"

맛있어! 라벤더는 캡슐 커피를 돌려서 잘 보았다. 상표나 뭐 이런 건 하나도 없었다. 그런데 진짜 맛있다. 그 어디의 블랙마켓에서도, 도시의 어떤 카페에서도 이렇게 맛있는 커피를 맛본 적은 없다. 애매하던 지금까지의 감정은 온데간데없이, 라벤더는 보은사로 들어오기를 정말 잘했다고 생각하며 다시 한 모금 삼켰다. 또다시 감동의 물결이 밀려왔다.

보은사의 주지는 씨익 웃었다.

"커피가 정말, 정말로 맛있어요. 어쩜 이렇게 맛있나요?"

"그러게 말유. 나도 몰르겠다니까."

라벤더는 커피 맛이 너무 좋아서 한결 행복한 기분이 되었다. 약을 탄 것도 아닐 텐데 이렇게 맛있을 수 있다니 세상은 그래도 아직 살 만한 곳인 것 같았다. 주지에게 자신의 말도 안 되는 맞선 얘기며 엄마와의 답답한 일을 차츰차츰 털어놓을 수 있었던 것도 다 커피 덕분이었다.

마리아가 스스로 날아와 대청마루에 얼씬거린 것은 밤이 다 깊어서였다. 그제서야 라벤더는 자기가 마리아를 찾아 들어왔던 것을 기억해냈다.

보은사 주지는 이번에는 바람개비 벽에서 금박 바람개비 하나를 쑥 뽑아 라벤더에게 건네주었다.

"담에 언제 다시 놀러와유. 와서 커피도 혀고."

라벤더는 공손히 커피가 정말 맛있었으며 다음에 꼭 또 오겠다고 작별 인사를 올렸다. 옆에서 마리아가 날개로 방바닥을 탁탁 쳤다.

보은사를 나온 후, 라벤더는 어떻게 집에 갈까 하다가 택시를 불렀다. 날아갈 수도 있지만 그러면 새장 지붕을 열어 집으로 들어가야 하고, 그러면 에이비어리 개폐 알람음에 엄마가 단박에 자기가 왔음을 알아차릴 것이다. 기왕이면 조용히 집에 들어가서 조용히 씻고 자고 싶었다. 이쪽도 성공할 확률은 낮았지만.

이제 집에 들어가서 아무튼 언제든지 간에, 말을 해야 할 것이다. 더는 이렇게 살 수 없다. 이글라이딩도 더는 참지 않을 것이다. 날고 싶을 때 날고, 맛있는 걸 찾아서 먹고, 결혼은 안 할 것이다. 말이 통하지 않는다면 독립이라도 해야겠지. 작은 에이비어리라도 맞춤 제작을 한다면 마리아 한 몸쯤은 감당할 수 있을지 모른다. 자세한 건 더 알아봐야 하겠지만. 바람의 상승 작용도 맞춤이 될까?

'엄마라면 아마 안 자고 기다리고 있겠지.'

그리고 역시 그러했다. 현관문에 손바닥을 찍자마자 문이 미처 다 열리기도 전에 안에서 "왔니?" 소리가 났으니까.

✳

"많이 늦었네."

라벤더는 최대한 아무렇지도 않은 듯 행동하고 싶었으나 견디기 힘든 어색한 "어… 어." 소리만 입에서 새어나갔다.

"내가 몇 번을 연락했는데, 아무튼. 늦었는데 들어가 자렴."

"어, 좀 졸리네……."

이대로 끝인가? 정말로?

"내가 어떻게 잘 말해놨으니까, 다음 주에 다시 보자. 이번엔 정말 잘하겠대."

그럴 리가 없지. 라벤더는 이제 그만 확실히 자르기로 했다.

"아니. 난 안 만나."

"뭐? 그래도 이렇게 끝내는 게 어덨어?"

"안 만나. 그렇게 만나고 싶으면 엄마가 만나."

"말이 되니 그게?"

"난 선 같은 거 안 볼 거니까, 이제 그만해요. 어차피 진짜로 이 짓거리가 좋아서 하는 것도 아니잖아?"

"그럼 내가 좋아서 하리. 이게 다 너 결혼해서 행복하게 살라고 그러는 거지!"

"엄마는 결혼해서 좋았어? 아니잖아! 솔직히 나만 안 태어났어도 훨씬 빨리 그만둘 수 있었잖아!"

라벤더는 자신의 말을 후회했고, 후회하지 않았다. 브리는 한숨을 푹 쉬었다.

"그래, 나 때문에… 내가 결혼에 실패했으니까 너는 잘되는 걸 보고 싶은 그런 마음도 있긴 해."

"그런 놈과는 헤어지는 게 성공하는 거야! 그리고 난 이렇게 억지로 강요당하는 거 정말 싫고 이런 건 전혀 잘되는 게 아니야. 엄마가 날 지금 불행하게 만들고 있다는 게 안 보여? 내가 행복해 보여? 억지로 이상한 옷 입고 억지로 이상한 놈 만나서 괴상한 꼴이나 보고 그러는 게?"

엄마는 일단 라벤더를 달래서 당장은 은근슬쩍 넘어가자는 전략을 채택한 듯했다.

"그럴 리가 있니. 좋은 사람 만나서 행복하게 살라고 이러는 거지. 피곤할 텐데 그만 자자."

"내일도 다음 주도 내년도 그 언제든 아무튼, 난 누구든 결혼을 목적으로 만날 생각이 없어. 그러니까 엄마는 자식 내세워 대리만족할 생각 말고 포기해."

라벤더의 심장을 가장 아프게 찌른 것은 엄마의 당황해하는 눈빛이었다.

"얘, 너는 무슨 말을 해도…….."

역시 그냥 여기를 나가서 멀리 가야 하는 걸까. 라벤더는 영상 창을 최대한도의 크기로 열었다. 옛날 삼촌이 전송해주었던, 엄마의 비행 영상을 틀었다. 최대 볼륨으로 바람이 회오리치며 귀 아프게 울었다.

라벤더와 브리는 영상이 끝나고도 한참을 침묵했다. 먼저 말을 꺼낸 것은 브리였다.

"너 설마 저거 때문에… 지금까지 어물쩍어물쩍 소개팅이네 맞선이네 나간 거니?"

"엄마가 약한 척하면서 죄책감 자극했잖아. 눈물까지 흘리면서."

"그건 네 생각이고! 눈물이야 나이가 드니 잘 나오더라. 저거 때문에 아까 뭐가 자기 때문이라는 둥, 너 때문에 내가 이혼 늦게 했다고 헛소리한 거야? 응?"

"그야…….' 그럼 아니야?

브리는 관자놀이를 양손 엄지로 지그시 눌렀다. 라벤더는 엄마의 입에서 "페퍼 이 새끼…….'라는 소리를 확실히 들었다. 매우 나지막이 들릴락 말락 하게 나온 소리였지만 분명 들었다.

그러고 보니 삼촌이 엄마한테는 비밀이랬는데. 그러고 보니…… 왜지?

"너 잘 들어."

브리는 소파에서 일어나 거실을 두어 번 왕복했다. 엄마는 팔짱을 끼고서 혼자서 뭐라고 알아들을 수 없는 말을 중얼거리다가, 바닥에 앉은 딸을 향해 검지 손가락을 세워 보였다.

"내가 비행을 그만둔 건 자식 때문이 아니야. 단지 내 성질이 드러워서다."

"응?"

"그리고 내가 이혼을 그때 한 건 너 때문이 아니야. 그놈이… 네 생물학적 애비가 그때 떨어져 나가기로 결정했기 때문이지.

왜냐면."

"왜?"

브리는 미간을 찌푸렸다가 소파에 앉았다가 다시 일어났다가 다시 앉았다. 라벤더는 다시 물었다.

"대체 왜? 아오, 엄마! 답답하다고!"

"DNA가 아니니까."

"뭐?"

브리는 팔짱을 꼈다가 풀었다. 이제는 뭔가 체념한 듯한 표정이었다.

"이글라이딩은 피로… DNA로 이어지는 능력이 아니라고. 왠지 아니?"

라벤더는 고개를 저었다. 브리는 고개를 끄덕였다.

"나도 몰라. 과학자들도 모르고 엄마도… 네 할머니도 몰라. 아무도 몰라. 사실 난 친딸이 아니거든. 이런 건 대중에 공개된 사실은 아닌데."

브리는 라벤더의 멍해진 얼굴을 향해 최대한 차근차근 설명을 해보려 애썼다.

최초의 이글라이더는 옛 지구의 한국이라는 작은 나라 출신의 소녀였다. 장식용이 아니고서야 굳이 성씨를 지정하지 않는 요즘과는 달리, 그때에는 성씨가 주로 혈족을 타고 이어져 내려갔다. 초대 이글라이더의 성은 박이었고, 이름은 마리였으며, 정부 체제가 통합되고 나서는 스스로의 이름을 마리아라고 등록했다.

이글라이더라는 성은 정부에서 명예 훈장 격으로 달아주었다. 마리아와 함께 자경 활동을 펼치던 다른 이글라이더들은 세상이 안정된 후 정체를 밝히지 않았다고 알려졌지만, 사실 더 큰 이유는 이글라이딩 능력이 하룻밤 사이 사라졌기에 그렇게 된 것이었다. 그때는 장비로 독수리를 탄 것이 아니었다.

무슨 이유에선지, 마리아의 이글라이딩 능력은 사라지지 않았다. 정부에 연구 목적으로 쓰라며 혈액 샘플을 넘겨주었지만 보통 인간과 다른 점은 드러나지 않았다. 마리아는 중년에 이르러 고아 소녀를 입양해서 브리라고 이름 지었는데, 또 어째서인지 이 소녀는 장비의 도움 없이도 이글라이딩을 할 수 있었다. 물론 브리의 DNA에서도 별다른 점은 나오지 않았다. 마리아는 브리를 입양한 지 5년 후에 페퍼 잭을 입양했는데, 그는 장비를 갖추어야만 라이딩이 가능했다.

"그러니까 설령 내가 그놈한테 DNA 융합인지 뭔지를 해준다 해도 아무 소용이 없는 거야. 그렇게 갖고 싶어 하던 진성 라이딩 능력은 어차피 가질 수도, 얻을 수도 없는 거란 걸 알고서야 떨어져 나간 거지."

브리는 라벤더 얼굴 앞에 손을 흔들어 보였다.

"이해가 되니? 안 되지? 아무튼, 그래. 그리고 내가 더는 비행을 하지 않는 건, 내가 대체 왜 그런 인간한테 시간 낭비, 감정 낭비를 했는지 짜증이 나서 그래. 아무튼, 욕심이었지 나도. 하늘을 나는 건 정말 좋거든. 세상에서 제일 좋은 일이야. 그래서 이렇게 나를 사랑하는 사람과 결혼해서 함께 비행할 수 있다

면 도대체 여기서 얼마나 더 좋아지는 걸까? 더, 더, 아주 의식
이 통째로 깨질 때까지 행복해지는 걸까? 만약 그렇다면 그다음
의 세상에는 뭐가 있지? 뭐 그렇게. 그래서 애당초 맛이 가 있던
놈의 비비 꼬인 속내를 못 알아본 거야. 결국은 내가 어리석어
서. 그 생각만 하면 날기가 싫어. 그 기분 아니? 너무나 아름다
운 진짜 산딸기 무스 삼단 케이크에 더러운 흙 묻은 기분? 입맛
이 뚝 떨어지는 기분? 좋은데 싫은 거? 완벽하게 좋아야 하는 거
야. 뭐 묻으면 짜증 나!"

라벤더는 입을 열었다가, 닫았다. 다시 열었다.

"그러면, 아니 그러면… 그거랑 나더러 맞선 보라고 떠미는
거랑 어떻게 연결이 되는 건데?"

"말했잖니. 좋은 사람 만나서 행복하라고. 그런데 네가 이렇
게까지 싫어하는 줄은 정말 몰랐어. 어둡고 복잡한 얼굴로 착잡
하기 그지없게 알았다고 하길래 너도 남몰래 고민 중이구나, 좋
은 사람을 찾기가 힘든가 보다 했지?"

"그거야…… 아니, 그래도 이번에는 다시는 맞선 얘기 안 하
겠다는 계약서까지 써놓고 정말 몰랐다고 엄마가?"

"그야 넌 그런 거 좋아하잖아. 문서 작성하는 거. 그렇다고 딱
히 라이딩을 다니는 것도 아니고, 점차 뜸해지다가 나중에는 아
예 안 날길래 마리아까지 삼촌한테 보냈잖니?"

"그건… 엄마도 안 나니까 나만 나는 건 치사하잖아, 뭐."

잠깐. 지금 뭔가 제일 중요한 건 쏙 빼놓고, 가지만 열심히
치는 것 같다. 맞아. 정말 그래! 라벤더는 양손을 휘휘 저었다.

"잠깐. 잠깐만! 엄마 잠깐 뭐라고? 이글라이더는 장비 때문에 날던 게 아니야? 비밀리에 연구하던 기술로 라이딩을 성공시켰고, 나중에는 공익을 위해 기증했다던 중력 관련 기술? 아 참! 그럼 삼촌은?"

"그건 그렇게 알려지긴 한 건데…. 페퍼야 장비로 나는 거고."

브리는 소파 손잡이 위에 네트워크 링을 벗어 놓았다. 그리고 라벤더에게도 똑같이 하라는 손짓을 보냈다. 라벤더는 네트워크 링을 검지에서 빼내 벽에 붙인 뒤 일어서서 엄마의 뒤를 따라 부엌으로 갔다. 마리아는 뒤뚱대며 그 둘을 따라갔다.

브리는 부엌의 뒷문을 열고 정원으로 나갔다. 밤이 깊어서 달이 밝았다. 잔잔한 바람에 정원의 모든 풀잎이 제각기 흔들리며 기척했다. 라벤더는 오늘따라 유난히 달이 밝다고 생각했고, 그런 달빛이 유난히 엄마의 등에 빛나게 반사된다고도 생각했다. 둘은 아무 말 없이 에이비어리로 향했다.

한바탕의 바람과 함께 새장 문이 열렸고, 마리아가 가장 먼저 안으로 들어갔다. 독수리는 날개를 몇 번 펼쳐서 치더니 곧 가볍게 바람에 몸을 싣고 날아올랐다.

곧이어 브리는 성큼 허공으로 발을 딛고 떠올랐다. 바람이 파도쳤다. 라벤더는 그런 엄마를 올려다보았다.

"지금 도대체……."

라벤더는 무슨 말을 해야 할지 몰랐다. 지금 도대체… 뭐, 어쩌라는 거지? 어떻게 이렇게까지 하나도 말이 안 될 수가 있는 거지?

브리는 브리대로 다소 불만 어린 표정이었다. 별로 날고 싶은 기분이 아니었기 때문이다. 결혼을 일전에 더럽게 끝낸 이후로 계속 그런 기분이었다. 그래서 영상이고 기록이고 뭐고 다 지운 건데, 페퍼 잭 그놈이 아직도 가지고 있을 줄이야. 다 지우라고 그렇게 말했건만.

"이렇게 나는 거란다. 장비의 힘을 빌려 나는 건 그것대로 나는 거겠지만, 아무튼 나도 네 할머니도, 이렇게 그냥 날 수 있어."

"나도! 나, 나도 날래!"

라벤더는 양팔을 번쩍 들어 올렸다. 까치발을 디뎠다. 브리는 한 발 내려 땅으로 내려왔다.

"혹시 너도 혼자서 날게 되지 않을까 싶었는데, 지금껏 그런 기미가 없었던 걸로 봐서는 글쎄다."

"엄마!"

라벤더는 눈물마저 글썽였다. 브리는 고개를 돌렸지만, 곧 한숨을 쉬었다. 엄마는 라벤더의 등 뒤로 돌아가서, 옆구리에 손을 가져다 댔다.

"일단 힘을 빼. 그리고 숨을 크게 쉬고. 계단을 한 칸 올라간다고 생각하고, 몸을 올려. 자, 하나, 둘, 셋!"

라벤더는 엄마의 손이 밀쳐올리는 느낌을 따라서 한 발을 내디뎌 올랐다. 쿵 하고 발이 땅을 때렸다.

"아아악!"

"좀 인내심을 가져. 네가 무슨 세 살 애기도 아니고? 자, 다시! 하나, 둘, 셋!"

다시 쿵 하는 소리가 에이비어리를 울렸다. "아아악 아아아 아아악!"

한숨 소리. "자, 다시!"

쿵. 쿵. 쿵. 라벤더의 고함은 점차 울음소리로 바뀌어 갔다. 브리는 팔이 아팠다. 오늘따라 어째 애가 떼쟁이 모드네. 꼭 이 것 때문만은 아니겠지만.

"이게 뭐야! 난 이글라이더도 아니란 거야? 엄마도 그렇게 생 각해? 이래서 그렇게 나더러 결혼이나 하라고 그랬던 거야? 어 차피 날지도 못하는 거 연애라도 하라, 뭐 그런 거야?"

"얘는 뭐 맨날 이리 비관적이야⋯."

브리는 멀리 달을 바라보며 팔을 주무르다가, 주저앉은 딸의 뒷모습을 보았다.

자신도 마리아도, 딱히 나는 법을 전해 받거나 가르친 적이 없었다. 그렇다고 자신이 입양 전부터 날 수 있었던 것도 아니었 다. 적어도 그런 정보는 입양 기록에는 없다. 브리는 자신이 처 음 날았던 게 언제였는지 기억해보려 했다. 한 살 때 입양된 터 라 일단 그 정도로 오래된 기억은 나지 않는다.

마리아는 여기서 자주 날았었다. 브리는 미소 지었다. 정원 에서, 에이비어리에서, 홀로, 때로는 독수리와 나란히, 가끔은 비가 올 적에도. 허공에 떠오른 채 바람의 흐름을 따라 연꽃처 럼 떠다니다가, 자신이 손을 뻗으면 잡아주었다. 그러면 곧 자 신도 공중으로 떠올랐다. 햇빛은 마치 물결 같았고, 바람은 떨림 의 몸통 같았다. 허공은 해바라기 꽃잎 같은 감촉이 편편이 쌓여 들어차서 한없이 치밀한 한 몸의, 동시에 수많은 몸으로 이루어진 물질이었다.

브리는 잘 생각해보았다. 피도 DNA도 아닌 다른 것이 나를 날게 했지. 그건 무엇이었을까.

브리는 라벤더를 다시 바라보았다. 자신의 딸은 괜한 것으로 고민하고, 지나치게 스스로를 괴롭히는 면이 있다. 아기 때부터 좀 그랬다. 뭐든 열심히 열심히 하다가, 안 되면 앵 하고 세상 서럽게 울음을 터뜨렸다. 안아 올리면 또 언제 울었냐는 듯 금세 방글방글 웃었지만.

'그건 어느 애기나 그런 거 아닌가? 아냐, 보통 우는 그런 게 아니라 굉장히 슬프게 울었지, 천지에 사무치는 서러움으로.'

브리는 자신을 잡아주던 엄마가 뭘 어떻게 했더라, 기억하려 애썼다. 그렇지만 그냥 잡아 올려줬던 거 말고 별다른 건 없었다. 그냥, 잡아서 공중에 놓아주었다.

'그냥, 허공을 건네주듯이.'

브리는 왼손을 오른 손등에 얹었다. 난다는 건 어떤 일인가. 그것도 그런 일이다. 그냥 놓듯이 하면 날게 된다.

그럼 내가 아니라 딸내미를 날게 하려면 어째야 하지?

브리는 아아, 하고 손을 뻗어 라벤더의 등을 두드렸다. 잔뜩 그늘진 라벤더의 얼굴이 한참 후에야 자신을 본다.

'엄마는 그때 내게 엄마를 건네줬던 거야.'

브리는 라벤더의 눈가를 손등으로 훔쳤다. 그리고 라벤더의 손을 잡아 일으켰고, 한 발 뒤로 디뎌 날아올랐다.

라벤더는 한숨 늦게 떠올랐다. 놀랐는지 눈이 둥그레진다. 브리는 좀 더 높이 날았다.

"있어봐, 엄마가 뭐가 기억난 게 있는데. 어디 보자."

바람이 둥글게 돌아간다. 브리는 에이비어리를 회전하는 바람과, 새장 바깥의 바람, 밤하늘의 허공을 온통 메운 바람, 공간의 모든 끄트머리까지 다 채우고서 물결처럼 일렁이는 바람의 큰 한 몸을 남김없이 느꼈다. 자신의 몸과 바람의 몸은 분리된 것이 아니었다.

브리는 새장의 열린 천장을 지나 떠올라 갔다. 집이 까마득해져서야 공중의 한 지점에 멈추었다.

"날고 싶니?"

딸은 고개를 끄덕였다.

"날 수 없으니까 날고 싶은 거니, 아니면 날 수 있는데도 날고 싶다고 생각하는 거니?"

"그건…… 어떻게 해야 되는 건지 모르니까."

"너 걸음마 할 적 생각난다, 얘."

브리는 한 손을 놓았다. 라벤더는 잠시 허우적대다 엄마 비슷한 자세로 공중에 섰다. 한 걸음, 다시 한 걸음 걸어본다. 여전히 날고 있다.

브리는 새삼 자신이 엄마라는 것을, 그게 어떤 일인지 생각했다. 날 만큼 날아서, 더는 알아야 할 것도 배울 것도 없다고 생각했었는데 그게 아니구나. 끝없다는 것은 말 그대로 끝없어서 계속해서, 계속해서 나아가는 일이구나. 딸의 손을 쥔 손이 조금은 아렸다. 엄마도 그래서 갈 길을 간 거지. 나도 언젠가는 갈 거야. 쉽지는 않겠지만, 쉬울 수가 없는 일이겠지.

영원히 잡아주고 싶지만 그럴 수는 없다. 브리는 라벤더의 머리칼을 손으로 빗어 내렸다. 애는 엄마의 이혼이 제 탓이라고 생각해서 자책해온 모양이지만, 사실은 엄마가 자기를 낳은 것을 세상에서 제일 잘한 일이라고 생각하는 건 전혀 모르는 모양이었다. 이래서는 영 헛똑똑이다.

"이 손도 이제 놓을까?"

"아니 아니, 잠깐만!"

라벤더는 하늘 한쪽을 가리켜 보였다. "저기로 가볼래!"

브리는 딸이 가리킨 쪽으로 천천히 날았다. 이끌려 오는 라벤더의 팔이 더는 무겁게 느껴지지 않았다.

"혹시 아니, 몇 번 이러다 보면 너도 혼자 날지?"

"그럴까?"

"그래. 넌 걷기도 금방 걸었으니까."

브리는 왠지 시원한 심정이었다. 난다는 것에 대해 생각만 하면 더러워지던 기분도 이제는 많이 깔끔해진 것 같았다.

아마도 몇 번만 더 연습하면, 엄마가 자신에게 해주었던 것처럼, 자신도 딸에게 전달해줄 수 있을 것이다. 그냥 그럴 수 있을 것 같았다. 무엇이 전달되는 것인지는 자신도 몰랐다. 그저 피가 흐르기 이전에, 심장이 뛰기 이전에, 바람이 불기 이전에 일어나는 무언가였다.

아주 오래전에 엄마는 그걸 자신에게 건네주었고, 자신은 그걸 받았다. 주는 것과 받는 것이 다 완전해야 무효가 되지 않는다.

달빛이 바람의 물결 속으로 얇디얇게 겹치며 내려앉았다.

라벤더는 문득 뒤를 돌아보았다. 멀리서 마리아가 한없이 높이, 더욱 높이 날아오르다가 곧 구름을 뚫고 사라졌다. 바람 한 줄기가 매끄럽게 다가와 라벤더의 머리칼을 흐트러뜨리고는 곧 방향을 틀어 멀어져 갔다. 엄마의 턱선을 따라 달빛이 물방울처럼 튕겨 나갔다. 라벤더는 길게 숨을 내쉬었다. 조금은 졸렸고, 이미 반쯤은 꿈꾸는 것만 같았다.

'어디로 가는 걸까.'

라벤더는 어디든 이렇게 단맛의 바람이라면, 푹신한 허공이라면 날아갈 만하다고 생각했다. 눈을 감았다.

진작에 날 걸 그랬어. 그러면 아마도 덜 괴로웠을 거야. 아마 엄마도 같은 생각을 하고 있겠지. 확실히 아는 건 아니었지만, 라벤더는 어쨌든 막연하게나마 알 수 있었다. 엄마도 지금 굉장히 오랜만에 너무나도 홀가분하게, 가볍게, 행복하다는 것을.

모든 것이 점차 고요해졌다. 아니, 모든 것은 본래 고요했다. 뺨을 스쳐가던 바람의 밀도마저도 줄줄이 마치 설탕 녹듯 부드러워지다가 마침내 마지막 저항력의 얇은 막까지도 벗어내리고서 부서져 깃털처럼 흩날려 갔다.

라벤더는 세상이 통째로 떠오르는 것 같다고 생각했고, 그 생각조차 잠시 후 어디론가로 떠올라 갔다. 눈을 뜨니 세상이 온통 뒤섞인 광채로 범벅되어 어지러웠다. 온몸의 감각이 곧이어 가벼워지더니 한없이, 투명히 허공으로 뻗어나가서 밤하늘의

별빛과 달빛 속으로 번져들었다. 세상은 본디 고요한 무언가였고 고요함을 감싼 껍질들이 제각기 별이나 구름이나 사람 같은 형식의 골격에 휩싸인 채 저마다의 궤도를 그려나가는 것이었다. 날아오르는 것은 물질의 껍데기가 일방적으로 자아내는 꿈의 방향선을 박차고 뛰어올라 곧바로 고요함의 고동으로 진입해 녹아드는 일이었다. 처음부터. 처음부터. 모든 것을 버리고. 이것이 본래 가장 자연스러운 일이었다. 누구에게든, 무엇에게든, 어떻게든.

그러므로 라벤더는 부드럽게 엄마의 손을 놓았다. 동시에 엄마도 라벤더의 손을 가볍고도 사뿐히 놓았다.

그래도 괜찮은 일이었다.

이로빈

서울 출생으로 어쩌다 보니 뉴욕시립대학교 퀸즈 칼리지에서 영문학을 전공했고, 문학 창작 MFA를 시작했으나 생계 문제로 중도 하차했다. 지금은 끝없는 육아에 저며진 채 글을 쓴다. 아기도 귀엽긴 하지만 언젠가는 꼭 고양이를 키우고야 말리라. 신화와 고전, 한국 순정만화와 페미니즘, 트랜센덴탈리즘과 포스트콜로니얼리즘, 판타지와 SF 장르 소설에 큰 영향을 받으며 자라왔다. 여러 장르를 토대로 삼아 과거와 미래의 실험적인 융합을 통해 새로운 지평을 개척해 나가는 일에 관심이 많다.

어머니의 씨앗눈

엄정진

바람이 불어온다. 흙바닥 위에 놓고 햇볕에 말린 것처럼 건조하고 거친 바람. 어릴 적 자랐던 고향에서 늘 살을 맞대어 헐렁한 옷처럼 익숙해진 그런 바람. 어쩌면 정말 그 땅에서 그리운 기억을 신고 왔을지도 모른다. 모처럼 그 이야기를 해볼까.

한 아이가 있었다. 아주 작고 어린, 순수하면서도 외골수 기질이 있는 여자애. 메마른 갈색 대지 위에 자리 잡은 조그만 촌락에서 나고 자랐다. 사방을 둘러봐도 잿빛 사막과 울퉁불퉁한 바위와 기괴한 모양으로 입을 벌린 협곡밖에는 보이지 않는 그런 곳에서도 사람들은 집을 짓고 사랑을 하며 아이를 낳고 살아갔다. 씨앗을 뿌려도 채 반도 자라나지 않았고, 물을 얻으려면 수맥을 짚는 도구로도 부족해서 하늘에 제사를 지내야 하는 척박한 땅이건만 사람들은 마을을 떠나지 않았다.

여러 가지 이유가 있을 것이다. 인간이 살아가는 데에는 헤아릴 수 없이 다양한 사정과 자초지종이 담겨 있을 테지. 하지만 아이들은 그곳에서의 삶을 그다지 고통스럽게 생각하지 않았다. 마을의 모든 어른이 아저씨 아줌마요 모든 아이들이 형제자매인 것처럼 살갑게 대했고, 많지는 않아도 서로 가진 것을 아낌없이 나누며 오손도손 살았으니까. 그리고 무엇보다 씨앗눈이 있었다. 마법의 씨앗눈. 선녀가 지상에 뿌리는 곱디고운 생명과 기적의 씨앗.

꽃씨가 하늘에서 눈처럼 떨어진다고 해서 이름 붙은 씨앗눈은 몇 년에 한 번씩 내려오곤 했다. 정확한 시기나 일정한 주기를 알아내려는 외지인의 시도는 늘 실패로 끝났다. 마을에서 대대로 살아온 어르신들은 아는 눈치였으나 입을 굳게 다물었다. 외지인은 물론이고 아이들에게도.

일 년에 비 한 번 보기 힘든 메마르고 황량한 땅의 사람들에게 비록 아주 짧은 순간이지만 떨어지는 꽃씨는 큰 선물이요 위안이 되어주었다. 씨앗은 세상 어디에서도 볼 수 없는 아름다운 꽃을 피웠다. 관상용으로 인기를 끌었지만 외지인이 무엇보다 탐낸 부분은 희귀하고 영험한 약효를 지닌 뿌리였다.

꽃을 피웠다는 소식을 전하면 머나먼 도시에서 의사와 부자들이 앞다투어 꽃과 뿌리를 비싸게 구매했다. 마을에 정착하여 씨앗눈을 사들이던 장사꾼도 꽤 있었으나 일확천금의 욕망은 이루어지지 못했다. 신기하게도 꽃씨는 아무리 정성스레 키워도 마을 바깥에서 꽃과 뿌리를 맺지 못했다. 마르고 거친 이곳 땅만

이 자신에게 걸맞은 삶의 터전이라는 듯이.

덕분에 주민들은 비록 폐쇄적이지만 풍요로운 삶의 터전을 확보해 나갔다. 내부인이었던 사람 입장에서는 척박한 변경 오지에서 살아남기 위해서 어쩔 수 없는 일이라고 변명해본다.

보물이 하늘에서 아무런 조건 없이 떨어지는 날은 그대로 마을의 큰 축제가 되었다. 여자애가 어릴 때만 해도 마을 사람들은 팔기 위한 목적으로 경쟁적으로 수집하기보다 씨앗눈 자체를 즐기려는 마음이 더 컸다.

어른들은 술을 담가 꽃씨를 띄워서 마셨고, 옷에 하얀 솜털을 장식으로 달고 모닥불 주위에서 춤을 추었다. 아이들은 들뜬 마음에 강아지와 함께 어울려서 종일 들판이며 언덕길을 뛰어다녀도 지칠 줄을 몰랐다. 짙은 구름이 갈라지며 드리우는 햇살의 조명 사이로 내려오는 씨앗눈은 강림하는 천사처럼 아름답고 황홀한 모습이었다.

특히 여자애들에겐 씨앗눈이 정말 특별한 의미에서 소중한 존재였다. 무심한 남자애들은 떨어진 씨앗을 주워 새총에 끼워서 날려버리기 일쑤였지만 여자애들은 할머니, 어머니, 누이에게 들은 소중한 전설을 간직하고 대대로 이어왔기 때문이다.

그 전설이란 바로 자신만의 씨앗을 하나 정해서 가꾸는 일이었다. 눈을 감고 소원을 빌면서 양손을 앞으로 내민다. 손바닥 위에 떨어진 꽃씨를 자신이 서 있던 그 자리에 심고 정성을 다해서 길러주면, 씨앗은 싹을 틔우고 마침내 아름다운 꽃을 피워낸다. 그와 함께 빌었던 소원도 함께 이루어진다는 전설이다.

대신 다음번 씨앗이 떨어지기 전까지 꽃을 피우지 못하면 앞으로도 영영 꽃은 피지 못하고 소원도 이루어지지 못한다고 한다. 오직 여자에게만 통하고, 여자에게만 가능하다고 여겨지며, 여자에게만 전해져 내려오는 전설.

많은 여자애들은 사랑이 이루어지길 바랐다. 아직 땅바닥에 붙어 다닌다는 말을 들을 정도로 어린 아이들이었지만 사랑이 무엇인지 다 안다는 양, 자신이 남몰래 짝사랑하는 아이와 맺어지길 바라거나 원하는 이상형의 상대가 나타나주길 바라는 마음을 담아 씨앗을 심고 가꾸었다.

아무리 철없고 장난이 심한 개구쟁이 남자애들도 여자애들의 비밀스러운 화원을 망치는 일만은 하지 않았다. 어른들로부터 귀에 딱지가 앉도록 들어온 성스러운 씨앗에 대한 교육 때문이기도 했고, 씨앗이 싹트지 못하면 자신들에게 저주를 내릴지도 모른다는 전설 때문이기도 했다. 아마도 남자애들은 은근히 자신이 좋아하는 여자애가 자신과의 사랑이 이루어지길 바라며 씨앗을 심었다고 기대하지 않았나 싶다.

어느 여자애의 이야기를 하고 있었던가? 그 아이에게도 마침내 태어나서 처음으로 씨앗눈을 만나는 날이 왔다. 사실은 두 번째였으나 처음 보았을 때는 그것이 무엇인지도 모를 만큼 어렸기에 기억도 나지 않았다. 아이는 뒷산에 올라가 손바닥을 가지런히 펴고 열심히 소원을 빌었다.

드디어 아이도 자신만의 씨앗을 만났다. 바람을 타고 하늘거리던 하얀 솜털 덩이가 아이의 코끝을 스치려는 듯이 다가왔다가 손바닥 위에 사뿐히 내려앉았다. 아이는 즉시 흙을 파서 조심스레 묻고 돌멩이를 모아 원을 그려 표시해두었다. 이제 이곳은 아이만의 화원이 되었다.

소원을 담은 씨앗을 심은 아이는 기쁜 마음에 토끼처럼 깡총깡총 뛰면서 집 주위를 뛰어다녔다. 그리고 어머니의 낡은 앞치마를 찢어져라 잡아당겼고, 눈에 띄게 여윈 어머니의 무릎 위로 기어 올라가 목을 끌어안고 그 사실을 자랑스레 얘기해주었다. 아이는 기쁨과 소망을 가득 담은 커다란 눈망울을 빛내며 말했다.

"나 있지, 엄마가 빨리 나아서 일어나게 해달라고 빌었다!"

어머니는 딸의 머리를 쓰다듬고 뺨에 입을 맞추며 감사를 표했다. 그리고 싹이 나서 꽃을 피울 때쯤에는 훌훌 털고 일어날 수 있을 거라고 약속했다.

하지만 결국 꽃은 피지 않았다.

몇 주가 지난 뒤 아이의 어머니는 세상을 떠났다. 습관처럼 하던 기침과 점차 볼썽사납게 야위어가던 몸, 딸에게 들키지 않으려고 애쓰며 가끔 토하던 핏덩어리. 자식의 기억 속에 남은 어머니의 마지막 모습들은 그런 것들이었다. 아이는 혼이 달아나고 껍데기만 남은 인형이 되어버린 것처럼 장례식 내내 아버지 손에 힘없이 이끌려 다녔다.

울다 지쳐서 잠들었던 아이는 밤중에 깨어났다. 어른들이 술을 마시며 이야기를 나누고 있었다. 엿듣는 아이가 있을 리 없다고 생각하기에 가능한 대화였다.

"마을을 위해서 잘 된 일이야."

"이제 씨앗이 내리겠지."

"얼마 이하로는 절대 안 돼."

가격과 액수 이야기. 아이가 이해하기에 힘든 낱말과 숫자가 어지러이 날아다녔다. 화장실에 갔던 이모가 깬 아이를 보고 놀라서 다가왔다.

"들었니? 어른들끼리 하시는 말씀이야. 너는 이런 거 신경 쓰지 말고 얼른 자."

아니, 이미 엎질러진 물이었다. 아이가 거듭 캐묻자 이모는 이불을 덮고 함께 누워 주위의 시선을 막고 속삭이는 목소리로 알려주었다. 마을의 비밀을.

"어차피 어른이 되면 다 알게 될 텐데……."

이모는 주저하면서도 그렇게 말문을 뗐다. 마을에서 여자가 죽으면 씨앗눈이 내린다고 했다. 어른들은 대대로 이어진 경험으로 이를 알았다. 곧바로 내리는 경우도 있고 하루 정도 걸리기도 하지만 분명히 내렸다. 사람들은 씨앗을 모아 외지인에게 비싸게 팔 궁리를 하고 있었다.

죽은 여자가 선녀님이 되어 하늘나라에서 아름다운 씨앗눈을 뿌린다. 이모는 그렇게 아름다운 전설로 치장하려 애썼지만 그 속에 담긴 것은 어른들의 추한 욕망이었다. 아이는 잠을 이루지 못하고 내내 생각에 잠겼다.

정말로 다음 날 새벽 씨앗눈이 내리자 아이는 악착같이 씨앗을 모았다. 사정을 모르는 어른들은 수확량이 예전 같지 않다며 어리둥절했다. 누군가는 병약한 아이의 어머니 탓을 했다. 그러거나 말거나 여자애는 아무도 모르는 사이에 마을에서 가장 많은 씨앗을 모았다. 혼자 남은 집 안마당에서 꽃을 길렀다. 시간이 지나 아이의 집은 무수한 꽃으로 뒤덮였다.

꽃이 폈다는 소식이 퍼지자 외지에서 사람들이 모였다. 아이는 그들을 유심히 보다가 어느 귀부인을 골라 몰래 다가갔다. 아이는 자신이 기른 꽃을 돈 대신 다른 조건으로 팔았다.

"절 마을로 데리고 가서 같이 살게 해줘요. 학교에 다니고 싶어요. 학교를 졸업할 때까지만 신세 질게요."

아이가 가진 보물은 그러고도 충분히 남을 가치를 지녔다. 귀부인은 승낙했고 다음 날 아이는 귀부인의 마차를 함께 타고 마을을 떠났다. 마을 사람들은 아이가 떠나기 직전에야 이 사실을 알았다. 그들이 어떻게 반응했는지 아이는 알고 싶지도 않았다. 오직 이모만이 무사히 잘 지내라며 작별인사를 해주었을 뿐.

귀부인의 하인들이 마차에 꽃과 뿌리를 싣는 사이에 아이는 씨앗눈을 심었던 장소로 갔다. 어머니가 죽기 전날 꽃봉오리는 막 꽃을 틔우려는 듯 터지기 직전의 상태였고, 지금도 그때 모습 그대로였다. 아이는 쪼그리고 앉아 세상에서 가장 미운 상대를 보듯이, 어머니를 데려간 저승사자라도 만난 것처럼 독기를 품은 눈으로 피기 직전에 굳어버린 꽃을 바라보았다.

그토록 정성껏 길렀는데도 불구하고, 이제 꽃을 피우기만 하면 되는데도 씨앗은 소녀의 소원을 들어주기를 거부했다. 이 씨앗이 어머니의 목숨을 앗아간 원흉처럼 여겨졌다.

눈물이 그렁그렁한 눈으로 바라보던 아이는 마침내 일어서며 발로 꽃을 짓밟았다. 발로 봉오리를 짓이기고, 줄기를 부러뜨리고, 가느다란 뿌리를 파헤쳐 흩어버렸다. 원래의 형체를 알아볼 수 없을 때까지 발길질을 멈추지 않았다. 금전적 가치로든 설화적 의미에서든 성스럽고 소중한 존재로 여겨졌던 꽃을 망가뜨리며 알 수 없는 쾌감마저 느꼈다.

결국, 꽃은 피지 않았고 어머니는 거짓말을 한 셈이었다. 영원히 지키지도 못할 약속을 남기고 거짓말쟁이가 되어 딸의 곁을 떠났다. 아이는 어머니에 대한 그리움과 슬픔을 이기기 위해 마을을, 전설을, 심지어 어머니까지 원망하고 미워하는 편을 택했다.

아이가 이후로 어떻게 살았는지는 중요하지 않다. 찻잎과 약재를 판매하는 상인의 집에서 머물며 학교에 다녔다. 졸업하고 성인이 되자 상인은 자신의 수양딸 겸 후계자가 되라고 제안했다. 아이의 명석함과 결단력이 꽤 마음에 들었던 모양이리라. 비슷한 처지라면 다들 반색할 제안이었건만 자립하고 싶다는 이유로 거부하고 집을 나와 작은 무역회사에 취직하여 홀로살이를 시작했다.

몇 년 후 전쟁이 일어나 사귀던 남자가 징집되면서 헤어졌고 자신도 간호사로 참전했다. 전쟁이 끝난 후에야 남자의 전사 소식을 들었다. 다니던 회사가 망해서 사라지는 바람에 상인에게로 돌아갔다. 비록 쇠락했어도 가게는 아직 유지되고 있었다. 가족도 후계자도 없이 홀로 가게를 지키는 늙은 상인을 보자 마음이 바뀌었는지 양녀가 되어 가게를 물려받았다. 모든 삶을 오직 사업에만 쏟아 가게를 예전보다 더 크게 키워냈다. 그렇게 오늘에까지 이르렀다.

이제 더 능청을 떨 필요는 없을 것 같다. 이것은 나의 이야기다. 미움을 품고 마을을 떠나 평생 돌아가지 않은 어느 나이 든 여자의 이야기. 번창한 가게는 양어머니가 그랬듯 양녀에게 물려주고 오늘도 이렇게 창가에서 한가로이 흘러가는 구름을 바라보고 있다.

아직도 바람이 부는 날에는 가끔 소금기가 담긴 텁텁한 모래바람이 느껴진다. 초록을 찾기 힘든 황갈색의 산, 언덕 위로 오르면 보이는 기암괴석과 그 너머로 보이는 회색 암염 가득한 사막. 그 적막하고 공허한 풍광을 아름답게 꾸며주던 씨앗눈이 떠오른다.

천사처럼 하얀 솜털 날개를 펼치고 요정처럼 귀엽고 선녀처럼 우아하게 날아와 내 발밑에 떨어지던 씨앗. 그 모든 정경이 바람에 실려 와 망막에 새겨지는 듯 뚜렷하다.

며칠째 내린 비가 그치고 먹구름이 물러나자 바람이 불어왔다. 따뜻하고 거친, 짠맛이 느껴지는 고향의 바람. 반쯤 잠이 든 채로 나른히 햇볕을 쬐던 나는 깜짝 놀라며 침대에서 몸을 일으켰다. 갈라진 구름 사이로 내리쬐는 햇볕. 커튼처럼 드리워진 빛줄기 사이로 내려오는 작은 요정들의 모습이 보였다.

수많은 씨앗눈이 회색 도시의 하늘을 뒤덮고 있었다. 햇빛에 반짝이는 하얀 날개, 작고 단단한 둥근 씨앗을 감싼 솜털 날개를 펼치고서. 때론 바람을 맞아 뱅글뱅글 돌며, 때론 물결을 타듯 유유히 날아 내려오고 있었다.

도시 사람들은 이토록 낯설고 신비로운 존재를 무시할까, 귀찮아할까, 아니면 두려워할까. 나는 홀로 정원으로 달려 나와 어린 날의 여자애처럼 두 팔을 벌리고 하늘을 향해 껑충 뛰면서 웃었다.

그래, 지금 이 순간은 꿈이다. 내가 침대에서 일어날 리도, 걷거나 달릴 수 있을 리도 없으니까. 내 생명은 꺼진 벽난로 재 속을 뒤져서 겨우 찾아내는 잔화(殘火)에 불과함을 누구보다 잘 알고 있다.

어쩌면 이건 어머니의 선물일지도 모른다. 하늘나라 선녀님이 된 어머니가 나에게 화해의 선물을 보내고 있는 걸지도. 아니면 그토록 오래전에 떠나고 외면했지만 아직도 나는 그 마을의 여자라는 운명에서 벗어나지 못한 증거인 걸까.

어느 쪽이든 좋다. 꿈이든 죽음이든…… 이토록 기쁘고 자유로운 순간이 언제 또 있었던가. 나는 들뜨고 홀가분한 심정으로 춤을 추었다. 세상은 빙글빙글 돌았고, 어느새 나는 정면으로 하늘을 마주보며 나를 향해 다가오는 씨앗눈을 바라보았다.

하나둘 내려앉는 씨앗들. 그 하나하나에 나는 소중하고 은밀한 소원을 담아본다. 이루어지지 않았고, 이루어질 수 없었던 모든 소망을 포함해서.

살며시 몸 위로 내려앉는 씨앗들의 감촉을 느끼며 마지막 소원을 맡긴다. 이번에는 틀림없이 이루어질 수 있으리라. 나는 씨 앗이 싹을 틔우는 희미한 소리를 들으려 눈을 감는다.

엄정진

pilza2, 정희자, 엄정진 등의 필명을 사용한다. 환상문학웹진 거울 24호부터 필진 으로 활동했고, 99호부터 편집진으로 활동 중이다. 《U, ROBOT》(공저), 《아 빠의 우주여행》(공저), 《코뉴코피아》, 《고치 짓는 여인》, 《아직은 끝이 아니야》 (공저) 등을 출간했다. 전자책 출판사 페가나를 만들어 《페가나의 신들》, 《달의 첫 방문자》, 야만인 코난 시리즈 등을 번역 출간하고 있다.

문 뒤에 지옥이 있다

지현상

"창문으로라도 나갈 거야."

아내는 이미 제정신이 아니었다. 도로에는 어디서 튀어나왔는지 모를 정신 나간 놈들이 아무 데나 총을 쏴대고, 문밖에는 뭐가 있는지 모르고, 방 안에는 시체가 있었기 때문이다. 아내는 울상이 돼서 창문을 기어오르고 있었다.

"진정하고 정신 좀 차려봐. 여긴 8층이야."

내가 아내를 끌어안아 뒤로 잡아당기며 말했다.

"진정하라고? 민아랑 연락이 안 되잖아! 민아랑! 당신은 지금 진정이 돼?"

아내가 소리쳤다.

총을 든 남자 하나가 창가에 매달려 발악하는 아내를 보았는지 총구를 위로 겨눴다. 탕. 섬뜩한 총성과 함께 창문 주위에 구멍이 생기고, 놀란 아내가 뒤로 넘어졌다. 아슬아슬하게. 창문을 넘어 날아든 총알 몇 발이 천장에 구멍을 만들었다.

"여보. 민아 찾아줘. 우리 민아…."

아내는 반쯤 정신이 나간 채 시체와 내 눈을 번갈아 보며 중 얼거렸다.

"괜찮아. 민아 찾을 수 있어."

나는 애써 아내를 다독였다. 당장은 그것밖에 할 수 없었다.

문 앞에 널브러진 시체는 배가 찢어지고 등에 칼이 꽂힌 채 싸늘하게 식어 있었다. 날카로운 스테인리스 조각 위에 새겨진 'Made in Germany'가 핏물에 가려 번들거렸다. 백인이고, 중년 과 노년 사이에 위치한 어중간한 나이의 남자였다.

시체가 안으로 내동댕이쳐진 건 세 번째로 문을 열어봤을 때 였다. 이미 1시간도 전이었다. 코가 냄새에 마비돼 기능을 상실 한 덕에 지금은 느껴지질 않지만, 시체는 내장에도 상처를 입었 는지 구린내가 몹시 심했고, 덕분에 비위가 약한 아내는 더 모 진 고생을 해야 했다. 지금은 시체보다도 아내의 몰골이 말이 아 니었다.

"여보…. 민아, 우리 민아아…."

아내의 중얼거림은 거의 무의식적으로 반복되고 또 반복됐다.

나는 아내를 꼭 끌어안고 시체 너머의 문을 노려봤다. 문은 가깝지만 멀고 또 거대해 보였다. 뭐가 튀어나올지 모르는 악마 의 입 구멍 같았고, 몇 방울 피가 묻은 문고리는 튀어나온 눈알 처럼 섬뜩했다.

지금 문 뒤엔 뭐가 있을까? 총을 든 사이코? 살인마?

어쩌면 운 좋게 안전하고 평범한 장소가 있을지도 몰랐다. 처음부터 아무도 없던 조용한 장소나, 이미 모두가 죽어서 안전한 장소가 됐을지도 모르는 그런 공간들 말이다. 차라리 시체는 위험하지 않았다.

어쨌거나 문 뒤에 붙어 있는 게 우리 집 거실이 아니란 건 확실했다. 말도 안 되는 소리 같지만 이미 문을 열어 거실이 아닌 다른 곳이 튀어나오는 걸 세 번이나 확인했다. 그것도 전부 다 다른 곳으로. 꿈인가 싶었지만 꿈은 아니었다. 무엇보다 나는 우리 집 거실에 칼 맞은 외국인을 들인 적이 없었다.

문득 문을 부숴버리면 어떻게 될지 의문이 들었다.

'아니야.'

얼른 고개를 저었다. 그러면 안 된다는 걸 본능적으로 알 수 있었다.

문을 부순다니? 그런 다음엔? 또 뭐가 튀어나오지? 사람? 귀신? 괴물? 이도 저도 아니면 블랙홀처럼 뒤틀어진 괴상한 공간?

질척하고 싸늘한 기운이 등을 감고 내려갔다. 괜스레 누가 생각을 훔쳐보기라도 했을까 불안했다. 아니나 다를까. 문고리가 날 노려보고 있었다.

나는 끓는 한숨을 토해내며 얼굴을 쓸어내렸다. 어떻게 보면 저 문은 그나마 남겨진 마지막 안전장치였다. 적어도 문고리를 걸어 잠그고 있는 동안에는 이 썩은 내 나는 방도 그럭저럭 안전한 편에 속했다. 아마도, 확실하진 않지만······.

문제는 언제까지 이곳에 앉아 있을 수는 없다는 거였다.

젠장!

몇 시간 전만 해도 나와 아내는 평온한 일요일을 즐기며 TV를 보고 있었다. 화장실에서 갑자기 비명을 지르며 사람들이 튀어나오지만 않았더라면, 우린 아직 거실에 있었을지도 모를 일이었다.

일은 정말 순식간에 벌어졌다. 심장마비라도 걸릴 것 같은 비명과 함께 세 사람이 튀어나왔다. 모두 한국인이 아니었는데, 정말 갑작스럽게 우리 집 거실에 서 있었다. 어떻게 집에 들어온 건지 도통 알 수가 없었다. 나와 아내가 놀란 숭어처럼 펄쩍 뛰자 그들도 쳐들어온 주제에 잔뜩 겁에 질린 표정으로 우리를 경계했다. 손에는 칼까지 들고 말이다.

나는 놀란 아내를 데리고 슬금슬금 작은방으로 도망쳐 냅다 문을 걸어 잠갔다. 그게 실수였다. 그땐 몰랐지만 큰 실수였다.

문을 닫자 거실은 거짓말처럼 바로 조용해졌다. 시간이 조금 지난 후 나는 상황을 보려 아주 살짝 문을 열었다가 기겁을 하며 문을 닫았다. 문 너머엔 거실 대신 생전 처음 보는 이상한 골목이 있었다. 그것도 그냥 골목이 아니라 벌써 시체와 파리가 한가득 꼬인 골목이었다.

우리는 겁에 질렸고, 그렇게 시간이 흘러갔다. 하지만 이젠 이곳에서 나가야만 했다. 쫓기듯 도망쳐 들어온 작은 방엔 먹을 것은커녕 마실 물조차 없었다. 그리고 무엇보다도 민아가 없었다. 우리 딸. 민아가.

망할 놈의 학교. 일요일도 없이 애들을 불러제끼다니.

사실 학교만 탓할 순 없었다. 내가 못난 아빠였다. 쉬는 날도 없이 딸아이를 학교와 학원으로 내몰다니….

잦은 구토로 탈수 증세를 보이는 아내가 물을 못 마신 지 4시간. 민아와 연락이 끊긴 지는 약 2시간이 지났다. 아내가 몇 분 간격으로 계속 전화를 걸어보고는 있지만 전화기가 꺼져 있다는 기계적인 목소리만 지겹도록 들려왔다.

아내가 휴대전화를 들었다가 다시 내려놓았다. 민아의 전화기는 여전히 꺼져 있었다.

'어쩌면 배터리를 아끼려고 일부로 꺼놓은 건지도 몰라. 어쩌면 수신이 안 잡히는 곳에 있을 수도 있고, 어쩌면 그냥 통신사가 말썽을 부리는 건지도 모르지. 아니, 어쩌면….'

마지막 통화 당시 민아는 아직 학교에 있었다. 학교 선생들도 상황파악은 어느 정도 된 것 같았으니 뭔가 적절한 조치를 취했을 것이다. 선생이란 원래 똑똑한 사람들 아니던가. 게다가 학교에는 사람도 많고. 하지만 어쩌면…….

창밖에서 총소리와 누군가의 비명 소리가 거의 동시에 들려왔다.

아니야. 나는 더 이상 생각이 나를 괴롭히지 못하도록 관자놀이를 세게 눌러 잡았다.

민아를 찾으러 가야 했다. 하지만 문을 열고 나간다면…… 민아를 찾거나 다시 집으로 돌아오는 건 둘째 치고 살아남는 것조차 불가능할 것 같았다.

세상엔 대체 문이 몇 개나 있을까. 작은 가정집이라 해도 문은 보통 네다섯 개 이상 달려 있다. 우리 집에만 해도 여섯 개였다. 이 아파트가 16층 건물에 10호씩 6동이니, 이 좁아터진 아파트촌에만 최소 4,800개 이상의 문이 있는 셈이다. 세상에 널린 수많은 문 중에 다시 우리 집 문과 공간이 연결될 확률은 복권에 당첨되는 것보다 어려운 일이 분명했다.

'하기야 우리 집으로 다시 돌아온다고 무슨 소용이 있을까.'

문이 날 보며 소리 없는 비웃음을 지었다.

아내를 데려갈 수도, 두고 갈 수도, 그냥 계속 이곳에 머무를 수도 없었다.

"여보, 여기서 나가야겠어." 내가 고민 끝에 아내에게 말했다. "응? 민아 찾으러 가자. 아직 학교에 있을 거야. 할 수 있지?"

아내는 퀭해진 얼굴을 들어 내 눈을 뚫어지라 바라봤다. 그리고 문을 바라봤다. 아내의 눈에서 모성애와 공포가 뒤섞여 안타깝게 흔들렸다.

그때 휴대폰이 요란하게 벨을 울렸다. 소스라치게 놀란 아내가 괴물 보듯 전화기를 바라보는가 싶더니, 어느새 주체하지 못할 정도로 손을 떨며 다급하게 전화기를 붙잡았다.

"민아야! 민아야!"

아내는 통화가 시작되기도 전부터 울먹이며 딸의 이름을 불렀다.

"괜찮아? 다친 데는?" 아내가 다그쳐 물었다. "엄만 아빠랑 같이 있어. 그래. 괜찮아……. 모르겠어. 엄마도 모르겠어……."

아내는 그때부터 별다른 말도 하지 못하고 수화기를 붙잡고 흐느껴 울었다. 나는 얼른 전화기를 건네받았다.

"민아니? 괜찮아?"

내가 급히 물었다.

"아, 아빠……."

민아가 울음기 가득한 목소리로 대답했다.

"민아야 진정해." 내가 짐짓 침착한 목소리를 흉내 내며 말했다. "일단 지금 상황이 어떻게 돌아가는지는 알지? 아빠가 데리러 갈게. 어디야? 아직 학교야? 전화기는 왜 꺼놨었어?"

"그게…… 막 이상한 사람들이 나타나는 바람에…… 선생님도 죽고…… 교실 문을 열고 도망쳤는데……, 미국? 영국? 하여튼 이상한 데에 갔다가…… 다시 문을 여니까 또 이상한 곳이 나왔는데……."

민아의 말이 두서없이 울먹이며 뭉개졌다.

"그래서 지금은? 지금은 어디야? 다친 데는 없고?"

"응……. 난 괜찮아. 근데 희정이랑 가은이가 죽었어요……. 이상한 사람들이 계속 쫓아와서, 쫓아와서……."

오, 망할.

"쫓아온다고? 지금은?"

"아냐. 지금은 괜찮아. 도망쳤어. 애들이랑 처음에는 다 같이 있었는데……." 민아는 울음이 터져 나오는지 말을 제대로 잇지 못했다. "무서워. 아빠…… 어떻게 해야 돼? 응?"

"괜찮아. 괜찮을 거야. 친구들하고 같이 있어?"

"응, 같이 있어. 지혜랑 아람이랑……, 반 친구들 몇몇하고 같이 있어."

딸아이가 대답했다.

나는 나도 모르게 숨을 쓸어내렸다. 다행이었다. 정말 다행이었다.

"주변에 뭐 아는 건물은 있니? 어딘지는 알 것 같아?"

"모르겠어요. 이상한 계단 같은데 아래에 숨어 있는데……" 민아의 친구들이 웅얼거리는 소리가 들려왔다. "응? 뭐? 아아, 전주? 여기 전주래."

민호는 순간 집에서 전주까지의 거리를 계산해보았다. 그러고는 곧 지금 거리를 계산하는 건 도무지 쓸데없는 일이란 걸 깨달았다.

"어디래? 우리 민아 어디에 있대?"

아내가 반쯤 정신 나간 목소리로 물었다.

전주래. 무사해. 아내를 다독이며 짧게 대답했다. 그리고 민아에게 다시 말했다.

"아빠가 금방 갈게. 조금만 기다려." 갑자기 눈물이 쏟아져 말이 막혔다. 나는 꾹 참아 눈물을 삼켰다. "주변에 문 없는 데로, 아니면 너희가 보기에 안전한 곳으로 가서 숨어 있어. 알았지?"

민아의 울먹이는 대답이 수화기 너머로 들려왔다.

"핸드폰 배터리 여분이나 충전할 만한 곳은 있어?"

"아니. 아무것도 없어."

"시계는 차고 나갔지?"

"응."

"그래. 그럼 아빠가 매시간 정시마다 전화할 테니까 핸드폰은 그때만 켜놓고 있어. 최대한 배터리 아끼고. 급한 일 생기면 다시 엄마 핸드폰으로 전화하고. 아빠 핸드폰은……." 안방에 있지. 아마 영영 가지러 갈 수 없을 것이다. "고장이 좀 난 것 같아. 거기로는 전화하지 말고. 이해했지?"

"응……. 아빠 빨리 와. 나 여기서 기다릴게. 빨리 와."

"그래. 우리 이쁜 딸. 아빠가 금방 갈게. 기다릴 수 있지?"

민아는 울먹이는 소리뿐 대답이 없었다. 하지만 수화기 너머에서 고개를 끄덕이고 있다는 걸 알 수 있었다. 어두운 지하실 계단에서 수화기를 붙잡고 울고 있는 딸아이의 모습이 보이는 것 같았다. 전화기를 드는 것조차 힘에 겨운 겁먹은 딸의 모습이…….

"여보, 나도 바꿔줘. 나도……."

아내가 손을 내밀었다. 전화를 건네자 아내는 휴대폰을 부여잡고 울음을 터뜨렸다.

"여보, 민아 괜찮대." 내가 아내를 끌어안고 얼른 말했다. "아무 데도 안 다쳤고 지금 한국에 있대. 그래도 다행이지? 애 놀라겠어. 응?"

아내는 가까스로 울음을 눌러 삼켰다. 그러곤 거의 끅끅거리는 목소리로 웅얼거렸다.

"민아야……. 엄마가, 엄마가 금방 갈게. 우리 딸 좀만 기다려. 엄마랑 아빠가…… 금방, 금방 갈게." 아내는 도저히 안 되겠는지 입을 막고 눈물을 흘렸다. "엄마가…… 엄마가 우리 딸 사랑하는 거 알지? 우리 딸 사랑해. 금방 갈게. 금방 갈게……."

통화는 내가 전화를 건네받아 중재한 뒤에야 끝이 났다. 아내도 민아도 너무 서럽게 울고 있었기에 나까지 울 수는 없었다. 나까지 약하고 무너진 약한 모습을 보일 순 없었다. 내가 이들을 지켜야 했다.

아내가 조금 진정되자 내가 문을 가리키며 물었다.

"할 수 있겠어?"

아내는 굳은 표정으로 고개를 끄덕였다. 통화로 불붙은 모성애가 두려움을 짓밟고 일어났다.

나는 시체에서 식칼을 뽑아냈다. 끔찍한 감각이 손끝에 전해졌다. 그런 감각을 배나 가슴에서 느끼고 싶진 않았다. 나는 심호흡을 하고 오른손에 칼을 꽉 움켜잡았다.

왼손은 문고리를 잡고 있었다. 부모님이 일찍 돌아가신 게 다행이라고 느껴보긴 처음이었다. 적어도 우리 부모님은 병에 시달리셨을지언정 이런 험한 꼴을 겪진 않으셨으니까. 아내가 등 뒤에서 허리춤을 뜯어낼 듯 꽉 잡아 쥐는 게 느껴졌다. 또 한 번 심호흡을 하고, 나는 아내에게인지 스스로에게인지 짧게 말했다.

"연다."

그리고 문이 열렸다.

나와 아내는 거의 숨이 막힐 듯한 긴장 속에서 문 너머를 바라보았다.

넓은 대로가 보였다. 동남아의 느낌이 물씬 나는 대로. 어쩌면 중국일 수도 있었다. 돌아다니는 사람은 없었다. 적어도 살아 있는 사람은 보이지 않았다. 바닥에 널브러진 몇몇 시체들 위로 파리가 날아다녔다. 그래. 정상적인 사람들은 모두 숨어 있는 거야. 그리고 미친놈들이나 총이든 칼을 들고 돌아다니며 활개를 치는 거지. 어쨌든 여기는 아니었다.

나는 그대로 문을 닫았다가 다시 열었다.

이번엔 침대가 딸린 커다란 방이 있었다. 사람은 없었다. 아무렴. 사람이 있다면 문을 잠갔겠지. 이곳에선 적어도 아내에게 줄 물 정도는 구할 순 있을 것 같았다. 침대 옆 선반 위에 물병이 보였다. 한국은 아닌 것 같았지만 비교적 안전해 보이는…….

탕!

문 너머로 총소리가 들렸다. 누군가가 쓰러져서 신음하는 소리도 들려왔다. 여자의 소리였고, 비교적 멀지 않은 곳이었다. 그때 방 저편의 열린 문을 통해 누군가가 들어오는 모습이 보였다.

나는 깜짝 놀라 서둘러 문을 닫았다. 아내는 놀란 표정으로 나를 바라보았다.

"이런, 젠장! 괜찮아. 그냥 총소리였을 뿐이야. 우리가 맞은 것도 아니잖아?"

내가 애써 말했다.

그래도 전보다는 나았다. 몇 시간 전보다는. 그때는 오죽하면 문을 열자마자 시체가 넘어져 들어왔겠는가. 지금은 어느 정도 상태가 소강된 게 아닐까.

사람들은 모두 미쳐 있었다. 범죄를 저지르긴 너무 쉬워졌고, 또 범죄를 저지르고 도망치기도 너무 쉬워진 세상이었다. 경찰은 무의미했고 그 빈자리를 강간범과 살인마가 차지했다. 내가 먼저 죽이지 않으면 내가 죽고 말 거라는 불안감이 가득했다. 하다못해 재미로 인간을 사냥하는 놈들까지 있었다. 창밖의 모두가, 모두가 미쳐 있었다.

그런 세상에 민아가 혼자 떨어져 있었다.

안 돼. 나는 마음을 다잡고 다시 손잡이를 잡았다. 아내의 눈을 마주 보았다. 짧은 순간 많은 생각이 오고 갔지만 그래도 문을 열었다.

문이 열리는 족족 돌아다니는 사람도 없고 어딘지도 알 수 없는 장소들이 튀어나왔다. 대부분의 사람들이 문을 잠그고 숨어 있기 때문일까. 그건 그것대로 좋았다. 하지만 문제는 한국이라 생각되는 장소도 나오지 않았고, 아예 야외의 장소가 나오지 않는 한 밖으로 나갈 수 있는 곳조차 거의 없다는 거였다. 방이든 음식점이든 웬만한 장소는 거의 문이 한두 개씩밖에 없었다. 내가 지금 열고 있는 문 하나, 그리고 꽉 닫혀서 어디로 통할지 모르는 문 한두 개.

우리가 원하는 장소는 꽤 까다로웠다. 한국. 밖으로 나갈 수 있는 곳. 위험한 사람이 없는 곳.

몇 번째였나. 운 좋게도 문을 여닫은 지 스무 번이 되지 않아 가능성이 찾아왔다. 평범한 한국 아파트의 탁 트인 옥상이었다.

문은 옥상에 덩그러니 지어진 네모난 건물, 물탱크나 그 비슷한 게 들어갈 것 같은 곳의 문과 연결되어 있었다. 방수 처리된 초록색 바닥이 보이고, 저 앞에 밑으로 내려가는 계단 쪽 문이 열린 채 고정돼 있는 것이 보였다.

우리는 혹시 몰라 방문을 열어 둔 채 고정시키고 맨발로 조심조심 옥상을 걸어갔다. 아무도 없는 텅 빈 공간인데도 스치는 바람마저 우릴 지켜보는 것 같았다. 정확히 어딘지는 알 수 없었지만 난간 아래를 보니 군데군데 한글로 된 간판들이 보였다.

우리는 조심스럽게 열린 문으로 다가갔다. 다른 공간이 아니라 아파트의 비상계단이 보였다. 이 문은 세상이 이 지경이 되기 전부터 열려 있던 것이 분명했다.

나는 아내의 손을 부여잡고 한 걸음씩 계단을 걸어 내렸다. 혹시 몰라 발소리가 나지 않게 조심하며 아주 조금씩 움직였다. 정확히는 11층짜리 오피스텔이었는데 내려가기 진땀 나는 높이였다. 한 층 한 층을 내려갈 때마다 계단과 이어진 복도가 보였다. 그 복도의 좌우에 보고 싶지 않을 정도로 많은 문이 늘어서 있었다.

6층을 지나는데 위쪽 어딘가에서 덜컹거리는 소리가 났다. 가깝지는 않았지만 사방이 너무 조용해서 똑똑히 들을 수 있었다. 문소리였다.

나와 아내는 걸음을 재촉해 계단을 내려갔다. 문소리를 시작으로 온갖 소리가 간간이 새어 나왔다. 문소리도 있었고 비명 소리도 있었다. 망할 비명 소리는 3초 동안 온 아파트를 휩쓸더니 나타날 때처럼 뚝 끊겨 사라졌다. 어디서든 뭐든 튀어나올 것만 같았다. 귀신이나 알지 못하는 괴물을 무서워하는 게 아니었다. 사람이 튀어나올까 봐, 꼭 칼과 총을 들고 있지 않아도 사람이 튀어나올까 봐 두려웠다. 우리는 한 층을 내려갈 때마다 숨을 죽이고 가만히 서서 복도에 아무도 없는지 한참을 확인했다. 등에 식은땀이 흘러내렸다.

아내는 거의 실신할 것 같은 표정이었지만 용케 정신을 붙잡고 있었다. 딸을 구해야 한다는 일념이 아내를 지탱하는 것 같았다. 어느 정도는 두려움 덕일 수도 있었다. 아내도 여기서 쓰러지면 안 된다는 걸 알고 있었다.

1층에 다다를 때까지 습격은 없었다. 다행이었다. 하지만 정작 문제는 1층에서 나타났다. 아파트 입구에 양쪽으로 열리는 유리로 된 문이 있었다. 그것이 닫혀 있었다.

설마 하는 마음으로 다가가 문을 밀어보았다. 열리기 전의 문 뒤엔 분명 포장된 주차장과 다른 아파트들이 보였는데 문을 여니 어김없이 엉뚱한 공간이 나타났다. 80년대풍의 재즈바 같은 공간. 저 안쪽에서 부스럭거리는 소리가 들려와 서둘러 문을 닫았다.

그래. 차라리 지하로 가는 거야. 지하에 주차장이 있다면, 적어도 주차장 출구에는 문이 달려 있진 않겠지. 내가 생각했다. 그리고 다음 순간,

유리 너머 주차장에 사람이 서 있는 걸 발견했다. 한국인인지는 모르겠지만 어쨌건 동양인이었는데 그는 잔뜩 겁먹은 표정

으로 산탄총을 들고 있었다.

산탄총이라고?

놈이 유리문 너머의 나와 아내를 겨누고…….

엄청난 소리가 폭발했다.

나는 본능적으로 아내를 끌어안으며 바닥에 납작 엎드렸다.

이런 미친 새끼가! 정신 나간 놈들이 너무 많았다. 저런 새끼
들은 교도소에서 탈출이라도 한 걸까. 아니면 한평생 사이코 기
질을 꾹꾹 숨기고 살아왔던 미친놈들?

우리가 죽었다고 생각하는 건지 더 이상의 총소리는 없었다.
아내는 너무 놀랐는지 울지도 못했다. 나는 아내를 꽉 안은 채
조심스럽게 뒤를 돌아보았다.

유리문은 산탄총에 맞은 것치고는 상당히 멀쩡했다. 아니, 아
예 깨끗했다. 안으로 튀어든 총알도 없었고, 유리파편도 없었다.
하지만 뭔가 끔찍한 상황이었다.

깨지지 않은 유리문 너머로는 아직도 산탄총을 들고 있는 미
친놈이 보였다. 하지만 나는 다른 데 정신이 팔려 그를 제대로
볼 수조차 없었다. 갑자기 두 발의 총소리가 더 들리더니 비명
소리가 들려왔다. 총은 우리를 향해 발사된 게 아니었다. 유리문
너머의 미친놈이 뭔가에게 뜯어 먹히고 있었다. 거대한 벌레 같
은…… 아니, 저건 뭔가…….

오, 제기랄!

"여보, 눈뜨지 말고 나 붙잡고 달릴 수 있겠어? 응?"

아내는 충격에 빠져 말없이 눈을 마주 볼 뿐이었다. 아내의

몸이 벌벌 떨려왔다. 다행히 내게 가려 문 너머의 정확한 상황까지는 보지 못한 것 같았다.

"여보?"

내가 재촉하자 아내는 망연히 고개를 끄덕였다.

나는 아내의 손을 잡아끌고 지하를 향해 계단을 뛰어내렸다. 그러다 그만 못 보고 밟아 버린 돌조각이 오른발을 파고들어 거의 쓰러질 뻔했다. 아내의 도움으로 계단을 구르는 참사는 피했지만 발의 상태는 썩 좋지 않아 보였다. 하지만 멈출 순 없었다. 나는 돌을 뽑아내고는 가까스로 절뚝거리면서도 계단을 내려갔다.

하지만 빌어먹게도 지하실의 문이 닫혀 있었다.

맥이 빠진 아내가 주저앉아 흐느꼈다. 아내는 내 발을 어루만지며 괜찮으냐고 연신 물어봤다.

"잠깐만."

나는 문득 계단에 뚫린 창문이 생각났다.

그만한 크기라면 창문만 다 떼어내고 밖으로 나갈 수도 있을 것 같았다. 나는 얼른 위로 올라가 높이를 확인했다. 정확히는 1층과 2층 사이의 창문이었는데, 다행히도 방범창이 없었다.

더 볼 것도 없이 지금 당장 나가야 했다. 비교적 안전한 한국에 있을 때, 밖으로 나갈 수 있을 때. 그리고 유리문 밖의 괴물도 아직 우릴 보지 않고, 건물 반대편에서 이름 모를 동양인을 뜯어먹느라 정신이 없을 때……

내가 급하게 창문을 떼어내는 동안 아내는 올라가는 계단에 초조하게 서 있었다. 창문은 들어서 뽑아내는 것만으로도 쉽게 뜯겨나왔다. 높이도 이만하면 크게 위험해 보이지 않았다.

"여보, 먼저 뛸 수 있겠어?"

내가 아내에게 물었다. 아내는 조심스레 창문으로 다가와 아래를 보더니 고개를 흔들었다.

"그럼 내가 먼저 내려갈게. 나가서 잡아줄 테니까……."

말하는 도중 유리문 너머로 괴물의 울음소리가 상상을 초월할 정도로 크게 울렸다. 나는 아내가 저도 모르게 뒤돌아보려는 걸 머리를 잡아 가까스로 멈췄다.

"여보. 절대. 절대 뒤돌아보지 않겠다고 약속해. 위험하진 않지만 봐서 좋을 것도 없어, 알았지? 약속해."

"뭐야. 뭔데 그러는 거야……."

"그냥 보지 마. 부탁이야."

아내가 고개를 끄덕였다. 더 겁먹은 것 같은 표정이었지만, 실제로 뒤의 상황을 보여주는 것보다는 나을 것 같았다.

나는 창문을 넘어 아래로 뛰어내렸다. 바로 아래쪽에 작은 나무들이 심겨 있어 착지가 불안전했다. 이미 피를 흘리던 발은 바닥에 널린 나무 조각에 찔려 상처가 늘었고, 손을 헛짚는 바람에 손바닥에도 깊은 상처가 생겨났다. 그래도 최악에 비하면 이 정도면 나쁘지 않았다.

아내는 애써 뒤를 외면하며 벌벌 떨면서 창문을 기어올랐다. 뒤에서 이상한 소리들이 새어 나왔지만, 아내는 필사적으로 나에게 시선을 맞췄다. 나는 가까스로 창문에 걸터앉은 아내의 양

겨드랑이에 손을 끼우고, 번쩍 들어 올리듯 안아 아내가 창밖으로 뛰어내리는 걸 도와주었다.

아파트 안에서 유리 부서지는 소리가 들려왔다. 그게 무슨 소리였건 우리는 겁에 질려 그대로 길을 달렸다. 아파트의 몇몇 창문을 통해 걱정과 호기심을 섞은 눈들이 우리를 바라보고 있었다. 우리를 향해 총을 쏠 것 같지는 않았지만 그들의 시선조차 무섭고 부담스러웠다. 우리는 시선이 조금이나마 덜 닿는 건물 사이의 좁은 틈으로 들어가 몸을 숨겼다. 옆으로 새는 길도 없는 일자 통로였다. 이런 틈바구니에 끼어 있자니 쓸데없게도 총을 든 괴한을 만나면 피하지도 못하고 꼼짝없이 죽겠구나 싶었다.

"이제, 이제 어떻게 하려고?"

아내가 놀란 토끼처럼 커다랗게 변한 눈으로 사방을 살피며 숨도 제대로 거르지 못하고 물었다.

"여기가 어딘지 확인하고, 움직일 수 있는 차를 구해야지."

내가 대답했다.

도로엔 나무를 들이받거나 서로 들이받고 버려진 차량이 꽤 많이 있었다. 거의 멀쩡해 보이는데 도로 한가운데 떡하니 서 있는 것들도 있었다. 안에 시체가 들어 있는 경우가 대다수였지만, 어쨌든 움직이는 차를 구하는 건 어렵지 않을 것 같았다.

"지금 몇 시지?"

내가 다시 물었다.

"3시 56분."

아내가 핸드폰을 확인한 후 대답했다.

벌써 그렇게 됐다니. 나는 핸드폰을 건네받아 서둘러 딸의 번호를 눌렀다.

뚜. 뚜. 수화음이 흘러갔다. 한참을 그러더니 자동응답이 나오기 시작했다. 민아가 전화를 받지 않았다.

수화음이 가는 걸 보면 전화기가 꺼져 있는 건 아닌데.

아내가 불안하게 나를 바라봤다. 전화를 끄고, 다시 걸었다.

수화음이 반복될수록 걱정이 커졌다. 불안감이 차올랐다. 그렇게 몇 분을 기다리자 마침내 통화가 연결됐다.

"여보세요? 민아야? 여보세요?"

"민아야? 여보세요?"

누군가가 말을 따라 했다. 민아가 아니었다. 남자의 목소리였다.

"민아야아? 여보세요오오오?"

남자가 한 번 더 놀리듯 말을 따라 했다. 그러자 역겹고 비열한 목소리 뒤로 시시덕거리는 남자들의 낄낄거림이 들렸다. 한 둘이 아니었다.

나는 아무 말도 못 하고 전화기를 잡고 있었다. 웃음소리 사이사이에 흐느끼는 여자애들의 울음소리가 들렸다. 그리고 신음 소리가.

신음 소리가.

아니겠지. 부디 아니겠지. 온갖 상상이 머릿속에 끓어올랐다. 딸을 가진 아빠의 격정이자 분노였다. 욕을 퍼부으며 당장 죽여 버리겠다고 소리치고 싶었다.

하지만 옆에는 아직 상황을 모르는 아내가 있었다. 전화로 욕을 한다고 달라질 것도 없었다. 괜히 욕을 했다가 민아에게 더 큰 일이라도 생긴다면…….

나는 입술을 깨물며 전화를 끊었다.

"왜? 뭐래? 뭐래 여보!"

아내가 다그쳤다.

"그게…… 지하라서 전파가 잘 안 터지나 봐. 민아 말이 잘 안 들려……."

내가 거짓말을 했다.

아내는 믿지 않는 눈치였다. 나도 붉으락푸르락 변하는 얼굴을 쉽게 숨길 수가 없었다. 나는 아내에게 여기 잘 숨어 있으라 얘기를 하곤, 도망치듯 쓸 만한 차를 찾으러 거리로 뛰쳐나갔다. 무방비하게 노출된 도로는 너무 위험했지만 지금은 그런 걸 일일이 따지고 있을 정신이 없었다. 그래, 솔직히 말하자면 눈에 보이는 것도 없었다. 빨리 딸아이를 구해내고 놈들을 모조리 죽여버리고 싶은 마음뿐이었다.

너무 상태가 좋지 않은 차들도, 문이 굳게 닫혀 있는 차들도 이용할 수 없었다. 나는 나무를 들이받거나 서로 충돌한 몇몇 차들을 지나쳐 인도에 반쯤 걸쳐져 있는 흰색 중형차로 다가갔다. 차 문은 반쯤 열려 있었는데 애석하게도 키가 없었다. 차 안을 샅샅이 뒤졌지만 키는커녕 개미 새끼 한 마리 보이지 않았다.

나는 끓어오르는 욕지거리를 가까스로 찍어 누르며 열이 받아 몇 번이고 핸들을 내려쳤다. 몇 번이고, 몇 번이고. 그러다 거

의 울음이 터지기 직전에, 문득 저 앞 도로에 황갈색 SUV 한대
가 보였다. 운전석의 문도 살짝 열려 있었다. 나는 서둘러 사방
을 살피곤 차를 향해 뛰어갔다.

차에 가까이 다가간 나는 문틈으로 새어 나오는 흥건한 피에
깜짝 놀랐다. SUV의 좌측 창문이 동그랗게 깨져 있었다. 운전
석에는 시체가 한 구 앉아 있었는데 머리에 총을 맞아 꼴이 말이
아니었다. 역한 냄새도 사방에 진동했다. 하지만 이번엔 차 키
가 똑똑히 꽂혀 있었다.

나는 조금도 망설이지 않고 차 문을 활짝 열었다. 문이 열리
자 새어 나오던 피가 주르륵 쏟아지며 바지를 적셨다. 반쯤 굳어
가는 질척한 피였다. 나는 손과 옷이 더러워지는 것도 아랑곳하
지 않고 맨손으로 시체를 끌어내렸다.

머릿속엔 오로지 한 생각밖에 없었다.

민아. 우리 딸. 그리고 개새끼들.

목소리로 보아선 나이가 그렇게 많은 것 같지도 않았다. 어린
놈들이면 사람을 그렇게 쉽게 죽이진 않겠지. 부디 그러길 바랐
다. 굳이 여자애들의 입을 막지 않아도 경찰에 잡혀 들어갈 일은
없을 테니까, 그렇게까지 할 필요는 없을 테니까⋯⋯, 제발⋯⋯.
이런 씨발! 비명이 목 끝까지 차올랐다. 다 죽여버릴 거다. 갈기
갈기 찢어서, 손톱을 하나씩 뽑아내고 손가락을 한마디씩 잘라
서 최대한 고통스럽게 죽여버릴 거다.

일단 전주로 가야 했다. 그러곤 얼마가 걸리든 민아를 찾아
내야 했다.

전주에 있을 거야. 놈들도 멍청이가 아니라면 어디로 튈지도 모를 문을 무턱대고 넘나들진 않을 거야. 제발······. 이미 하는 짓부터 멍청하고 더러운 개새끼들이지만······ 그렇지만······ 민아가 살아만 있었으면. 우리 딸이 살아만 있어줬으면······.

나는 시체를 대충 버리고 차에 올라탔다. 의자에 잔뜩 스며든 피가 찝찝하게 엉덩이와 등을 적셨다. 아무래도 좋았다. 시동이 걸렸다.

그때 아내의 비명 소리가 들렸다. 나는 그제야 너무 오랫동안 아내를 혼자 뒀다는 걸 깨달았다. 도로에 나와 있다고 꼭 나만 위험하리란 법은 없었다. 칼은 내가 가지고 있었고 아내는 아무 무장도 하고 있지 않았다. 상대가 누구더라도 칼을 가진 남자보단 가만히 울고 있는 여자가 더 쉬운 먹잇감이었을 터였다.

나는 급하게 차를 박차고 나와 아내에게 달려갔다. 웬 사내새끼 두 놈이 양쪽에서 아내를 잡고 있었다. 아내가 숨어 있던 바로 옆 건물로 아내를 끌고 가려 하고 있었다.

"여보! 여보! 살려줘! 민아 아빠!"

아내가 발악하며 소리쳤다.

남자들은 다리를 버둥대며 격렬히 저항하는 아내 때문에 약간 당황한 것 같았다. 아내가 남자들을 차고 버둥대자 그들의 속도도 현저히 줄어들었다. 그러다 한 놈이 아내의 얼굴을 냅다 후려치는 게 보였다.

거리가 너무 멀었다. 상처 난 발바닥도 나를 방해했다. 차를 확인하기 전에 아내를 조금 더 가까운 곳으로 데리고 왔어야 했다.

놈들이 아내를 데리고 문 안으로 들어갔다. 문 뒤편엔 어울리지 않게 농촌 가정집 같은 곳이 보였다. 어디인지 알 수가 없었다.

"여보!"

아내가 소리쳤다. 그리고 거의 코앞에서

문이 닫혔다.

안 돼! 안 돼!

나는 거의 몇 초 차이로 문을 다시 잡아 열었다. 하지만 그 뒤에 아내는 없었다. 사내놈들도, 어딘지 알 수 없는 가정집도 없었다. 나는 울음소리조차 내지 못한 채 바닥에 주저앉았다.

✳

그렇게 보고 있자니 문 너머의 공간은 아주 익숙한 장소였다. 우리 동네, 아니 우리 회사 근처였다. 그런데 사람들이 아주 이상했다. 아니. 이상하다는 표현이 맞는지는 모르지만……. 거리에 사람이 많았다. 죽어 나자빠진 시체는 한 구도 없었고, 급하게 도망치거나 초조해 보이는 사람도 공황에 빠진 사람도 없었다. 총이나 칼을 든 미친놈도 없었다. 예컨대 평소의 모습이요, 문 너머의 공간이 서로 뒤엉키기 전에 보던 평범한 모습이었다.

나는 홀린 듯이 안으로 들어갔다. 그러곤 누가 시키기라도 한 듯 문을 닫았다.

정신을 차리고 보니 점심에 종종 들리던 식당 앞이었다. 식당의 문을 통해 여기로 온 것 같았다. 분주하게 할 일을 하던 사람들이 나를 발견하고는 슬금슬금, 또는 매우 급하게 자리를 피하는 게 보였다. 그럴 만도 했다. 나 이외엔 모두 멀쩡하고 아무 일 없는 모습인데, 갑자기 툭 튀어나온 나는 온통 피투성이에 칼까지 쥐고 있었다. 방을 나서던 그대로 옷은 추리닝 차림에 양말조차 신고 있지 않았다. 이상했다. 나도 이 장소도. 나는 사람들이 몰려들기 전에 얼른 칼을 버렸고, 얼굴을 가린 채 자리에서 도망쳤다.

그렇게 달려간 곳은 회사였다. 당장 갈 수 있는 익숙한 공간 중 가장 가까운 곳이었다. 내가 절뚝거리며 헐레벌떡 뛰어가자 경비원이 깜짝 놀라 나를 막아서려 달려왔다. 그는 나를 알아보는지 멈칫했다. 우린 몇 년간이나 얼굴을 마주친, 아침마다 반갑게든 건성으로든 인사를 하는 사이였다.

"꼴이 대체 왜 그래요? 차에 치이기라도 하셨어요?"

경비원이 잔뜩 놀라 물었다.

"그냥. 좀 넘어졌습니다." 내가 대충 대답했다. 그러곤 얼른 자리를 피하려는 찰나, 퍼뜩 떠오른 질문에 그에게 다시 물었다. "저, 그런데 오늘이 며칠이죠?"

"오늘요? 그야 23일이죠?"

경비원이 대체 무슨 일이냐는 표정으로 의아하게 되물었다.

오, 세상에. 세상에나.

나는 고맙다는 말만 남기고 그대로 뛰어갔다.

우선 화장실로 들어가 세면대에 얼굴을 들이댔다. 돌아다니

기라도 하려면 얼굴과 손에 잔뜩 묻은 피를 씻어내야 했다. 페이퍼 타올을 뽑아내 발바닥도 최대한 지혈했다. 옷에 묻은 피도 닦아내보려 했지만 그건 거의 소용이 없었다.

23일이라니. 내가 기억하는 오늘은 26일이었다.

이해가 되지 않았다. 거울로 물 묻은 얼굴을 보며 말도 안 되는 일이라고 생각했다. 내 눈은 너무나 초췌해 보였고, 나머지 사람들은 너무나 정상적이었다. 너무 큰 충격에 내가 진짜 미쳐버렸거나, 세상이 미쳤거나 둘 중 하나였다.

혹시 오늘이 '정말' 23일이라면, 그러면 아내와 민아는 어떻게 되는 거지?

불현듯 소름이 올랐다. 그리고 갑작스레 이 이상한 일이 사실이길 빌었다. 여기가 정말 과거라면 둘이 아직 살아 있지 않을까? 안전하게 있지 않을까? 구해 낼 수 있지 않을까?

공간이 모조리 뒤섞인 세상이었다. 문 뒤에 뭐가 있을지 장담할 수 없었다. 아무런 규칙도 없는 마구잡이 뒤섞임이라면, 혹그 문 뒤에, 시간도 뒤섞여 과거가 있지 말란 법이 있겠는가?

꿈인가도 싶었지만, 아무래도 현실인 것 같았다. 온몸에 난 상처가 쓰라렸다. 발바닥의 고통이 시종일관 나를 괴롭혔다.

물론 완전히 믿을 수는 없었다. 사실 오늘 온종일 벌어진 모든 일에 현실감이 없었다. 의문은 끝도 없이 차올랐다. 그렇다면 지금 이곳에, 이 세상에 나는 두 명인 건가? 원래 오늘을 살던 나와, 지금 이 자리에서 거울을 보고 있는 나.

난 23일에 뭘 하고 있었지?

그래. 중요한 미팅이 있던 날이었다. 해가 쨍쨍한 걸 보니 아마도 지금은 오후였고, 난 회의실에 들어가 있을 터였다.

또 다른 나를 보면 무엇보다 지금 상황이 믿어질 것 같았다. 생각이 거기에 미치자 나는 머리를 부여잡고 걸음을 재촉했다. 아마 내가 정말 둘이라면…… 적지 않은 소동이 벌어질 것은 물론, 무슨 일이 벌어질 지도 상상할 수 없었다. 잘못된 선택일 수도 있었다. 하지만…….

화장실을 나와 엘리베이터를 눌렀다. 엘리베이터가 도착하는 동안 홀에 붙은 시계를 보니 아직 3시 17분이었다. 회의가 시작한 지는 얼마 지나지 않았다. 나는 엘리베이터에 올라타 6층을 눌렀다.

엘리베이터에서 내리자마자 동료 여직원 하나가 나를 발견하곤 소스라치게 놀라며 달려왔다.

"박 과장님! 대체 어떻게 되신 거예요? 바지에 그건 피예요?"

"아, 그게 어쩌다 보니 그렇게 됐어요."

내가 어색하게 웃으며 대답했다.

"지금 과장님 때문에 다들 난리가 났어요!" 여직원이 호들갑을 떨었다. "갑자기 사라지셔선……."

사라져?

"박 과장? 박 과장이라고?" 소란을 들은 건지 부장이 직접 소리를 치며 그들에게 다가왔다. "대체 어떻게 된 거야! 지금 이거 중요한 미팅인 거 몰라? 지금이 대체 몇 시야! 나랑 이 차장이랑 다 잘리면 박 과장이 책임질 거야?"

"예?"

내가 되물었다.

"아주 환장을 하겠군. 꼴은 그게 뭐야? 옷은 대체 어떻게 그렇게 해놓고선 그딴 거지꼴로! 미쳤어? 젠장. 자네 그렇게 안 봤는데, 불만이 있으면 말을 하라고! 일단 옷부터 제대로 입고 자료 들고 당장 회의실로 들어가! 끝나고 좀 보지!"

부장이 눈을 부라리며 나를 노려봤다.

내 기억에 오늘 진행되는 회의는 거의 완벽했다 싶을 정도로 만족스럽게 끝났다. 하지만 지금 상황은…… 나는? 나는 어디 있지?

나는 부장을 무시한 채 얼빠진 얼굴로 내 자리로 걸어갔다. 그제야 부장의 말이 조금은 이해가 됐다. 자리에는 딱 내 옷가지만 남아 있었다. 구두부터 시작해서, 양말 바지 와이셔츠 넥타이……. 모든 게 의자에 앉아 있다가 사람만 쏙 증발해버린 것 같은 모습으로 의자에 걸쳐 있었다. 일부러 그렇게 벗으려 해도 쉽지 않을 모습이었다. 신발 안엔 양말이 들어 있고…… 아마 바지 안엔 팬티가, 와이셔츠 안엔 러닝셔츠가 있을 터였다.

책상 위엔 핸드폰이 보였다. 나는 회의고 뭐고 서둘러 민아에게 전화를 걸었다.

수화음이 울렸다.

하지만 전화를 받지는 않았다. 오, 제발. 제발. 그렇게 기다리는데 수화음이 뚝 끊겼다. 상대가 전화를 받지 않아 음성사서함으로…….

나는 망연자실해서 통화 버튼을 다시 눌렀다. 그때 문자가 날아왔다.

'아빠!! 나 지금 수업 중이야!!!!! 왜?????'

민아였다.

딸이 무사했다. 나는 무슨 신의 선물이라도 되는 양 핸드폰을 가슴에 끌어안았다. 직원들은 이상한 눈으로, 부장은 한심한 눈으로 나를 쳐다봤다.

"이런 미친 새끼가! 도대체 지금 뭐하는 거야? 내 말이 말 같지 않아?"

부장이 계속 소리쳤다.

나는 주섬주섬 옷을 챙겨 화장실로 달려갔다. 물론 회의에 참석하기 위해서는 아니었다. 남은 시간은 고작 사흘이었다. 나는 할 일이 있었다.

급히 옷을 갈아입고 화장실을 나오는데 내가 도망치리란 걸 예상이라도 한 듯 직원 하나가 화장실을 지키고 서 있었다.

"과장님! 어디 가세요!" 직원이 나를 급히 붙잡았다. "부장님 지금 난리 났다고요! 과장님!"

"미안해. 내가 지금 급히 어딜 좀 가봐야 해. 부장님께 오늘 일은 정말 죄송하다고, 징계든 뭐든 마음대로 하시라고 말 좀 전해줘. 부탁해."

"과장님!"

나는 그의 팔을 뿌리치고 달려가 엘리베이터를 눌렀다. 아니다. 엘리베이터가 여기까지 올라오려면 한참 멀었다. 얼이 빠진 직원이 계속 나를 불렀지만 나는 뒤도 돌아보지 않고 쩔뚝거리며 계단을 뛰어내렸다.

그리고 전화를 걸었다. 집에 있던 아내는 비교적 전화를 빨리 받았다.

"지금 괜찮지? 아무 일 없지? 집이야?"

내가 물었다.

왜 그래 여보? 다쳤어? 헐떡이는 내 목소리에 놀란 아내의 걱정 어린 목소리가 들려왔다. 안도의 눈물이 왈칵 흐르는 걸 가까스로 억누르고 일단 별일 아니니 걱정하지 말라고, 사랑한다고 말하고 전화를 끊었다. 됐다. 모두 무사했다. 나는 믿지도 않던 신에게 감사한다고 수도 없이 되뇌었다. 이건 말 그대로 신이 주신 두 번째 기회였다.

나는 그대로 회사를 뛰쳐나왔다. 준비가 필요했다. 머리가 필사적으로 굴러갔다. 일단 식량이 필요했고 불, 물, 전기가 필요했다. 하지만 그것만으론 어딘가 부족해 보였다.

망할! 나는 고작 사흘 안에, 우리 집을 빌어먹을 세상에 대항할 완벽한 요새로 만들어야 했다. 나는 머리를 쥐어 싸매고 아직은 멀쩡한 세상을 급하게 서성였다.

"세상에 이게 다 뭐예요! 무슨 일이야?"

아내가 내 뒤를 따라 줄줄이 들어오는 온갖 통조림 박스들을 보며 소리쳤다.

"내가 다 설명해줄게. 조금만 기다려봐. 정말 큰 일이야. 그래서 그래. 우린 이게 꼭 필요할 거고."

"그게 대체 무슨 소리야. 이 많은 걸 대체⋯⋯. 어디서 난 거야? 응? 여보?"

아내가 거의 기절할 듯이 다그쳤다. 상자들은 정말 끝도 없이 들어와서 작은 방을 바닥부터 천장까지 빈 공간 없이 채우고, 큰 방도 절반 이상을 채웠으며, 거실에도 잔뜩 들어찼다. 24평짜리 집이 절반 이상은 식료품에 점령당해 꼭 필요한 동선만을 가까스로 유지한 모습이었다.

의아한 눈으로 상자를 나르던 배달원들이 모두 철수하고 나자, 나는 아내를 앉혀놓고 이야기를 시작했다.

문 뒤의 공간이 뒤섞이는 이야기. 민아의 이야기. 아내의 이야기. 과거로 돌아오고 겪은 이야기들을.

아내는 전혀 믿지 않았다. 열이라도 있는 건가 내 머리를 만져보며 119에 신고를 해야 하는지 걱정하고 있었다. 하지만 거짓말이 아니었다. 분명 내 손과 발에는 상처가 여전히 있었고, 그건 건드릴 때마다 눈물이 나도록 쓰라렸다.

"여보, 당신은⋯⋯ 그냥 꿈을 꾼 거야⋯⋯. 그럴 리가 없어. 말도 안 돼."

아내가 조용히, 최대한 침착하려 애쓰며 타일렀다.

"헛소리가 아니래도. 무슨 꿈을 꾸면 이렇게 다쳐서, 피가 잔뜩 묻은 채로 거리 한복판에서 깨어날 수 있겠어?"

아내의 눈에 눈물이 고이는 것을 보니 내가 미쳤다고 생각하는 것 같았다. 하기야 내가 아내의 입장이라도 마찬가지였을 것이다. 이해할 수 있었다.

나는 아내를 달래기 위해 그녀를 가만히 끌어안았다. 그러고는 하나씩 하나씩 우리가 처음 만났을 때부터의 추억을 이야기했다. 내가 미치지 않고 멀쩡하다는 것을 보여주기 위함이었다. 옛날이야기들을. 우리만 아는 이야기들을. 그리고 과거로 돌아오기 전에 겪었던 슬픈 이야기들을 다시 한 번 아내의 귀에 속삭였다.

"제발 사흘만 믿고 기다려줘. 그때도 내가 틀렸다면 기필코 여기 있는 박스들 전부 반품해 올게. 당신이 정신과에 가보라 해도 군소리 없이 갈게. 이제 사흘도 아니고 이틀 조금 넘게 남았을 뿐이야. 제발 조금만. 조금만 참고 기다려줘."

내가 속삭였다. 그리고 다시는, 다시는 당신과 민아를 잃고 싶지 않다고 애원했다.

아내는 그제야 조금 누그러진 기색이었다. 시간이 좀 걸렸지만. 아내는 어색하게나마 내 등을 토닥였다.

하지만 딸의 반응은 아내만큼 호락호락하지 않았다. 밤 11시. 학교가 끝나고 집에 도착한 딸아이는 온 집 안에 들어찬 식료품을 보며 제 아빠가 미쳤다고 확신했다. 반응이 어쩌나 날카로운지, 지나간 지 얼마 되지도 않은 사춘기가 다시 온 것만 같았다. 내가 무슨 말을 해도 민아는 듣지 않았다. 딸은 됐다고 정색하며 방으로 들어가버렸을 뿐이었다.

뭐라고 해야 할까. 결국 애써 밀어내던 침묵이 사방에 흘러넘쳤다. 아내가 애매하게 나를 바라봤다. 나는 이것도 저것도 어쩔 수가 없었다.

다음 날, 집 안엔 온통 어색한 기류가 흘렀다. 아직 대놓고 말하진 않지만, 가장이 미친 거라 믿는 어색한 기류가.

나는 집 안의 분위기를 애써 무시한 채 안방 화장실 할 것 없이 현관문을 제외한 집 안의 문이란 문을 모조리 떼어버렸다. 그러는 사이 급하게 부른 업자가 정수기 두 대와 필터 네 박스를 놓고 갔고, 가스레인지 대신 전기레인지가 설치됐으며, 또 다른 업자들이 와서 베란다 쪽에 소형 태양열 발전기와 빗물을 모으는 작은 물탱크를 설치하고 갔다. 이해해준다고 말은 했지만 아내는 거의 미칠 것 같은 표정이었다.

"이게 다 얼마야……."

오후 2시쯤 되자 나보다 아내가 더 제정신이 아닌 것 같았다. 대출금. 아마도 아내는 남은 집 대출금을 생각하고 있으리라.

오후 3시부터는 거의 내내 차를 몰아 이곳저곳을 돌아다녔다. 돌아오는 차의 뒷좌석엔 수많은 재료는 물론 페달식 자가 발전기까지 들어 있었다. 그리고 상상도 못 할 돈을 주고 구입한 길쭉한 천 뭉치도 있었다. 오늘이 마지막 기회였으니까. 이제는 액수를 신경 쓸 수도 없었고, 무엇이든 직접 가져오는 방법밖에 없었다.

"그렇다고 화장실 문까지 떼면 어떻게 해! 옷은 또 어떻게 갈아입으라고!"

집에 돌아온 민아는 자신의 방문과 화장실 문이 사라졌다는 것에 분노를 폭발시켰다. 딸애에게 딱 하루만 이렇게 있어보자고, 아빠가 틀렸으면 모든 걸 원래대로 돌려놓겠다고 설득하려

했지만 소용이 없었다. 딸아이는 나와 눈을 마주치려고조차 하지 않았다. 나는 그저 허탈하게 웃었고, 민아는 그대로 자기 방에 들어가 어떻게 한 건지 이불을 커튼처럼 이용해 아예 방문을 막아버렸다.

그렇게 시한폭탄 같은 분위기 속에서 예정된 시간이 찾아왔다.

그날은 미리 사둔 재료로 현관문을 틀어막고, 민아를 학교에 보내지 않는 데 아침을 전부 소비했다. 선생님 죄송하지만 저희 딸이 많이 아픈 것 같습니다. 막상 학교에서 딸을 빼내는 것은 어렵지 않았다. 아내는 복잡하고 못마땅한 표정이었지만 이제 내 행동엔 아무런 토도 달지 않았고, 민아는 학교를 빠지는 것만큼은 싫지 않은지 애매한 태도로 방에 들어가 컴퓨터 앞에 자리를 잡았다.

세상이 뒤집히기 시작하는 건 대충 오전 10시 경이었다. 이렇게까지 했는데 정말 아무 일도 일어나지 않으면 어쩌나 하는 걱정도 조금은 있었다. 하지만 나는 아무 일도 일어나지 않기를, 차라리 내가 미쳐서 헛것을 본 것이기를 간절히 바랐다. 내가 정신병원에 들어가더라도 가족들이 안전한 게 낫지 않은가.

지금은 9시 40분. 부디, 부디 아무 일도 일어나지 않기를…….

하지만 일이 터지리라는 걸 알고 있었다. 그리고 이제 곧 시작이었다.

비명이 들려오기 시작했다. 곧 총소리도 들려왔다. 꿈같은 이야기였지만 꿈이 아니었다. 결국 일이 벌어졌고, 혼란이 도시를 먹어치우는 데는 채 반 시간도 걸리지 않았다. 시신이 쌓여가고 미친놈들이 활개를 치고 다녔다. 불행히도 내 말은 사실이었다.

안절부절못하던 아내는 창밖을 힐끔 보더니 결국 맥없이 주저앉아 벌벌 떨었다.

"말도 안 돼……. 이거 진짜야? 나도 꿈을 꾸고 있는 거야?"

아내가 결국 충격에 빠져 중얼거렸다. 더 이상 현실과 나의 이야기를 부정할 수가 없는 것 같았다.

"괜찮아. 우린 괜찮을 거야."

내가 아내의 어깨를 감싸며 조용히 말했다.

"미안해, 여보……. 그렇지만 도저히 믿을 수가 없었어. 나는…… 나는……."

고개를 저으며 아내의 말을 막았다. 그것만으로 충분했다. 아내는 울상이 되어 그대로 내게 몸을 기댔다.

민아는 한참 만에야 우리에게 다가와 눈치를 살피며 쭈뼛거렸다.

"어어……."

얼굴을 보아하니 미안하다고 말하고 싶은 모양인데, 어찌할 바를 모르는 것 같았다.

"많이 놀랐지? 봐. 우리 집은 괜찮을 거야."

내가 먼저 말을 걸자 민아는 들릴락 말락 하게 죄송하다고 웅얼거렸다. 가슴 한쪽이 먹먹하고 묵직했다. 나는 이번에도 가만히 고개를 저었다.

시간이 지나면 언젠가 문제가 해결될 거란 믿음이 있었다. 몇

298

달 혹은 몇 년이 걸릴지는 모르겠지만, 공간이 원래대로 돌아가든지 사람들이 정신을 차리고 평화를 되찾든지 말이다. 우리에겐 몇 년은 거뜬히 버틸 식량이 있었다. 좀 질리기야 하겠지만 살아남는다는 게 중요했다. 물도 불도 전기도 있었다.

안전한 것 같았다. 정말 한동안은.

괜찮을 것 같았다.

이제 아내와 딸은 나를 전적으로 믿고 의지했다. 가족이 내 품에 안전하게 돌아와 있었다. 통조림들은 먹을 만했고, 나쁘지 않은 시작이었다.

하지만 세상이 뒤집힌 바로 그날 밤. 안방에서…….

쿵!

소리가 요란하게 울렸다.

잔뜩 긴장한 우리에겐 핵폭탄만큼이나 크고 끔찍한 소리였다. 잘못 들었나 싶었지만 아니었다. 쿵, 쿵. 나는 놀라 방 안으로 뛰어들었다.

오오오, 제기랄!

아닐 거라 믿고 싶었다. 장롱이었다.

장롱문 안쪽에서 뭔가가 쿵쿵대고 있었다.

앞에 수많은 박스가 들어찬 덕에 문이 열리진 않았지만, 그 뒤에 뭔가 다른 공간이 있다는 건 알 수 있었다.

왜 저 생각을 못 했지?

갑작스럽게 싱크대의 문이나, 작은 서랍 문들도 걱정되기 시작했다. 냉장고는 어땠었지?

하지만 당장 문제는 역시나 장롱이었다. 다른 공간의 누군가가 장롱 틈으로 식량 더미를 본 것 같았다. 살짝 벌어진 장롱문 틈이 박스들 위로 삐죽 보였는데, 박스 위로 기어올라 밀어보았지만 뭔가를 끼워 넣어 고정시킨 건지 닫히지가 않았다.

알 수 없는 언어로 장롱 뒤에서 떠드는 소리가 들리는가 싶더니 곧 환호성이 방을 휩쓸었다. 남자들의 목소리였다. 몇인지도 알 수 없을 정도로 많은 목소리.

이런 씨발! 이렇게 빨리 모든 게 틀어질 수는 없었다.

가족들을 데리고 아예 한적한 시골이나 어디 외딴 섬이나 동굴을 찾아가야 했던 걸까?

아내와 민아가 깜짝 놀라 내게 매달렸다. 나는 둘에게 조용히 하라고 입에 손가락을 갖다 대 보인 후, 안방과 그나마 가장 먼 딸아이의 방으로 둘을 피신시켰다.

이번에도 아내를, 딸을 잃을 수는 없었다.

나는 어렵게 구한 길쭉한 천 뭉치를 꺼내 들었다. 불법 개조된 반자동 5연발 공기총이었다. 애초에 멧돼지사냥용으로 나온 총인데 현재 위력은 두 배는 족히 될 거라나. 어차피 수렵면허가 없어 총기구매 자체가 불법인 마당에, 기왕 저지를 거 더 센 놈으로 사겠다고 돈을 퍼부은 녀석이었다.

나는 총신을 부여잡고 장롱을 노려보았다. 빌어먹을 군대에서 배운 게 그것뿐이라 총 쏘는 법은 알고 있었다. 준비된 총알도 생각보다 많았지만 낭비할 수는 없었다. 일단 장롱 뒤의 남자들은 적어도 열 명 이상. 나중을 생각하면 한 명당 총알 한 발, 못해도 두 발 이내에 끝내야 했다. 이런 식으로 앞으로 언제까지 버틸 수 있을까.

그전에, 내가 정말 사람을 쏠 수 있을까?

식은땀이 비 오듯 흐르고 고민이 차올랐다.

통조림들이 꽤 무거운 덕에 장롱이 쉽게 열릴 것 같지는 않았다. 아직은 괜찮았다. 하지만 이대로 놔두면 언젠가는 문이 열리고 말 것이다. 장롱은 계속 쿵쿵거렸고 무슨 수를 쓰는 건지 그때마다 문이 조금씩 벌어졌다. 눈에 보이지 않을 정도로 미세한 정도지만 도저히 알아채지 못할 수가 없었다. 손에 땀이 흥건하게 배어들었다. 나는 총과 마음을 다잡았다.

그래. 저 문 뒤의 사람들을, 그 개새끼들이라고 생각하는 거야.

그래. 어떻게 온 기회인데.

나는 아내와 딸을 지켜낼 것이다. 누구보다 미친놈이 되는 한이 있더라도.

장롱이 계속 쿵쿵거렸다.

지현상

1991년에 태어나 청주에서 자랐다. 서울예대 극작과에서 공부 중이다. 2014년 제1회 황금가지 타임리프 공모전에서 〈그날의 꿈〉으로 우수상을 받으며 활동을 시작했다. 이후 공포와 SF 위주의 글을 쓰며 도서, 잡지, 웹진 등을 통해 이야기를 발표했다. 현재는 소설 이외에도 웹툰, 웹소설, 유튜브, 팟캐스트 등 장르를 가리지 않고 재미난 이야기를 만드는 데 매진하고 있다.

하트 투 하트

———

유이립

본래 인천역은 존재하지 않았다. 지금 인천 라인이라고 부르는
건 원래 동인천 라인으로 그 끝에는 동인천 라인의 종착역 동인
천역이 있었다. 그러나 어느 날 동인천역 이름이 옆 역으로 한
칸 밀려나더니 인천역으로 변했다. 위치가 변했나 하면 아니다.
위치는 그대로이고 역 이름만 옆으로 한 칸 밀렸다. 갑자기 생
긴 인천역 때문에 동인천역, 도원역, 제물포역 이름이 순서대
로 옆으로 밀렸다. 지금 도원역이라 불리는 곳은 본래 제물포역
이었다.

　　제물포라는 단어는 인천에 익숙지 않은 사람이라 하더라도
한 번쯤 들어봤던 명사이다.

　　굉장히 번화한 지역으로 한때 인천의 명동이라 불렸던 곳이
다. 그런데 지금 제물포역 위치가 도원이고, 현재 제물포역은 명

성에 맞지 않게 그렇게 큰 곳이 아니다.

두 번 말하지만 이름이 한 칸 밀렸냐고? 그렇다. 그런데 아무도 그렇다는 것을 기억 못 한다.

만델라 이펙트라는 현상이 있다. 몇 년 전에 만델라가 사망하자 깜짝 놀라는 사람들이 있었다. 만델라는 칠팔십 년대에 이미 죽지 않았느냐고? 장례식 행렬을 방송에서 봤다는 사람들이 속속 증언하고 있다. 만델라뿐만이 아니다. 수에즈 운하가 완공되고 한참 후에도 사람들은 결국 운하 건설이 보류된 거로 아는 사람들이 있었다. 한국에서도 비슷한 예가 있다.

유명 놀이동산에 특수한 놀이 장비가 설치되는 계획이 있었다. 당시 한국 최초였다. 그런데 아직도 그 장비가 설치되지 않은 거로 기억하는 사람들이 있다. 그들은 너무 위험하기에 설치하지 않기로 결정 났다는 뉴스를 봤다고 주장한다.

왜 이런 기억의 오류들이 발생하는 건가? 우주가 끊임없이 팽창하면서 변화하기에 역사가 바뀔 수 있다고 한다. 그러나 일부 사람들의 저장된 기억은 변하지 않기에 이러한 불일치가 생긴다고 한다. 어쩌면 우주의 확장 때문에 평행세계로 갈라지는 과정에서 일어나는 현상이라고도 한다.

인천역 얘기로 돌아간다. 나는 인천에서 20년 넘게 살았기에 동인천역이 인천역으로 이름이 바뀌고, 역 이름들이 옆으로 한 칸씩 넘어간 이상한 일을 기억한다.

그러나 같이 20년 넘게 산 친구들은 아무도 이상한 일을 기억하지 못하고 원래 인천 라인 종점이 인천역이었다고 주장한다. 그러나 결단코 아니다. 원래 인천 라인 종점은 동인천역이었다.

분명 세상이 바뀌었다.

나는 이런 지역 소재가 '이야기'를 쓰는 데 도움이 되리라 생각했다.

철없는 서브컬쳐 덕후 마인드로 경망되게 다룰 '이야기'가 아니다. 이 소설 자체가 '이야기'로 나아가는 설계도면이다. 그래서 이 소설의 형식은 《HHhH》나 《전쟁은 여자의 얼굴을 하지 않았다》 혹은 《세컨드핸드타임》처럼 전위적이다. 사실 이 소설 따위는 중요하지 않다. '이야기'가 중요하다. '이야기'에 앞으로 무엇이 포함될지 소재 조사 소설을 쓰겠다. 쓰고 있으니 본문으로 넘어가겠다.

본문

미리 말했지만 이거 다 소설이다. 이 소설에 언급되는 관계자가 고소를 고려해봤자 소용없다.

두 번 말하지만 이거 다 거짓말이고, 하찮은 장르소설이다. 개인적으로 소설가로 버는 페이도 얼마 안 되고, 이상한 이름의 상도 필요 없다. 계속 말하지만 지금부터 쓰는/쓰고 있는 소설은 원래, 모두, 다, 거짓말이다. 그냥 '이야기'를 위한 소재 조사 결과이다.

다만 학생들을 살려야 한다. 제목도 이미 정해 놨다. 'Heart to Heart'이다.

본래 도원역이었던 동인천역에 내린다.

동인천역 건너편에 골목길 사이로 거대한 돔 지붕의 건물이 있다.

인천학생문화교육회관이라는 건물로, 1999년에 일어난 화재사건과 연관이 있다.

인천호프집사건으로 명명된 화재사건이 일어나자 당시 학교 축제 뒤풀이를 즐기던 수많은 중고등학생들이 유독가스에 노출되어 질식사망 했다. 본래 무허가였지만, 뇌물을 받은 공무원들과 어린 학생들에게 술을 팔아 영리를 취하고 싶었던 업주의 노력으로 술집이 들어설 수 있었다.

여기서 복잡해지는 것이, 미성년자에게 술을 팔고 싶었던 사람이 한 명이 아니었다. 화마를 피하려 대피하던 학생들을 막아서고 돈을 내고 나가라고 윽박질렀던 바지사장과,1 끝까지 뇌물을 주지 않았다며 당당한 태도를 보이다 5년 복역 뒤 CCM 찬양가수로 변신해 찬양사역을 하는 실소유 사장, 두 명이다. 사람들은 복잡함보다 단순함을 찾았다.

화재사건 뒤에 어린 학생들에게 음주를 판매한 게 바지사장이냐 실소유 사장이냐보다, 왜 미성년 신분으로 술집에 갔다며 학생들을 비난하는 여론이 불었다. 이게 단순해서 쉽고, 무허가

술집에 연관된 사악한 자들 모두가 살 수 있는 길이었다. 하지만 사악함이 도가 지나쳐 뻔뻔하자 사람들은 좀 더 관심을 기울였고, 그래서 매장되려던 정의가… 조금은 실현될 수 있었다. 시간이 흐른 후, 죽은 학생들을 넋을 위로하기 위해, 또 살아 있는 학생들의 건전한 문화생활을 위한 보금자리로 학생문화교육회관이 세워졌다.

이곳을 중심으로 골목이 여러 갈래 나뉘는데, 주목할 만한 골목으로는 모텔가와 점성촌 길이 있다. 모텔 골목은 겉으로 보기에 쇠락한 도시의 낡은 건물로 보이지만, 이 일대는 전부 개화기 시절 건물로 앞과 옆만 리모델링했고 뒷면은 개화기 시절 모습으로 아직도 건재하다. 한때 개화기와 일제 강점기 시절 부유층과 외국인들이 살았던 주택단지이지만 현재는 진물이 흘러나올 정도로 오래된 골목에 불과하다. 이 골목 벽면 곳곳에 미국 빈민가처럼 그라피티들이 그려져 있다. 수상한 암호 같은 그림과 문자들. 누가 남겼을까?

점성촌 길로 들어서면 곳곳에 역술가의 집 간판들이 보인다. 이곳은 길을 잃는 걸로 유명한 거리인데, 골목이 복잡해서 길을 잃는 게 아니다. 같은 자리를 뱅뱅 도는 거로 유명하다.

왜냐하면, 애기 신들이 장난으로 기가 약한 사람들을 홀려 같은 자리에서 길을 잃게 만든다고 한다. 언제가 학창시절에 들었던 얘기로 기독교 학생모임에 참석했던 학생이 이 일대를 지날 때 무서워서 속으로 찬송가를 불렀다고 한다. 그러자 갑자기 어느 집 대문이 벌컥 열리더니 무당이 나와 "시끄러워! 노래 그만 불러!"라고 소리쳤다고 한다.

여러 갈래의 골목길이 거미줄처럼 뒤엉킨 이곳에서 '이야기' 주인공들(아직 정해지지 않았던/지금은 정해진)은 길을 잃어버리며 위험한 순간을 겪는다, 라고 구상한다.

소재는 차곡차곡 쌓인다.

골목 밖으로 나와 외곽 대로를 따라 걸으면 신포국제시장으로 가는 길이다. 이 일대 건물들은 앞에서 설명했던 것처럼 개화기와 일제 강점기 때 건물들이어서 오밀조밀하게 서로 맞붙어 있다. 과거 로마군 병영처럼 하나의 넓은 공간을 중심으로 외곽을 경계하듯 성벽처럼 맞붙어 세워졌다. 골목이 복잡하여 외지인들은 중심 공간에 절대 도달할 수 없을 정도로 미궁이었다고 한다. 지금은 중심 공간도 개발되고, 산업화 기간 동안 많은 건물이 재건축되어, 그냥 건물들이 빽빽하게 세워진 평범한 장소가 됐다. 개화기와 일제 강점기, 현대 건물들이 함께 뒤섞여 존재하는 이곳에는 두 가지 버전의 도시 전설이 있다.

첫째, 일본 제국 패망을 받아들이지 않고, 무력으로 조선 강제점유를 맹세한 강경파가 일본으로 귀향하지 않고 끝까지 남아서 이곳에 살았다고 한다. 한때 이 건물들 사이 중심 공간에서 집회를 가졌다고도 한다.

둘째, 일본 제국 패망 후, 일본과 조선 좌익계열 젊은 학생들과 운동가들이 중심공간에 모여 해방된 대한민국도 아니고 일본 제국도 아닌 이상주의적 유토피아 국가설립을 선포하며, 이곳을 수도로 선언했다고 하는데….

이 두 개의 전설 끝은 똑같다. 결국 한국 전쟁 때문에… 전설 속 인물들과 사건들이 소멸한 것으로 알려진다. 대로에서 이어지는 신포국제시장은 본래 화교들이 조선 말기에 진군한 청나라 군대를 보급하기 위해 세운 곳이다. 그 이후로 계속 조선과 대한민국에 살았던 화교들 사이에서 세대 간으로 입에서 입으로 전해지는 전설들이니 확인하기 까다롭다.

거짓말 같은 얘기라고 안 믿는 이도 있을 것이다. 두고 보자.

신포국제시장을 지나 골목길을 계속 나아가면, 오르막길로 이어진다.

이 근방 골목 모든 오르막길 끝은 맥아더 장군 동상이 있는 자유공원으로 귀결된다.

이곳을 유령처럼 배회하는 사람들이 있다. 집에서 아침을 먹고, 65세 우대권 지하철 표를 이용해 점심 경에 이곳에 도착한다. 자유공원 아래에 펼쳐진 차이나타운 입구 언저리에 있는 중식집에서 3,000원짜리 짜장면을 먹고 자유공원에 오른다. 남은 시간을 300원짜리 커피와 장기나 바둑으로 보내다가 노을이 지면 집으로 돌아간다. 세월이 흘러도 맥아더 동상 아래 모여든 자들은 줄어들지 않고 언제나 일정한 수를 유지한다.

세상 말대로 장군을 숭배하는 늙은 꼰대들이 아니다. 세상이 너무 변해서 적응 못 하는 사람들이고, 집에 있기에는 자식들에게 눈치 보여 오갈 데가 없을 뿐이다. 일제 강점기 때 전구를 처음 본 사람과 태블릿 PC가 당연한 세대가 현재에 같이 살고 있다. 2000년 때까지 이곳에는 고종이 어떻게 생겼는지 기억하는 사람도 있었다고 한다. 화석이 되어버린 옛 시절을 생생히 체험한 자들의 만남의 광장. 하지만 광장은 오갈 데 없는 이들로 가득 차 있다.

지금 SNS에서는 사납고, 이기적이며 트렌드의 최첨단을 달리는 젊은 세대들이 빠른 재사회화를 당연하게 여긴다. 모두가 자신들처럼 의식 높은 서구 사회 용어를 써가며, 최신 기계를 조작할 줄 아는 SNS 트렌드 세터인줄 알기에 최신 문물에 서투른 올드 세대를 비하한다.

이들 중 일부는 타인의 일거수일투족에 도덕적 잣대를 들이대며, 의식 수준 높다고 자부하지만, 자영업자들을 굴복시킨 대자본이 주도하는 패스트푸드 음식 치킨을 주로 소비하며, 독재자의 3S정책 중 하나인 야구에 열광한다. 어떤 야구팬들은 상대편을 조롱하기 위해 인천호프화재 사건을 희화했다. 그리고 그런 희화한 야구팬들의 SNS에는 어김없이 의식 높은 문구들이 아름답게 새겨져 있다.

세상이 너무 변해서 적응 못 하는 사람들과 세상이 너무 변한 걸 모르고 잘 사는 사람들.

괜히 꺼내는 이야기가 아니다. 다음 장소로 이어진다. 다음 장소에서 의미가 이어진다.

＊

차이나타운 주위에는 어떤 관광마을이 연결되어 있다. 본래 이곳은 일종의 고려장 마을이었다.

인천 이 일대가 낙후되어 집값이 싸고 수도권과 연결되어 있기에, 불효자식들은 늙은 부모에게 이곳에 월세를 얻어주고 방치했다. 시간이 흘러 이 일대를 개선하기 위해 마을 곳곳을 정비하고, 집 벽면에 만화 캐릭터들을 그려 넣었다.

이거 다 거짓말이고 소설이니 책임질 필요 없는 얘기를 하겠다. 개선작업에 투입된 미술가가 벽면에 만화 캐릭터들을 그리다가 온종일 골목 구석에 앉아 있는 노인과 눈이 마주쳤다고 한다.

"어르신, 거기서 뭐 하십니까?"

"거기가 우리 집인데…."

미술가는 어르신과 대화 중에 이곳이 고려장 마을이라는 걸 알고 충격 받았다고 했다.

완성된 마을은 더욱 충격이었다. 주위와 조화를 무시하고 불쑥 튀어나온 만화캐릭터들로 인해 컬트마을이 돼버렸다. 단층 건물의 구식 문과 오래된 방범창이 이어지는 골목길은 쇠락했지만, 만화 화장으로 억지로 모습을 감추려는 것 같다. 그러나 하루 관광하러 온 젊은이들은 정말 재미있는 곳에 관광 왔다며 골목길을 지나간다. 만화 캐릭터와 과시용 사진을 찍고 SNS에 올린다. 골목에서 할 일 없이 앉아 있는 노인들은 말없이 지켜

볼 뿐이다.

과거 인천에 쪽방촌 마을이 있었는데, 그곳에 쪽방촌 체험프로그램이 생기자 많은 젊은이들이 아픔에 공감하는 훌륭한 성인이 되고자 지원했다고 한다.

이 도둑맞은 가난은 후에 서울에서 한 번 더 반복된다. 어느 도시에나 빈민가와 의식 높은 젊은이들이 있기에 매력적인 기획이었던 것 같다. 학창시절 이 일대를 지날 때, 골목에서 시간을 보내는 노인들이 많았는데, 관광지로 이름이 올라가자 자취를 감추었다.

사는 곳이 침범 받을 때 노인들은 어디로 갈 수 있을까? 갈 데나 있었을까?

젊은 관광객들이 '최신 문화행동' 셀카를 들이밀어 거주민들의 안녕을 침해하고 욕심을 채우는 건, 여러 테마마을에서도 벌어지는 보편적인 악이 됐다.

"우리 집 사진 못 찍게 하니까 담을 넘어서 찍으려 들어. 말리니까 젊은이들이 눈을 부릅뜨고 달려들어. 어린 것들이 무서워서 관광마을 지위 빼 달라고 청원 넣었어요."

이야기는 시사성이 있어야 한다. '이야기'에 들어갈 시사성은 여기서 만들었다.

하지만 아직 명쾌히 한 줄로 정리되지 않아, 확정시키지 않고 최우선 후보로 올린다.

그러나 관광 마을을 언급했기에 겁이 덜컥 난다. 굳이 초를

칠 필요가 있을까?

　이 일대를 정비한 행정가들도 낙후된 지역을 발전시키기 위해서였을 것이다. 이곳에는 관광객을 상대로 자영업 하는 사람들과 거주하는 사람들이 많이 있다. 골목에 노인들은 사라졌지만, 아이들은 뛰어놀고 있었다.

　"애들아, 너희 사는 곳이 고려장 마을이었어. 고려장이 무엇인지 아니?"

　관광마을의 내력을 아는 사람은 거의 없을 것이다. 과거가 잊힌 것은 분명 지역을 살리고자 했던 노력의 결실이다. 굳이 불편한 과거를 들춰야 할 필요가 있을까? 내가 무슨 권리로? 스토리 논리에 혼란이 생긴다. 고소를 피하기 위해 거짓으로 쓴다고 호언장담했지만… 관광마을에 대해 이렇게 써버리면, 쪽방촌 주민을 기만하며 가난 체험하는 지원자들과 다를 바 없다.

　"과거 고려장 마을을 보고 왔으니 과거를 들추어서 좋은 글을 쓸게요."

　이럴 수는 없다. 어느 부분까지일까? …선택과 집중을 해야한다.

　진짜 이름을 가리고 단순하게 관광마을이라 고친다.

　소설가로 살아온 몇 년의 세월과 그간의 작업경험이 있기에 금방 선택한다.

　세상이 너무 변해서 적응 못 하는 사람들과 세상이 너무 변한 걸 모르고 잘 사는 사람들…은 너무 의미가 크다. '이야기' 중요도가 바뀌어버린다. 아쉽지만 이 소재들은 빼야 한다.

난 지금 장르소설을 구상하고 있다.

오락물의 가장 기본적인 전제는 독자의 수용이 다이렉트해
야 한다.

주로 인터넷 활동이 활발한 젊은 사람들이 장르소설을 소비
한다.

치킨을 좋아한다… 셀카에 적극적이다… 의식 높은 문구에
좋아요, 버튼을 누른다… 야구에 열광한다… 지적수준이 높다
고 생각한다… 올드 세대와 거리감(?)이 있다.

읽는 이와 연관이 적거나 보편적인 비판대상으로 감정을 몰
아야지 읽는 이가 스스로를 의식하게 만들어서는 안 된다. 그건
순문학이다.

순문학도 아니고 장르소설로 독자를 가르치려 하면 안 된다.
그리될 수 없다.

스스로가 누구인지 잊지 말자. 난 오락물을 쓰는 장르작가이
다. 나 자신을 검열한다.

내 생각만큼 난 대단한 사람이 아니다.

과거를 들추고 개선이 잘 됐나, 안 됐나를 판단하는 건 내가
감당할 수 없는 무게이다.

첫 구상 때 '이야기'에서 주인공들은 여기 관광마을의 관광객
실종괴담을 듣고 조사하기 위해 방문한다…라고 설정했지만, 정
리하는 현재, 주인공들은 관광마을 주민들로 자신들의 마을에

방문하는 관광객 실종괴담을 듣고 조사에 나선다, 라고 바꾼다.

주인공들은 아름다운 관광마을을 자랑스럽게 생각하고 지키고 싶다, 라는 동기로 움직인다.

그래서 맥아더 동상과 옛 세대 이야기와 희화 사건은 사라진다.

내가 쓰려는 '이야기'는 학생들이다.

필터 학생에 맞게 그 외에 다른 소재들도 거르거나 제한해야 한다.

인천호프화재사건을 희화한 것은 치가 떨리지만, 내가 누구를 심판할 자격은 없다.

난 복수를 위해 쓰는 것도 아니다. 성공한 지역사업 이면의 불편함을 들추는 지적 과시를 위해 쓰는 것도 아니다. 무엇을 위해 쓰는지 분명히 알고 있으니 경계 없는 사유 확장을 억눌러야 한다. 쓸데없이 감정이입이 넘쳐 자아가 비대해졌다.

한 번에 한 가지 이야기만 할 수 있다. 이 원칙을 명심해야 한다.

'이야기'가 수용할 주제와 소재 크기가 정해진다.

포스트잇에 학생이라 적고 모니터 옆에 붙여둔다. 앞으로 이 필터를 통과하고 연관된 사유와 소재들만 사용하기로 스스로를 검열한다.

현장에서 무분별하게 뻗어 나갔던 감정과 공상은 노트북 앞에서 차분히 정리된다.

＊

위 문단을 여러 번 고쳐 썼다. 위선자들을 욕하면서 나도 똑같은 짓을 하고 있었다.

긴장이 풀리지 않는다. 누굴 욕할 자격이 없으니, 학생에 집중하여 오락물로만 충실히 쓰기로 다짐한다. 많은 지인들이 나한테 그랬다. 넌 아는 척을 너무 한다고….

"응. 그래."

마음이 편해진다.

차이나타운에 왔으니 간단한 화교 역사가 소재로 작동한다. 과거에 중식집에서는 쌀밥을 팔 수 없었다. 쌀밥이 주식인 한국에서 화교들의 자본성장을 억제하기 위한 정책이었다. 화교의 자본독점을 억제하기 위한 정책은 곳곳에서 진행되어, 끝내 화교들이 자발적으로 대한민국 군대에 입대하는 결과까지 이끌어냈다. 과거에는 군대 안 가면 한국사람 아니라는 핍박에 군대에 갔지만, 현세대는 성인이 되면 중화국가 중 한 곳으로 귀화한다고 한다.

현세대의 설명은 단순하다. 한국 사람도 군대 안 가려 하는데 우리가 왜? 라고 한다.

화교 근거지는 본래 을지로 부근이었다. 근거지 이름이 중국을 물리친 을지문덕 장군 이름으로 바뀔 때부터 억제가 심해져서, 서울에서 인천 앞바다 끝자락인 이곳으로 밀려나버렸다.

일반 사람들은 체감할 수 없는 투쟁을 오랫동안 겪은 거주민들은, 인근 관광마을 주민들인 주인공들이 겪는 기이한 사건들을 자연스럽게 이해한다.

차이나타운과 인접한 관광마을에서 관광객 실종괴담이 발생한다. 걸어서 10분 거리이기에 차이나타운 관광객은 관광마을 관광객이기도 하다. 주인공들은 기이한 사건을 해결하려 조사에 나서고 차이나타운의 화교와 그 외 외국인 거주민들은 조사에 협조한다.

비일상적인 차이나타운에서 벌어지는 비현실적인 사건이 마치 일본만화나 게임 설정 같다. 중국인 마을에서 일본만화 같은 소재를 떠올린다. 그럼 주인공들은 꼭 한국인일까? 여기서 캐릭터가 다양화될 여지가 생겨난다.

차이나타운 내부에 조계지가 있다. 외국이 땅을 임대하는 걸 조계지라고 한다.

청과 일본 군대가 조선 말기에 각자 땅을 차지하고 경계로 삼았던 조계지에, 지금은 청일전쟁을 추모하는 추모석들이 나란히 서 있다. 중앙에 굳게 선 공자 동상 뒷길에 화교 학교가 이어져 있다. 오후가 좀 지나면 화교 학생들이 조계지 무덤을 가로질러 하교한다. 대만 청춘영화에서나 봤을 깔끔한 하얀 교복을 입고, 예쁜 하얀 새처럼 중국말을 재잘거린다. 이곳에서 처음 하교 풍경을 봤을 때부터 주인공들 이미지가 정해졌다. 주인공들은 학생이다.

이야기 주요 주제와 소재가 학생들이니 주인공들이 학생인 건 당연하다.

처음부터 무의식에 정해져 있었던 것이지만 화교 학생들의 이국적인 교복을 통해 생생히 의식하게 된다. 어린 학생 주인공들은 야밤에 부모님 몰래 집을 나와 무덤가를 떠돌며 어떤 악들과 맞서 싸우거나 기이한 실종사건을 조사한다. 이미지가 또 떠오른다. 그라피티가 요란한 모텔 밤거리와 점성촌 길목을 뛰어다니며 도시 전설 속 미궁을 찾는다.

이 카페 이름은 말하기 꺼려진다. 조계지 무덤 부근에 한 카페가 있는데….

이곳은 차이나타운이라는 비일상적 공간이기에 사람들이 흔히 상상하는 카페건물이 아니다…라는 것만 말할 수 있다. 집권 여당이 좌파든 우파든 가리지 않고 무조건 대항하는 반골 당원들과 특수한 사회체제를 지향하는 비주류 당원들이 모이는 비밀 아지트이다(물론 겉으로는 평범해 보이는 카페다). 이곳 서가에 날이 갈수록 정당 인쇄물이 빼곡히 쌓이고, 비공식 집회참여자들이 늘어난다고 한다. 참고로 이들 두 세력은 일반 국민의 지지를 얻기 힘든 매우 마니아한 정치이념이기에, 굉장히 폐쇄적이고 극단적이며 매우 공격적이다. 이들은 자신들이 언젠가 정권을 구축(이들이 주로 쓰는 표현이다)할 때를 준비한 미래 계획서 인쇄물도 있다. 바로 살생부 리스트이다.

그런데 이들은 아웃사이더 기질이 강해 서로를 밀어내어 사이가 좋지 않다, 라는데… 양쪽 살생부에 모두 이름을 올린 제 삼자의 이름이 눈에 들어온다. 검색해보니 그리 유명하지 않은 재야정치인물이다. 대체 어떤 인생을 살았는지 상상이 안 간다. 비주류&아웃사이더들이 증오하는 평범한 인물이라… 사연을 알고 싶다. 그리고 신념은 단단하여 순교자를 자처하지만, 이런 중요 인쇄물을 카페에 보란 듯이 방치하고 다니는 허술한 아웃사이더들. 게다가 살생부는 이면지를 사용했다. 두 가지 버전의 도시 전설이 품은 특별한 정치집단들은 명맥이 단절되지 않고 허술한 후대들을 통해 아직도 계승되고 있다. 내가 두고 보자고 했잖아.

…못 믿겠다면, 직접 찾아가보시길. 이 카페의 특징은 '앉을 수' 있다. 어디에? 차이나타운 모든 카페를 뒤져서(일반적인 카페 건물이 아니다) 찾을 수 있다면 알겠지만 앉다…가 무슨 소리인지 한눈에 알게 된다.

학생 주인공들은 방과 후 이곳에서 모여 작전을 논의하며 사건을 추리한다.

평범한 제삼자가 의뢰한 사건(실종괴담)을 해결하려는 학생 주인공들은, 제삼자를 사연 모르게 증오하는 카페에서 모임을 갖는다, 라 괜찮은 역설이다. 여기서 실종괴담에 대한 참여는 직접에서 의뢰로 살짝 바뀐다. 아직 확정시키지 않고, 유연하게 흘러간다.

✳

　차이나타운의 여러 카페들은 개화기 건물에 속해 있어 아주 운치 있어 보이지만 그중에 가장 탁월한 카페가 있다. 일제 강점기 시절 목조건물을 그대로 유지한 곳인데… 관광마을 언급같이 복잡한 상황을 피하기 위해 상호는 밝히지 않겠다. 인사동에도 일부 건물들이 일제 강점기 때 건축되어 내부가 비좁고, 여러 번 꺾이는 좁은 복도를 가지고 있다. 이곳은 인사동처럼 근대에서 현대로 넘어가는 과도기적 건물이 아닌 오리지널 옛날식이다. 2층은 다다미가 깔린 일반 일본 가정집처럼 돼 있는데, 분위기가 싸늘하고 음기가 강해서 일본공포영화를 연상케 한다. 2층은 옛날 모습 그대로 보존하기 위해 함부로 들어갈 수 없다. 반드시 운영자의 허가를 받아야 한다. 화교 학교 졸업생에게 들은 얘기로는 이곳이 화교 학생들의 담력시험장이라고 한다. 학생들은 자정에 무단으로 담벼락을 넘어 뒤뜰을 통해 2층 계단을 올라간다. 옛날 일본식 계단이라서 거의 엉금엉금 기어 올라갈 정도로 가파르고 좁다. (어떻게인지 밝힐 수 없지만 나도 이곳에 들어간 적이 있다. 옛날 가정집 내부에 불과하지만, 특유의 음기가 강해 날이 어두워진 후 들어갈 장소는 아니다.) 그런데 자정에 무서운 곳에 들어가 담력시험 한다는 얘기는 어디서 많이 들어본 이야기 같다. 화교 학생들이 옛날 일본 집에 담력 시험을 하러 들어간다. 이야기를 듣는 한국인인 나는 전혀 위화감이 느껴지지 않는다. 아시아인들의 정서는 많이 비슷하다.

…관광마을 이후로 실명을 언급하지 않아 못 믿겠다면, 직접 차이나타운에 가서 아무나 붙잡고 이 설명을 그대로 보여주면 된다.

여기서 분기점이 있다. 주인공들은 실종자의 의상과 핏방울을 2층 방에서 발견한다.

가뜩이나 음기 강한 그 무서운 방에서 발견되면 추리공포물이 된다. 그러나 추리공포물은 내가 '이야기'하려는 학생들과 거리가 멀다.

차이나타운, 관광마을, 실종괴담. 모두 비일상적이며 환상적인 소재이다. 술술 적는 동안 제대로 밝히지 않았지만… 내 안에서 정해진 학생들 이미지는 밝고 건강하다. '이야기'는 밝고 건강한 학원물 추리이다. 내가 알고 있기에 남도 알고 있을 거라는 착각을 했다. 제대로 전한다. '이야기'는 강한 긍정이다.

그러면 세계관에 따라 비주류&아웃사이더 당원들의 분위기도 바뀐다.

모임 때마다 선인장 화분을 안고 온다거나 고양이를 데리고 와서 같은 당원이라 주장하는 독특한 정신세계를 가지고 있다. 너무 이상주의자들이어서 매우 예민하고 까다롭다. 집회 때 당원들 모두가 커피 메뉴 고르는 데만 해도 1시간이 넘게 걸린다. 사회적으로 안정적인 직업을 가진 이는 별로 없고, 경제적으로 무능력자에 속한다. 공격적이라는 집단특색과 달리 개개인은 좀 게으르고, 오컬트나 점술을 신봉하며, 허무맹랑한 얼치기 이상주의여서 대화하다 보면 유치하게 느껴지고, 짜증도 나지만 아주 무해하다. (난 실제로 이들을 본 적이 한 번도 없다.) 딱히 근거를 대지 않고 제3의 무명 재야정치인이 세계를 멸망시킬 마왕이라 주장하며 암살모의를 한다. (그럼 마왕이 학생들에게 의뢰했다는 반전이 들어갈까?) 학생 주인공들은 이상한 생각을 주장하는 어른 같지 않은 유치한 어른들이 득실대는 카페의 단골이다. 카페는 학생들이 미래의 당원이 되리라는 착각으로 찻값을 받지 않으려 한다. 주인공들은 이런 기대와 연관된 소소한 에피소드를 겪는다.

2층 방 역시 담력시험 에피소드를 통해, 무서운 공간에서 신비한 공간으로 바뀐다. 어디든지 통하는 게이트가 된다. 학생들은 게이트를 통해 다른 공간으로 이동하여 힘을 얻어야 하나? 무기를 얻어야 하나? 응?

무의식 밑바닥 근간에서 게임 페르소나3&4가 떠오른다. 아름다운 마을. 비일상적인 공간. 야밤에 무덤가와 골목미궁을 뛰어다니는 학생들. 주인공이 학생. 주인공에게 협력하는 마을주민들. 기이한 실종괴담. 게다가 주인공들의 대적자, 적, 악을 초자연적인 존재로 구상하고 있었다. 아주 자연스럽게 한 번도 검열하지 않고….

나도 모르게 페르소나에 빗대어 상상하고 있었다. 사유는 순간의 깨달음을 통해 상상력의 원형을 찾는다. 구상은 레퍼런스 가이드를 비추어 크게 도약한다. 그래 하지만 페르소나(소환수) 대신 무엇으로 싸울까? 도술? 마법? 너무 흔하다. 좀 더 생각해보자.

2층 방 게이트를 통해 차이나타운에서 멀리 떨어진 모텔 골목이나 점성촌으로 텔레포트 할 수도 있다. 옳지. 레퍼런스가 있기에 이렇게 쉽게 이어진다.

아! 게임 페르소나가 무엇인지 궁금하면 직접 검색해보시오…. 이런 식으로 쓰면 안 된다는 주의를 들은 적 있다. 하나에서 완결되게 끝내라. 여기저기 인용하는 믹스는 안 된다.

장르물은 이곳저곳에서 끌어오는 패러디가 아닌 이상, 하나의 완결성과 독립성을 가져야 한다. 여기서 페르소나가 무엇인지 줄줄 설명해도 안 되고, 검색해보고 이해하시오 해도 안 된다. 간단히 몇 줄로 표현하자면 포켓 몬스터와 비슷하지만 포켓몬 트레이너 대신 학생들이 소환수를 데리고 야밤에 초자연적인 적과 싸워 (마을이나 학교의) 공동체 의식을 회복하는 내용이다. 그간 자각하지 못하고 이 스토리 원형에 소재를 끌어 담고 있었다.

뻔뻔하지만 스토리 구상은 레퍼런스의 성공한 플롯과 설정이 있기에 계속 이렇게 가겠다.

계속 변명하자면 카피가 아니다. 수없이 반복된 학원 추리&배틀물&판타지물 클리셰 중 탁월하게 성공한 롤모델이다.

원래는 동인천역이었던 인천역 입구와 마주 보는 건너편 차이나타운 입구.

그 옆에 경찰서? 파출소? 왼쪽 골목에 조그만 식당들이 늘어서 있다. 골목 평상에 언제나 한 고양이가 늘어지게 낮잠을 자고 있거나, 지나가는 사람들을 물끄러미 관찰하고 있다.

고양이는 인간의 손길을 전혀 두려워하지 않아 사람들이 자신을 만지게 내버려 둔다.

단지 사냥꾼 특유의 잔인한 세로 눈동자로 지그시 사람의 눈을 들여다본다.

에메랄드빛 포식자의 눈동자. 이 고양이는 살쾡이와 고양이 사이에서 나온 하프라고 한다.

나이가 많아 활동량이 줄어 몸무게가 너무 나가서 탈이지만, 일어서면 큰 개하고 별 차이가 없을 정도로 몸집이 크고 길며, 뼈대가 굵다. 지금은 사람이 들기 버거울 정도로 뚱뚱하지만, (고양이가!) 한때는 차이나타운 골목대장 개들에게 도전하여 개 세 마리를 학살할 이후로, 골목을 지배하는 독재자였다.

학생들에게 고양이는 초자연적인 악과 싸우는 걸 가르치는 전투 교관이다.

개화기부터 이곳에 100년 넘게 살았던 존재이자, 관광마을을 지키는 수호신이다.

관광마을 이미지에 고양이 수호신이 잘 어울린다. 물론 직접 본다면 겉모습이 고양이에 가까운 맹수로 느껴지지만… 많은 관광객들은 가까이 접근하고 나서야 고양이라는 걸 알게 되거나, 하프라는 설명을 듣지 않으면 고양이인 줄 모른다.

"이건 대체 뭐예요?"

*

차이나타운 오른쪽 끄트머리에 아트플랫폼이라는 곳이 있다. 개화기 시절 무역창고를 개조하여 인천문화예술 중 주로 미술 사업을 다루는 기관이다. 개화기 시절에 세워진 창고 붉은 벽돌 벽면에, 밤마다 어딘가로 달려가는 그림자들이 갑자기 나타났다 사라진다고 한다.

어디로 가는 걸까? 이곳도 한밤중에 학생들의 전쟁터가 된다.

근처에 아트플랫폼이 후원하는 미술가 숙소가 있다. 미술가들이 빛을 이용해 그림자 장난을 친다는 소문이 있다. 빛으로 몰아내는 그림자들. 적들의 졸개는 그림자 괴물?

그럼 학생들의 무기는 빛? 도구는 거울? 반사경? 후레쉬?

차이나타운에서 아트플랫폼으로 가는 내리막길 어귀에는 개화기에 세워진 조선 최초의 서양식 호텔, 대불호텔이 있다. 지금 기준으로는 3층 빌라 크기이다. 자유공원에서 차이나타운으로 내려오는 내리막길 중 한 길이 제물포구락부를 지나간다. 구락부는 지금 말로 클럽이나 BAR라고 생각하면 된다. 이곳은 개화기 시절 외국인 사절과 귀부인들이 어울리는 친분의 장소였고, 일제 강점기 때도 역시 사교의 장. 한국 전쟁 때는 작전회의실 혹은 전선을 응원하는 부인들이 조직을 만들어 거처로 사용했다. 누군가 호텔 창가에서 밤마다 밖을 내다보고 있다. 커튼에 가려진 귀부인 실루엣. 한밤중에 사건을 해결하려 뛰어다니는 학생들을 지켜보고 있다.

누구일까?

'뛰어다니는 학생들'이라는 문장을 쓰다 보니, 그림자 괴물과 결합되어 새로운 구상이 떠오른다. 적들은 학생들의 약점인 그림자를 노린다. 학생들은 그림자가 잡히면 안 되기에 뛰어다닌다.

빛이 강한 곳으로 가야 그림자 괴물들에게서 벗어날 수 있다. 이러면 다른 전투시스템(?)을 도입시킬 수 있어서 페르소나의 그늘에서 벗어날 수 있다.

어? 페르소나 시리즈는 한밤중에 학생들이 활동할 당위성이 있었는데, 그럼 '이야기'의 학생들은 어떤 개연성이 있어야 할까? 페르소나에 맞추어 상상하다보니, 활동 시기를 한밤중으로 정해놨다.

물음표가 넘친다. 정리를 하자.

어느 정도 구상 설명을 했으니 본격적인 스토리 개요도를 설명하겠다. 그래야 설정 중 생긴 의문들을 채워 넣을 수 있다. 그러려면 '이야기' 배경을 설명해줄 프롤로그가 먼저 소개돼야 한다. 프롤로그가 있어야 학생들을 소재에 연관시킬 수 있다.

'이야기'의 프롤로그는 아주 먼 과거에서 시작한다.

차이나타운과 관광마을을 돌아보고 아트플랫폼 쪽 대로로 나가면, 처음 이곳으로 이끌었던 대로와 이어진다. 다시 신포국제시장을 지나 역 쪽으로 가는 대로 건너편에 인천 학도병 참전 기념관이 있다. 디스플레이 유리창 너머에 학도병들 사진과 참전 기록, 사연, 사진이 진열돼 있다.

6월 25일 한국전쟁이 일어났다.
학생들은 나라를 지키기 위해 자원입대 했다.
너무 어리다며 받아주지 않자 편법으로 속였다.
학생들은 나라를 지키기 위해 학업을 멈추고 전쟁터로 떠났다.
다시 돌아와 공부할 것을 기약했지만 끝내 돌아오지 못했다.
친구들과 나라를 지키기 위해 다 같이 입대했지만 홀로 살아 돌아왔다.
그래도 나라를 지켜냈다는 자부심으로 평생 동안 상처를 보듬었다.
…다양한 사연들이 자리를 지키고 있었다.

학창시절에도 못 본 이곳을 한국예술인복지재단의 예술인파견사업을 수행하다가 우연히 지나치게 됐다. 진열관 앞에서 이 일대를 둘러보며 생긴 소재와 사유의 점들이 하나로 이어지며 이야기를 쓰겠다는 발상이 생겼다. 내가 현재, 소재 조사 소설을 쓰는 동안 떠올랐던 괜한 억한 감정과 아집이 가라앉으며… 왠지 모르게 서러워진다.

인천학도병들은 브레이브 하트이다.
브레이브 하트가 '이야기'의 프롤로그이다.

여기서 만델라 이펙트가 필요하다. 우주는 갈라지고, 왜곡
된다.
인천역은 종점이 아니다. 원래 동인천역이다.
호프집 화마는 무사히 진압되고 학생들은 아무도 죽지 않
았다.
'이야기'는 여기서 본격적으로 시작된다. 학생들은 죽지 않았
다. 살아서 호프집을 나온다.
언브로큰 하트.
학생들은 화재 속에서 신비한 힘에 이끌려 무사히 호프집에
서 나올 수 있었다.
학생들은 연기에 콜록대다가, 호프집 정면에 있는 건물을 보
게 된다. 인천학생문화회관이 신비한 빛에 둘러싸여 있다.
과거 전쟁을 경험한 학도병들이 성인이 되자, 전사한 학도병
전우를 위로하고, 미래의 학생 후배들을 위해 보금자리로 세웠
다는 건물. 학생들은 건물이 부르는 듯한 착각을 느낀다.
다음 날. 무사히 살아나온 학생들에게 세상은 미성년자 신분
으로 술을 먹었다고 가혹하게 대한다. 미성년자에게 술을 판 사
악한 업주와 뇌물 받은 공무원들은 벌건 대낮에 많은 사람들 앞
에서 당당하게 스스로를 변호한다. 학생들은 학교의 징계로 봉
사활동 명령을 받게 된다.

학생들은 봉사활동 청소도우미로 인천학생문화회관으로 보내진다. 학생들은 자신들에게 술을 팔고 그것을 독려한 세상은 왜 아무런 징계를 받지 않는지 부조리를 의식하게 된다.

하지만 힘이 없어 세상의 부조리에 대항할 수 없다고 느낄 때, 학생들은 청소 도중 우연히 금지된 지하실을 발견하고 들어가게 된다.

그곳에는 과거 전쟁을 겪은 학도병들이 고향으로 돌아온 뒤 안식을 취했지만, 초자연적인 악이 나타나서 다시 싸우기 시작했다는 기록이 있다.

"이 시대 악을 멸하지 못하고 봉인했지만, 결국 다시 돌아오리라. 다음 세대에 우리의 유산을 남긴다."

악의 세력을 딱 한 줄로 정하지 않았지만, 대략 이렇다.

공포소설 스토어처럼. 인간보다 물질이나 돈, 이기적인 욕망을 더 중요시하기에 마을이 악에 잠식당하게 된다. (스토어에서 악은, 거대한 대형마트와, 지방상권과 마을 사람들을 굴복시켜 노예로 만드는 대자본의 영향력이다.) 학생들은 과거 유산으로 인해 신비한 힘에 각성된다.

이 힘은 다음과 같다. 빛을 만드는 무기 혹은 도구를 이용하여 그림자 괴물을 퇴치할 수 있다.

밤에는 악이 본성을 드러낸다. 업주와 공무원들은 대낮에는 사람이지만 밤에는 본성을 드러내 괴물이 된다.

학생들은 밤이 돼야, 관광마을과 차이나타운이 포함된 인천 중구 곳곳에 퍼진 악을 식별할 수 있다. 고양이는 과거 초자연적인 악과 싸우도록 인천 학도병들을 훈련시킨 전투 교관이다.

학생들은 고양이에게서 악과 싸우는 전투방식을 배운다. 그리고 담력시험 2층 방을 통해 인천 중구 곳곳으로 텔레포트 되어, 악을 찾아내어 섬멸한다.

학생들은 자신들이 악과 싸워 이길 수 있을지 걱정이지만… 브레이브 하트와 함께라면 용기를 낼 수 있다. 이들은 인천학생문화회관 지하실을 통해 교감한다.

하트는 일반적으로 사랑을 표현하는 기호이지만, 마음에서 흘러나오는 모든 감정이 포함된다고 한다. 용기, 지혜, 도덕, 사랑 여러 가지 의미로 쓰일 수 있는데, '이야기'에서 하트는 도덕을 의미한다.

언브로큰 하트와 브레이브 하트는 인간성을 위협하는 악(인간보다 물질과 이기적인 욕망을 더 중요시하는 세태. 시사성은 여기서 돌출된다)과 맞서, 소중한 걸 지키려 함께 노력한다.

신비한 힘에 각성하는 에피소드.

고양이 교관에게 훈련받는 에피소드.

기이한 실종괴담을 의뢰받는 에피소드. (작은 의뢰가 모여 큰 사건의 줄기를 만든다. 물론 페르소나에서 영향 받았다.)

모텔&점성촌 골목을 달리며 미궁 입구를 찾는 에피소드.

아트플랫폼 지역의 중간보스를 물리치자 진짜 적과 최종 보스를 알려주는 귀부인의 초대.

관광마을을 물질과 욕망으로 타락시키려는 최종 보스와 마지막 대결. (사악한 업주와 뇌물 공무원들은 최종 보스의 꼭두각시였다. 중간보스 격?)

✳

써놓고 보니 별거 아닌 만화나 게임 스토리 같다. 하지만 이런 '이야기'가 있다면 학생들은 살 수 있고, 앞으로도 계속 살 수 있다.

…이게 중요하다.

─ 전화에서 이어지는 이번 화 이야기 ─

과거 악과 싸우는 대전이 발생한 인천 중구. 그 후로 시간이 흘렀다.

2014년 4월 16일. 인천 중구 연안부두에서 어떤 여객선이 출항할 준비를 한다.

학생들이 제주도로 수학여행을 가려 한다. 그러나 이 배에 악이 탑승해 있다. 일부 학생들이 승선을 기다리며 졸다가 기이한 꿈을 꾼다. 전쟁터에서 돌아온 군복을 입은 어린 학생들. 한밤중에 골목길에서 그림자 괴물과 싸우는 학생들. 일부 학생들은 신기한 힘에 각성하여, 악을 의식한다. 여객선이 출발하지 못하도록 악에 대항하여 소동을 피운다. 체포된 학생들은 선생님과 경찰들에게 크게 비난받는다. 결국 수학여행은 취소된다. 다른 학생들은 고향으로 돌아가지만 일부 학생들은 이해할 수 없는 이유로 인천에 남게 된다. 학생들은 관광마을 하숙집에 맡겨진다. 경찰과 학교의 징계로 인천학생문화회관으로 보내져 봉사활동을 하게 된다.

…그리고 학생들은 우연히 금지된 지하실로 들어가게 되는데….

학생들이 사는 곳과 무관하게 인천학생문화회관에서 봉사활동하게 된 이유는 어떻게든 개연성으로 풀어야 하지만, 일부는 결정되어 있다. 학생들은 담력시험 2층 방 게이트를 통해 인천을 넘어 대한민국 전체에서 활동해야 한다.

이번 학생들은 라이징 하트이다.

사용하는 무기 혹은 도구는 촛불이다.

PS. 2016년 방문 때와 달리 관광마을은 지속된 노력으로 긍정과 부정사이에서 화합을 이루어 냈다.

이 소설에 언급된 갈등은 전부 다 옛날 말이고 거짓말로 변해버렸다.

마을과 공동체를 발전시키겠다는 선한 의지가 이 이야기를 헛소리 가득 찬 일개 소설로 만들어 버렸다.

…다행이다.

*

　그 외에 이야기와 소재도 픽션을 만들려는 허구의 눈으로 바라봤다. 한낱 소설이니 실제와 견주어 보는 우를 범하지 않길 바란다.

유이립

2014 《한국 공포 문학 단편선—돼지가면 놀이》, 〈돼지가면놀이〉
2014 《신기한 과학도구》 앤솔로지 〈스키마 리셋기〉
2017 한중SF교류프로젝트 〈치킨헤드〉
2018 자음과모음 계간지 여름호 〈그날로부터의 긴수로〉
2019 《아직은 끝이 아니야》, 〈피그말리온 넷은 왜 다운됐는가?〉
2019 안전가옥 세나개 공모전 수상 〈한밤과 새벽사이〉

교환 및 반품은
7일간 가능합니다

———

전혜진

처음 이곳에 와서 "규칙"에 대해 들었을 때, 나는 실없이 웃었다. 이 과정을 곧바로 클래스로 나누고, 적당한 알고리즘대로 움직이게 만들어서, 길게 설명할 것 없이 바로 자동화하는 과정을 머릿속에 떠올려버렸기 때문이다. 아니, 내게 머릿속이라고 할 무언가가 남아 있다면 말이다. 나는 죽었고, 죽은 지 사흘 만에 부활하는 건 보통 인간의 몫이 아니다. 그리고 혹시라도 사흘 만에 부활할까 걱정이 되기라도 한 것처럼, 내 몸은 죽은 지 날짜로 사흘, 시간으로는 고작 36시간도 되지 않은 시점에 활활 불태워졌다.

어쩔 수 없는 일이다. 나는 밤에, 아직 안 먹은 저녁 대신 야식으로 뭘 먹으면 좋을지 생각하며 회사에서 일하다가 잠깐 책상에 엎드렸고, 그대로 죽었다. 멀쩡히 야근하다가 갑자기 송장을 치우게 된 우리 회사 사람들에게는 애도를 표하고 싶지만, 어쨌든 이 상황에서 애도의 대상은 그 사람들이 아니라 나다. 적어도 그 사람들은, 내가 그리 죽어버린 것을 보고 한동안은 조금이라도 일찍 퇴근하고, 잠을 10분이라도 더 자려고 애는 쓰겠지. 효과가 있을지 의심스러운 녹즙이라도 챙겨 마실 테고. 내겐 그런 기회라는 것도 주어지지 않았으니, 내가 그 사람들을 딱하게 여겨봤자 내 주제 파악 못 하는 일에 불과하다.

어쨌든 그동안 나도 정확히는 몰랐지만, 대체로 장례라는 것은 죽은 당일을 1일로 쳐서 사흘째 되는 날 아침에 발인하는 법이라 한다. 새벽 1시에 죽었든, 밤 11시에 죽었든 상관없이. 다시 말해 사람의 몸이란 어쨌든 대체로 숨이 멎고서 길어야 60시간 안에는 잿더미가 되는 모양이었다. 사실은 그것도 죽은 다음에야 알았다.

그나저나 완전히 정지한 몸뚱아리라도 남아 있으면 어떻게든 해 볼 수 있을까, 이걸 어쩌란 말인지.

나는 규칙을 듣고 혼자 알고리즘을 짜보며 낄낄거리다 말고, 심각해졌다. 나는 이곳의, 그러니까 신인지 천사인지 시스템 운영자인지 뭔지 모르겠는 존재를 향해 물었다.

"저기, 제가 가족한테 해야 하는 말이 있는데요."

"죽었는데 무슨 수로 말을 해요."

"아니, 꿈에 나타난다거나 뭐 그런 거 있잖아요. 조상이 로또 번호도 알려준다는데. 로또 번호 알려줄 재주는 없어도 보험이랑 저금이랑 그런 건 알려줘야지."

"산 사람은 알아서들 다 삽니다. 돌아가신 분이 걱정할 필요 없어요."

"아니, 어떻게 걱정을 안 해요. 그래도… 가족인데."

말끝을 흐렸다. 시스템 관리자는 나를 좀 딱하게 여기는 것 같았지만, 그렇다고 이 문제를 도와줄 생각은 요만큼도 없는 듯한 눈치였다. 그는 내게 다시 말했다.

"기회는 한정되어 있어요. 시간제한도 있고요. 가족들 생각은 이제 그만하고, 이제 님의 앞일이나 생각해보세요."

그가 '앞일'이라고 말하는 것은, 조금 전까지 내게 설명하던 그 규칙에 대한 문제였다.

이곳에서도 시간은 한 방향으로 흐른다. 그리고 죽은 사람은 다시 태어날 수 있다. 자기가 원하는 곳에 선택해서 갈 수 있는 것은 아니지만, 일단 지역은 고를 수 있다. 물론 특정 지역으로 희망자가 너무 몰리면 밀려날 수는 있다고 했다. 그래도 인연이 있거나 원래 살던 곳이라면 우선순위가 주어진다고. 살아 있을 때, 기회 되면 가보고 싶었던 곳들은 있었다. 하지만 경쟁에 밀려 엉뚱한 곳에 잘못 태어나느니, 안전빵이 최고였다. 적어도 한국 정도만 되어도, 의료보험이 빵빵하니까 태어나자마자 병 걸려 죽진 않겠지. 내가 원래 살던 지역 근처를 고르자, 시스템 관리자는 그런다고 원래 가족과 만날 수 있는 건 아니라고, 굳이 쓸데없는 말을 덧붙였다. 자, 이다음부터는 확률 싸움이다.

죽은 사람에게는 각각 저마다 랜덤하게 환생 가능한 후보지들이 일곱 곳까지 제시된다. 한 후보지에서는 현실 시간으로 최장 7일까지 머무를 수 있는데, 7일째 되는 날 여기로 환생할 것 인지 결정하거나, 혹은 중간에 거부하고 다음 후보지로 넘어갈 수 있다. 한 번 거부한 후보지는 목록에서 삭제되는데, 자신에게 주어지는 후보지 중 어느 것이 가장 살기 좋은 곳인지는 알 수 없다.

그러니까 이거, 알고리즘이잖아.

나는 학교 다닐 때 배웠던, 공주 100명을 차례로 만나보고 그 중 가장 아름다운 공주와 결혼해야 하는 남자의 알고리즘을 떠올렸다. 증명 과정까지는 생각나지 않았지만, 결론은 알고 있다. N이 무한대로 발산할 때, 가장 아름다운 공주를 고를 수 있는 확률은 $1/e$에 수렴한다. 여기서 e라는 것은 자연로그의 밑인 2.718 어쩌고를 말하는 것이고. 그러니 100명이라고 가정하면 37명까지의 공주를 만나보고, 이후 그 37명 중 가장 아름다운 공주보다 더 나은 상대가 나타나면 바로 결혼하면 된다는 뜻이다.

하지만 지금은, 후보지가 일곱 곳밖에 없다. 두 번째나 세 번째까지 본 뒤, 그보다 나은 자리가 있으면 무조건 받아들여야 하는 것이다.

이게 말이 되나?

생각하는데, 눈앞이 환해졌다.

✳

눈은 제대로 뜨이지도 않았다. 억지로 눈을 열었더니 보이는 것은 온통 하얀 천장뿐이고, 사방에서 온통 아기 울음소리가 들렸다. 문득 생각했다. 생각만큼 젖비린내가 나진 않는 게 다행이지.

뭔가 생각을 하면 그게 입 밖으로 나오기도 전에, 비 맞고 앓는 아기고양이 같은 울음소리가 되어 나왔다. 자기 자신을 특별히 귀엽게 비유하고 싶은 게 아니라, 실제로 그랬다. 손발을 들어 올릴 수도, 목을 가눌 수도 없었다. 그야말로 몸에 갇혀버렸다는 생각에 짜증을 내면, 흐릿한 덩어리가 다가와 나를 안아 들었다.

"아이고, 우리 아기. 응가 했어요?"

그러니까 여긴, 말로만 듣던 산후조리원이었다.

이곳에서의 하루는 한 달 같았다. 소리는 웅웅 울리듯이 들렸지만, 앞은 아직 제대로 보이지 않았다. 애써서 눈을 떠도 흐릿한 덩어리들이 움직이는 것이 겨우 보일 뿐이었다. 갓난아기는 색깔을 제대로 보지 못한다더니, 정말 그랬다. 그저 온통 뿌연 막에 싸인 채, 나는 온종일 먹고 자고, 먹고 자기를 반복했다.

나는 꾸벅꾸벅 졸다가 소스라치게 놀라며 깨어나곤 했다. 그때마다 나는 내가 아는 것들, 그러니까 알고리즘이라든가, 내 원래 가족이라든가, 회사라든가, 그런 것들을 잊지 않으려고 몸부림을 쳤다. 그때마다 나는 고양이 같은 소리로 울었고, 덩어리들은 다가와 내 입에 젖병을 물렸다.

간혹, 진하고 맛이 다른 것들이 입안으로 밀려들어 오기도 했다. 서투르게 젖을 물려 오는 여자의 품에 잘못 안겨서, 숨을 못 쉬고 캑캑거리기도 했다.

"자기는 잘 나와?"

"아뇨, 잘 안 돼요."

"수술했어? 허리가 많이 아픈가 봐."

"원래 디스크가 있었어요. 그래도 자연분만 하려고 애를 써서…."

"아휴, 잘했네."

내게 젖을 물리려 애쓰며 살살 달래듯, 조심조심, 나직나직하게 말하는 목소리에 설핏 졸음이 오려고 했다. 문득 생각했다. 우리 엄마도 내게 이랬을까.

"걱정이에요. 임신했더니 회사에서 그만두라고 해서."

"다들 그렇지. 있지, 나는 회사에서 나가달라고 먼저 그러던 주제에, 아직 나한테 연락이 온다. 뭐가 안 되는데 도와주세요, 하고."

"말도 안 돼."

"말도 안 되긴. 내가 아는 사람은 공무원이라 잘리진 않았는데, 걔는 애가 내려와서 분만대에 누워 있는데 회사에서 뭔 급한 공문을 보내라고 전화가 오더란다."

"너무하네요."

"너무하지. 사람은 열 달이나 임신해서 있는데, 사람을 내보내든 마지막까지 부려먹고서 휴가를 주든 그렇게 몰아댈 거면서 어쩜 다들 그리 대책이 없니."

마음이 아팠다. 하지만 그립지는 않았다. 그보다는 회사 생각이 났다.

그녀들의 말대로 사람이 임신하고 열 달 가까이 시간이 있는
데도 준비가 되지 않았다면, 갑작스레 회사에서 쓰러져 죽어버
린 사람에 대해서는 어떤 준비라는 게 되어 있을까.

그렇지 않아도 게임 런칭을 앞두고 연이은 밤샘 때문에 다들
몸도 마음도 한계까지 몰려 있었는데. 갑자기 죽어 나간 옆 자리
사람을 보고 다들 무슨 생각들을 했을까. 놀랐겠지. 어쩌면 그게
자신이 되었을 수도 있다고 안심하고 있을지도 모르겠다. 점심
먹으면서 늘, 사표 내고 나간다고 노래들을 불렀는데. 누군가는
정말로 그 꼴을 보고 사표를 내고 나갔을까. 초반이면 몰라도 후
반에 신규 인원을 투입하면 아무래도 사고가 나는 법인데. 왜,
소프트웨어 공학에 그런 이야기도 있잖아. 인원을 이만큼 늘리
면 개발 기간이 단축되는 게 아니라 오히려 사람을 투입할수록
개발 기간이 늘어난다고.

내가 사라진 자리는, 누군가가 들어와 앉았을까.

내가 마지막으로 만들던 게임은, 그래서 제날짜에 빛을 보
게 될까.

문득 슬퍼졌다. 하지만 그보다 더 슬픈 것은, 내게 젖을 물리
던 여자의 목소리였다.

"결혼한 지 얼마 안 되었다 보니, 모아놓은 것도 얼마 없는
데…."

그 말에 가슴이 미어졌다. 그리고 나는 결정했다.

…결론만 말하자면 나는, 첫 번째로 배정받은 후보지를 일단
거절했다. 알고리즘에 의거하여 생각해도 그게 합리적이었다.

아니, 알고리즘까지 갈 것도 없이. 결혼한 지 얼마 되지 않았고, 전세자금 대출이 잔뜩 있는 상태인데, 맞벌이에서 갑자기 외벌이가 되어버리다니. 내가 할 걱정은 아니지만 이쯤 되면 살기 팍팍할 게 안 봐도 뻔했다. 거기다 아이까지 태어났는데.

하지만 만약 내가 죽지 않았다면, 준형이와 결혼을 했다면, 그래서 임신을 했다면…만약 그랬다면 나 역시도, 회사에서 책상을 부지하고 버티진 못했을 거다. 나가라고 대놓고 말하진 않겠지. 그 정도의 상식은 있는 회사고, 상식 이전에 노동법이라는 게 있으니까. 하지만 회사에 계속 붙어 있기 어렵게 열과 성의를 다했을 거라는 건 안 봐도 뻔했다. 이 바닥이야 프로젝트 하나 끝날 때마다 헤쳐모여 하는 식으로 이직이 잦은 곳이라서, 티 안 내고 사람을 내보내는 데는 도들이 텄으니까 말이다.

✳

"아니, 네가 서방 단속을 제대로 못 한 것을 왜 울고 그래? 남 부끄럽게!"

첫 번째 선택지를 좋게 거부하자마자, 새로운 목소리가 들려왔다.

날카롭게 뭔가 깨지는 듯한 목소리였다. 상대의 속을 일부러 긁어놓기 위해 악다구니를 부리는 그런 목소리. 나는 그런 목소리를 알고 있었다.

내가 어릴 때 우리 할머니가 엄마에게 소리를 지를 때 내던, 딱 그런 소리였다.

"어머님이 뭐라고 말씀 좀 해주세요. 아기를 보러 오지도 않는다고요."

울먹이는 목소리가 들렸다. 말이 어눌했다. 억지로 눈을 열자, 나를 끌어안은 손이 보였다. 내가 생각하는 평균적인 한국 사람의 손보다 명도가 낮은 손등이 보였다. 국제결혼인가? 다문화 가정이야? 그때 할망구가 언성을 높였다.

"애 뱄다고 뭐라도 되는 줄 알고 유세 떠는 모양인데, 넌 아무것도 아니야. 어디서 돈 주고 사온 게 내 아들에게 감히."

"저는 어머님 며느리고 그 사람 아내예요. 아이가 태어났으면 아빠는 아이를 보러 와야 해요. 그런데 그 사람, 나이트에 갔다고 했어요. 아이가 태어났는데 술을 마시고 여자 만나러 가는 건 나쁜 아빠나 하는 일이에요."

"너 지금 뭐라고 했어!"

나는 그 목소리에 그만 비명을 질렀다. 기억에 있는 바로 그 목소리였다. 우리 할머니가 엄마를 괴롭힐 때, 아니, 조질 때 내던 목소리와 똑같은 것이어서. 이미 죽어버린 나의 기억과, 갓 태어난 아기의 비명이 겹쳐지며 폭발하듯 자지러지는 울음소리가 터져 나왔다. 그러자 아이의 엄마는 아이를 끌어안고, 내가 잘 모르는 말로 나직하게 노래를 부르기 시작했다.

"한국말로 해!"

할망구가, 당장에라도 한 대 때릴 것처럼 손을 들어 올리며 소리쳤다.

"한국말로 하라고, 이년아!"

그때 웅성거리는 소리가 나더니, 문이 열렸다.

"여기서 이러시면 안 돼요, 어머님."

하늘색 옷을 입은 간호사였다.

"어머님 자꾸 그러시면, 퇴소하실 때까지 여기 못 오세요. 아시겠어요? 다른 산모들도 계시잖아요."

"아니, 이 본때 없는 년이 하는 말을 들어 보라고. 이게 시어미 알기를 개똥같이 아는데…."

"알았으니까 이리 나오세요. 산모님은 괜찮으세요?"

아이 엄마는 고개를 끄덕였다. 젊은 여자였다. 죽기 전의 나보다도 훨씬 더 젊은. 뺨에 닿는 그녀의 뺨은, 아직 어리다고 해야 할 것처럼 보드라웠다. 고양이 같은 울음소리를 내자, 그녀는 내 이름인 듯한 짧은 단어를 반복하며 나를 꼭 끌어안았다. 그녀의 뺨이 눈물로 축축하게 젖어 있었다.

그 품이 따뜻해서, 어린 자식을 끌어안고 어떻게든 버티려 애쓰는 어린 그녀가 안쓰러워서, 나는 하마터면 선택을 할 뻔했다. 여기서 살겠다고.

하지만….

"지금 여기서 그래 봤자, 집에 가면 또 그럴 거 아니야. 말려 봤자 나중이 더 힘들 텐데…."

"그래도 안 말릴 수 있나? 옆방 산모들 항의 들어와. 불안감 조성한다고."

"…공공 산후조리원이라고 만들어 놓아도, 이런 일 한 번 있으면 평판 확 떨어지는데."

"그래도 저 산모도 안됐잖아. 아기 낳았는데 친정에서 누가 와볼 것도 아니고. 남편은 들여다보지도 않고, 시어머니는 조리원까지 따라와서 저 난리를 치고. 여기 조리원 안 생겼으면, 조리원에라도 보냈겠어? 저 등쌀에?"

하지만 그럴 수 없었다. 이 사람을 선택할 수가 없었다.

학교 다닐 때 국어책에서도 배웠지만, 시집살이는 개집살이라지. 21세기가 되어도 여전히 '시월드'라는 것은 지독하고 지독하다. 하지만 저런 할망구 같은 타입은, 아직 결혼 안 한 나도 딱 보면 알 수 있다. 저런 사람들이 부리는 진상이란, 보통의 시월드와는 아주 격이 다르지. 어지간한 사람이라면 아무리 미워도, 며칠 전에 몸 풀고 아직 조리원에 있는 며느리를 찾아와서 저렇게 행패를 부리진 않는다. 게다가 손주가 태어났는데 아들이 아이를 보러 오지도 않으면, 미안하고 면목없는 척이라도 하는 게 사람 도리일 텐데.

아니, 저 할망구만 갖고 뭐라고 할 것도 아니었다. 애 아빠는 정말 어디 간 거야. 그녀의 말대로 술 먹고 나이트에 놀러 갔다고? 나이트에 가서 술만 마실까? 얼굴도 안 봤지만, 그런 걸 아빠라고 두고 살아갈 아이가 뭘 배우겠나 싶었다.

아니, 사실은 그보다도 나는 그녀가 신경 쓰였다.

나만 해도, 젊고, 배울 만큼 배우고. 그래도 나 정도면 진보적인 편이 아닐까 스스로 생각해 왔다.

하지만 그런 내가, 한국 남자와 국제결혼을 한 젊은 동남아시아 여성에 대해서도 진보적이고 평등한 관점을 유지하고 있었던가? 그건 혹시 시혜적인 관점은 아니었을까? 몸이 다 불태워져 뇌세포도 남아 있지 않은 지금, 나는 곰곰 생각해가며 그걸 구별할 자신이 없었다.

아니, 그런 수사를 덕지덕지 붙이는 것도 우스웠다.

문득 대학에 진학한다고 서울에 올라와서 딱 한 번 사투리를 잘못 썼다가 같은 과 남자 선배에게 한참 동안 괴롭힘을 당했던 게 생각났다. 못 알아듣겠으니 사투리 쓰지 말라고, 그럴 거면 네 고향으로 돌아가라고.

그래, 솔직히 말하자. 나는, 내가 다문화가정 아이로 태어나 차별을 받는 게 두려웠다.

대학에 진학한다고 서울에 오기 전, 내 또래의 아이들은 자연스럽게 자신의 말에서 사투리를, 고향에서 듣고 자란 억양들을 지워냈다. 그게 무슨 의미인지 서울 아이들은, 또 서울에 와서 서울 아이들보다 더 큰 목소리로 자기 지역의 억양과 언어로 떠들고 다닐 수 있는 아이들은 결코 알지 못할 것이다. 차별받지 않으려면 자신의 언어를 바꿔야 했다. 하지만 쉽게 바꿀 수 없는 것에서 출신이 드러날 때는, 그래서 차별을 받을 때는 대체 어떻게 해야 하는 걸까.

다문화라는 말이 아이들 사이에서 조롱거리가 된다는 것을 알고 있다. 어디 가서 두들겨 맞고 돈을 빼앗겨도, 쟤네 엄마는 학교에 와서 말 한마디 못 할 거라고 낄낄거릴 게 뻔했다. 여기서 태어나서 자랐는데도, 너희 나라로 돌아가라는 소리나 들을 것 같았다.

나는 그렇게 살고 싶지 않았다.

이 사람에게 정말 미안하지만, 이런 생각을 하고 있는 나 자신에게 환멸이 나지만, 난 정말 그러고 싶지 않았다. 정말 그랬다.

✳

세 번째로 눈을 뜬 곳은, 또 다른 조리원인 모양이었다.

여긴 카페의 배경음악처럼 죽 이어지는 클래식 자장가 소리를 제외하면 무척 조용했다. 조명도 부드러웠다. 트로이메라이의 낯익은 선율과 나긋한 간호사들의 목소리에, 나는 기분이 좋아져서 금세 잠이 들었다.

뭔가 이상하다는 생각이 든 것은, 먹고 자고 하기를 여러 차례 반복한 뒤의 일이었다.

사실 산후조리원이라고 해도, 엄마들이 육아에서 손을 놓고 그야말로 산후조리에만 전념하는 것은 아니었다. 신생아실에서는 두어 시간에 한 번씩은 수유하라고 갓 출산한 산모들을 불러들였고, 그러면 산모들은 아직 덜 아문 상처 때문에 앉기도 힘들고, 가슴은 돌처럼 단단하게 부어 스치기만 해도 아픈 몸을 이끌고 신생아실에서 아이를 데려갔다. 그리고 아프다고 끙끙 앓는 소리를 내면서도 그 갓난아이에게 안 나오는 젖을 굳이 물리려고 애를 쓰는 것 같았다.

하지만 이상할 정도로, 나는 신생아실 밖으로 나가지 못했다.

"그런데 윤지영 산모는 아직도야?"

밤이 되자, 신생아실 간호사들이 아기들에게 분유를 먹이며 낮은 목소리로 속삭이기 시작했다. 나를 안고 있던 나이 지긋한 간호사가 혀를 쯧쯧 찼다.

"이렇게 아기가 예쁜데, 안아보지도 못하고 무슨 일이야….."

"깨어나야지."

"여자가 애 낳는 게 어디 보통 일이어야지."

"그래도 서울이었으면, 하다못해 경기도만 되었어도….."

"그건 그렇지."

아이를 낳고 못 깨어나고 있다는 산모의 이야기를 하는 동안, 내 얼굴 위로 여러 간호사의 그림자가 어른거렸다. 다들 나를 들여다보는 것이, 아무래도 그 산모가 이 아기의 엄마인 듯했다.

그렇구나.

나는 문득 생각했다. 시간은 죽은 뒤에도 한 방향으로 흐른다. 내게 주어진 한 후보지에서 이레까지 머무를 수 있다. 그리고 이 세 번 동안, 나는 눈을 뜰 때마다 점점 눈앞이 환해지고 시야가 넓어지는 것을 느꼈다. 팔다리도, 처음보다는 움직일 만했다. 그렇다는 것은, 내가 머무르는 몸이 점점 성장하고 있다는 뜻으로 봐야 할 것 같았다. 내가 세 번째의 선택지로 이 몸을 만났듯이, 이 몸 역시 아마도 나 이전에 두 사람이 더 스쳐 갔다고 생각하면, 현실 시간으로 이 아기는 지금 태어난 지 3주가 되어가고 있을 것이다.

전에 같은 회사에 근무하던 애 아빠들 이야기를 들어보면 조리원에는 1주나 2주쯤 머무르는 것 같았다.

그런데 이 아이의 엄마는, 아이가 태어난 지 2주가 지나도록 깨어나지 못하고 있다. 그리고 돌봐줄 사람이 없어서인지, 그 아기는 조리원에 혼자 맡겨졌고.

어떻게 될까. 이 아이는.

"그런데 윤지영 산모는 어쩌다 그렇게 된 거래요."

"뇌졸중."

"뇌졸중? 애 낳다가 힘을 너무 많이 줘서 그렇게 된 거예요?"

"아니…. 임신하면 혈전이 생길 가능성이 올라간다잖아."

"어떡해."

"윤지영 산모는 나이도 많았으니까. 그래도 어쩌냐. 정말 아이를 원해서 힘들게 힘들게 가졌다는데. 정작 애 엄마가 그렇게 되었으니…."

"아직 안 깨어나는 걸 보면, 상태가 많이 안 좋은가 봐요."

조리원 간호사들이 수군거리는 목소리가 들려왔다.

이 아이 엄마는 깨어날까? 그러면 좋을 텐데. 하지만 살아난다고 해도, 깨끗하게 아무 후유증도 없이 아이에게 돌아올 수 있을까? 아무래도 그럴 것 같지 않았다. 만약 후유증이 생긴다면, 그 엄마는 이 아이를 돌볼 수 있을까? 돌볼 수 있다고 해도, 엄마에게 장애가 있다고 동네에서 따돌림을 당하거나, 다른 아이들이 이 애를 놀리고 괴롭히면 어떡하지? 대체, 내게 주어지는 선택지는 왜 다 이런 거야.

초조했다. 할 수만 있다면 원래 몸의 버릇대로 손톱이라도 물어뜯고 싶었지만, 그럴 수 없었다. 그냥 평범한 정도만 되어도 좋습니다 하고 갈 텐데. 나는 문득, 내가 거절했던 첫 번째 선택지를 떠올리고 우울해졌다. 그냥 그리로 갈걸. 가난하지만 행복한 가정이라는 게 얼마나 말도 안 되는 농담인지는 알지만, 그래도 지금까지 중에서는 제일 괜찮은 거잖아. 뒤로 갈수록, 다른 사람들도 고르지 않고 넘어간 선택지들만 기다리고 있다는 뜻일 텐데. 설마 내게 남은 선택지가 전부 다 꽝이면 어떡하지.

✳

네 번째로 눈을 뜬 곳은, 산후조리원이 아니었다.

그곳은 일반 가정집처럼 보였다. 하지만 흐릿한 눈에 보이는 윤곽만 봐서는, 지금까지 내가 살아본 어떤 집들보다도 넓었다. 넓고 쾌적한 공간에서, 공기는 기분 좋을 정도로 서늘한 온도를 유지하며 순환했다. 이곳에서는 앞치마를 두른 아주머니가 나를 돌봐주었는데, 아이를 다루는 손길이 마치 간호사들처럼 능숙했다.

아, 그래. 여기가 좋겠어.

문득 생각했다. 사실 눈을 뜨자마자, 무척이나 살기 좋은 곳이라는 걸 알 수 있었다. 일단 집도 좀 사는 집인 것 같았고.

갓난아이를 보며 천사 같다고 말하는 사람들은, 제힘으로는 아직 구르지도 못하는 갓난아기가 속으로 이런 생각을 하는 것을 알면 기겁을 할 테지.

하지만 이건 매우 중요한 문제다. 나는 이곳의 아기 방이, 내가 부모님과 함께 살던 집만 하다는 것을 깨달았다. 아마 이전의 나는 평생 죽도록 일을 하며 한 푼 안 쓰고 돈을 모아도 이런 곳에서 살 수 없을 것이다. 알바를 하느라 잠을 하루에 3시간밖에 못 자서, 수업을 듣다 말고 코피를 줄줄 흘리던 것이 생각났다. 이곳에서 살면 적어도 밥도 못 먹고 알바를 하다가 갑자기 창백한 얼굴로 쓰러지는 일은 겪지 않을 것이다.

그래, 돈 많은 집에 태어나는 건 역시 멋진 일일 거다. 돈을 모을 수 있는 것도, 빚에 쫓기지 않는 것도, 내가 이렇게 돈을 잘 번다고 가족들에게 자랑하며 선물이라도 턱턱 안겨줄 수 있는 것도, 전부 멋진 일일 거다. 사람들이 흔히 개발자가 되어 회사에서 거의 먹고 자다시피 하면 자기도 모르게 돈이 모인다고 했다. 하지만 내가 첫 직장에서 벌었던 돈은 전부 집안 빚 갚는 것과 남동생 대학 학비로 쓰였다. 두 번째 직장에서는 그러지 않았다. 회사가 걸핏하면 월급을 밀려서, 정말 수중에 땡전 한 푼 없다고 우는소리를 했다. 그래야만 조금이라도 돈을 모을 수 있었다. 엄마는 내가 무능하다고, 무능해서 그런 한심한 회사에나 다니고 있다며 눈을 부라렸다. 그때마다 내가 이렇게 돈을 번다고, 자랑하고 싶었다. 인정받고 싶었다. 하지만 조금이라도 내 돈을 쥐고 있으려면, 집에다 내 소득이 얼마인지 밝힐 수 없었다. 그게 정말 스트레스였다.

그러고 보니, 우리 가족은 어떻게 되었을까.

내 보험금은 찾았을까. 얼마 되진 않지만 내 비자금들은. 집 보증금은. 내가 걱정하지 않아도, 벌써 죽은 지 한 달이 다 되어가니 어떻게든 싹싹 긁어서 찾아 썼겠지. 나는 집 걱정을 하다가, 결국 가난하게 살다가 일만 하다 죽어봤자 남 좋은 일만 하

는구나 싶어 속이 상했다. 어쩌면 그 돈이, 내게는 천 원 한 장
내어 주는 것에도 손을 벌벌 떨다가도 남동생이 원하면 십만 원
이고 이십만 원이고 꺼내주고는 돈이 없어서 한숨을 쉬던 우리
엄마를 거쳐, 남동생의 통장으로 예쁘게 들어갔을지도 모른다고
생각하니 고통스러웠다.

그냥 이제 여기로 정할래. 그러면 전생의 기억 같은 것도 없
어지는 걸까. 그러면 편해질까. 더는 이 일로 화내지 않아도 되
는 걸까. 생각하는데 아이들 목소리가 들렸다. 뛰어오는 듯한
발소리도.

그리고 곧 꾸지람 소리가 뒤를 이었다.

"동생이 자는데, 어쩜 너희는 수선스럽게도!"

아주머니의 품에 안긴 채, 나는 아주머니의 어깨너머로 눈만
깜빡였다. 시야에 아이들이 멀고 흐릿하게 들어왔다. 하나, 둘,
셋, 넷, 잠깐, 다섯? 다섯이었다. 모두 여자아이들이었다. 초등
학교에 다니나 싶은 아이 셋에, 유치원생 같은 아이 하나. 그리
고 아장아장 걷는 아이 둘. 밑의 둘은 쌍둥이였다.

이게 무슨 사운드 오브 뮤직이야. 생각한 순간, 제일 큰 아이
가 소리쳤다.

"할머니도 엄마도 남동생만 예뻐하고!"

"당연히 남동생이 예쁘지! 너희 같은 계집애들이 열이 있어봐
라. 우리 집안 대를 이을 게 누구인지!"

거실 저편에서 할머니의 호통이 이어졌다.

맏이라고, 누나라고, 31년 평생 남동생에게 뜯기고만 살았다.

학교에서 장학금을 받아와도 칭찬 한 번 제대로 못 듣고, 오히려 남동생 기죽인다는 소리나 듣고 살았다. 알바 하고 회사 다니며 피땀 흘려 번 돈도 거의 다 집안 빚 갚고 그 녀석 학교 보내는 데 들어갔다. 그런데도 그 누구도 내게 고맙다는 소리 한 번 하지 않았다.

그런데 이제 입장이 바뀌는 거다. 내가 바로 그, 남동생으로 태어나는 거다. 집안의 기대를 모으고 사랑을 듬뿍 받는, 위로 자신에게 설설 기어 줄 누나가 줄줄이 있는 외아들 말이다. 그것도 꽤 잘 사는 집의 남자아이로.

그게 역겨웠다.

나는 젖을 토했다. 그냥 그러면 되는데, 받아들이고 편하게 살면 되는데, 나의 비위는 그런 것을 감당하기에는 너무 약했다. 바보, 바보 멍청이. 일생을 두고 그런 걸 부러워했는데, 막상 그게 내 몫이 된다고 하니 도망쳐버리다니.

하지만 감당할 수 없었다. 그런 몰염치한 인생은.

*

벌써 다섯 번째다.

문득, 여기까지 와서야 생각해냈다. 사십구재라는 것.

사람이 죽으면 7일마다 명부에서 심판을 받고, 마지막으로 49일이 되면 염라대왕의 최종심판을 받아 다음 생이 결정된다고 한다. 환생을 할지, 극락이나 지옥에 갈지. 그래서 내세에 좋은 곳에 태어나라고 49일째에 지내는 제사가 사십구재다.

그게 아주 틀린 말은 아닐지도 모르겠다고 생각했다. 지금
에 와서야 그 생각이 든 것을 보면, 나도 어지간히 정신이 없었
던 모양이지.

7일씩 일곱 번 기회가 주어지고, 그 안에 환생할 곳을 고르기
는 하니까. 그런 점에서는 내세에 좋은 곳에 태어나라고 지내는
제사라기보다는, 전생의 기억을 싹 잊고 새로운 인생을 살라고
지내주는 제사일지도 모르겠다. 그러면 그다음에, 기제사니 명
절 차례니 그런 건 다 의미가 있는 걸까? 명절마다 제사마다 큰
집에 가서 그렇게 전을 부쳐댔는데, 다 의미 없다고 하면 그것
도 또 기분이 나쁜데.

나는 죽음이나 장례식 같은 것에 대해 잘 몰랐다. 내 죽음은,
내가 직접 맞닥뜨린 최초의 죽음이었다. 할아버지가 돌아가셨
을 때는 너무 어려서 기억이 나지 않는다. 할머니가 돌아가셨을
때 나는 고3이었고, 공부는 좀 하는 편이라 장학금 받으며 대
학에 다니다가 졸업한 뒤에는 집안을 일으킬 것이라는 기대를
받고 있었다. 정확히는 기대라기보다는, 집안 빚을 갚아나갈 자
원으로서 평가받고 있었다고 해야 하겠지만. 사람이 죽고 죽이
는 스릴러 소설은 수도 없이 읽었지만, 현실에서 죽은 사람을
본 적도 없었다.

어쨌든, 이번에야말로 어지간하면 그냥 선택을 할 생각이었
다. 딸이 줄줄이 딸린 집의, 오랫동안 집안 모두의 기대를 받으
며 겨우겨우 태어난 막내아들이라고 해도, 그 아이가 성장하며
자기 누나며 엄마며 집안 여자들을 어떻게 빨아먹든 상관없이,

양심에 털 난 것처럼 그냥 버티고 살아볼 생각이었다. 몇 번이나 거듭해서 생각해봤지만, 아까웠다. 그렇게 살 기회를 제 발로 차 버리다니.

그때, 갑자기 시스템 운영자가 나타났다.

"뭐예요?"

나는 물었다. 그 소리가 이제는 제법 사람 같아진 아기 울음소리가 되어 튀어나왔다. 시스템 운영자는 곤란한 듯 말했다.

"그냥 웬만하면 여기로 정하려고 하는데요. 아주 막장만 아니면…"

"아, 그게. 여기는 안 되겠어요."

"왜요?"

"아이의 조상님들께서 반대하셔서요."

이건 또 무슨 소리야.

"죽으면 환생을 하는데 조상님이 어디 있어요."

"있어요."

"…어쩌라고."

"음, 그러니까 유교에서 귀신에 대해 연구한 바에 따르면요."

"유교는 괴력난신을 배척하는 게 메인스트림이지 않았어요?"

"배척을 하려면 연구를 해야죠. 하여튼 간단히 설명하면 이런 거예요. 인간은 혼백으로 이루어져 있는데, 혼은 양이고 백은 음이죠. 학자에 따라 혼은 신명이 되고 백은 귀신이 된다는 사람도 있고, 혼이 둘로 나뉘어 신명과 귀신이 되고 백은 땅으로 돌아간다는 사람도 있지만, 결론만 말씀드리면 사람이 죽으면 신명과 귀신으로 나뉘어요. 환생 루트를 타면 귀신이 안 되는 거고, 이 걸 제대로 못 타면 귀신이 되는 거죠. 아시겠어요?"

"그러면 환생을 하면 어떻게 되는 거예요?"

"그 아이의 고유한 혼백 중에 나중에 신명이 되는 부분이, 이렇게 환생한 부분과 결합해서 새로운 인격이랄까, 혼백이 만들어지는 거예요. 전생의 기억을 가져가진 않아도, 습관이라든가 생각하는 방식이라든가, 이런 건 그대로 가니까."

"…예."

나는 떨떠름하게 대답했다. 시스템 운영자가 마저 설명했다.

"그러니까 제사를 받아 잡수시는 분도, 지금 님이 이 아이로 환생하는 걸 반대하는 것도 모두, 이 아이의 조상신 격인 거죠."

"잠깐, 그러면 어딘가는 나의 일부가 제사를 받아먹는다거나, 그런 거예요?"

"님은 자손이 없으니 어차피 제사는 받기 힘들어요. 요즘은 그런 신명도 많으니까요."

"…좋아요, 그럼 그 조상이라는 분들은 왜 반대하는 건데요?"

"음, 그러니까… 이유가 둘이 있네요. 하나는 젊어서 죽었다는 것."

"젊어 죽은 것도 서러운데, 그걸로 차별을 하고 있어."

"실제로 그런 건 아니고, 통계적으로도 밝혀져 있는데, 옛날 조상신 중에는 젊어서 비명횡사를 한 사람이 환생하면 원래 살아야 할 수명의 나머지만큼만 살고 일찍 죽는다고 생각하시는 분들이 있어요. 기분 문제죠. 그다음은…."

"다음은 뭔데요?"

"다음은… 젊어서 횡사한 것을 꺼리는 것보다 더 한심한 이야기라 말하기가 그렇네요."

"말이나 해봐요. 그래야 기분이 나빠서라도 나도 여길 포기하고 나가지."

"본적지가… 그러니까 님의 아버님 고향요. 그게 마음에 안 든대요."

"더러워서 진짜."

✳

이제 두 번밖에 남지 않아서, 나는 마음을 비웠다.

이번에야말로, 어디에서 눈을 뜨든 일단 7일은 버티고 보겠다고. 뭔가 좋은 점을 조금이라도 찾을 수 있으면 그냥 눌러앉겠노라고.

하지만 그 결심은 눈을 뜨자마자 깨지고 말았다. 깨지는 소리, 울음과 비명 소리, 남자의 고함치는 소리가 이어졌다. 그리고 내가 막 들어가 눈을 뜬 그 작고 연약한 선택지가 허공으로 들어 올려졌다. 그리고 허공에서 거꾸로, 땅바닥으로 처박혔다. 내 머리 안쪽에서 뭔가가 박살 나는 듯한, 끔찍한 소리가 들렸다. 그 소리만은, 몇 번을 죽었다가 다시 깨어나도 잊을 수 없을 것 같았다.

*

"원래 다들 이래요?"

내게 주어진 마지막 선택지, 일곱 번째의 선택지로 들어가기 직전, 나는 물었다.

"원래 다들 이렇게 엿 같은 선택지밖에 없냐고요."

"저기, 첫 번째와 네 번째 정도면 아주 양호했어요. 다섯 번째 도 괜찮았는데 조상신들이 극성이라 못 한 거고."

"아, 예."

"두 번째도, 아빠는 개차반이지만 엄마는 좋은 사람이었고. 세 번째도… 아이 엄마도 아빠도, 정말 힘들게 아이를 가져서, 태어날 아이를 무척 기대하고 또 사랑했어요. 엄마가 그렇게만 되지 않았어도 진짜 좋은 환경에서 자랄 수 있었겠죠. 이만하면 당신이 딱히 나쁜 선택지만 받은 것도 아니긴 해요."

"남 일이라고 말 편하게 하네요."

"그런 것 아니에요. 그리고 당신이 운이 나쁜 것도 아니었고. 일곱 번째에서 그렇게 되었으면, 다시 윤회를 시작해야 하니 더 큰 일이었을 거예요."

사실 나는 여섯 번째에서, 제 아비에게 붙잡혀 바닥으로 내동 댕이쳐진 아기가 어떻게 되었는지 알고 싶었다.

하지만 다시 윤회를 시작해야 한다는 말에, 나는 아무것도 묻 지 않았다.

"왜…."

그렇게만 중얼거릴 뿐이었다. 대체 왜. 아무리 인간의 삶이 고통의 바다를 건너가는 일과 같다지만, 이렇게까지.

"이럴 거라면 그냥 랜덤으로 아무거나 찍어서 딱 던져줄 것이지."

"그럼에도 불구하고."

시스템 운영자가 부드럽게 말했다.

"직접 선택하는 쪽이 그나마 낫지 않아요?"

"낫긴… 그래놓고는 네가 선택한 인생이라며 태어난 아이에게 책임 떠넘기기 딱 좋은 시스템이잖아요."

"아, 그럴 수도 있긴 있겠다."

"설마 한 번도 생각해보지 않은 거예요?"

"음, 아니. 이쪽에서는 부모 후보들도 거부당할 수 있는 것만 생각하고 있었거든요."

"교환 반품하는 것처럼 말이죠."

"음, 그래서 이제 일곱 번째인데, 갈 준비는 되었어요?"

"준비되고말고…."

나는 중얼거렸다. 그때 문득, 조금 전과는 다른 감각들이 밀려왔다.

최초의 감각이 청각이라고 한다. 죽은 뒤 최후까지 남는 감각도 청각이라고. 그래서일까. 그녀는 계속 내게 목소리로만 와서 닿았다. 사람의 몸을 입지 않으면 시각이라는 게 제대로 동작하지 않는다는 것을, 죽은 뒤에야 알았다.

하지만 지금, 그녀가 나를 향해 미소 짓고 있다고 느꼈다.

그 낯설고 새로운 감각과 함께, 촉각이 느껴졌다. 부드럽게 나를 끌어안는 느낌. 배냇저고리가 이제는 조금 작게 느껴질 만큼 통통하게 살이 오른, 어리고 새로운 몸. 그 몸에 착 감기는, 포근하고 보드라운 속싸개의 감촉. 그 위로 끌어안고 등을 두드리는 따뜻한 체온. 눈을 떴다. 아직 완전하지 않은 시각 너머로, 뒤로 하나로 묶은, 머리카락이 보였다. 누군가의 어깨 위에 젖을 토해놓고, 아기는 딸꾹질을 해 댔다. 그 딸꾹질에 맞춰, 여자가 등을 쓸었다.

"추운가 보다. 맘마 조금 더 먹을까?"

나직한 자장가가 들려왔다. 그 목소리는, 어쩐지 시스템 운영자의 목소리와 닮아 있었다. 어른이 아닌, 어린아이인 나를 대하는 그 상냥한 목소리는 마치 고향에 돌아온 듯 포근해서, 나는 마치 어디서부터가 꿈이었고 현실인지 알 수 없는 긴 꿈을 꾼 것 같은 기분이 들었다. 입술에 익숙하게, 마치 처음 맛보는 것인 듯 젖이 물려졌다. 눈을 깜빡이며 작은 손으로 가슴을 더듬었다. 꼴깍. 꼴깍. 꼴깍. 레테의 강물을 삼키듯이, 마침내 전생의 기억은 흐려지고 새로운 인생이 시작되었다.

전혜진

2006년 《월하의 동사무소》로 데뷔했다. 《다행히 졸업》 《텅 빈 거품》 《감겨진 눈 아래에》 등의 앤솔러지에 참여하였고, 라이트노벨, 스릴러, SF 등을 쓰고 있다. 《레이디 디텍티브》와 《리베르떼》 등 만화 스토리도 쓰고 있다. 최근작은 《280일》이다.

살을
섞다

초판 1쇄 발행   2020년 4월 1일
초판 1쇄 발행   2020년 4월 5일

지은이   남세오, 곽재식, 심녀울, 엄길윤, 엄정진,
            온연두, 유이립, 이로빈, 전혜진, 지현상
펴낸이   박은주
기획   환상문학웹진 거울
디자인   김선예, 류진
마케팅   박동준, 김아린

발행처   (주)아작
등록   2015년 9월 9일(제2018-000142호)
주소   03924 서울시 마포구 월드컵북로54길 25
            상암DMC푸르지오시티 504호
대표전화   02.324.3945   **팩스** 02.324.3947
이메일   decomma@gmail.com
홈페이지   www.arzak.co.kr

ISBN   979-11-6550-775-6 03810